El amante polaco

LIBRO 1

T0160720

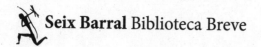

Seix Barral Biblioteca Breve

Elena Poniatowska
El amante polaco

LIBRO 1

Fotografía de la autora: © Aurea H. Alanís

© 2019, Elena Poniatowska

Derechos reservados

© 2019, Editorial Planeta Mexicana, S.A. de C.V.
Bajo el sello editorial SEIX BARRAL M.R.
Avenida Presidente Masarik núm. 111, Piso 2
Polanco V Sección, Miguel Hidalgo
C.P. 11560, Ciudad de México
www.planetadelibros.com.mx

Primera edición en formato epub: noviembre de 2019
ISBN Obra completa: 978-607-07-6387-8
ISBN Volumen 1: 978-607-07-6388-5

Primera edición impresa en México: noviembre de 2019
Primera reimpresión en México: diciembre de 2019
ISBN Obra completa: 978-607-07-6383-0
ISBN Volumen 1: 978-607-07-6384-7

Si necesita fotocopiar o escanear algún fragmento de esta obra diríjase al CeMPro (Centro Mexicano de Protección y Fomento de los Derechos de Autor, http://www.cempro.org.mx).

Impreso en los talleres de Litográfica Ingramex, S.A. de C.V.
Centeno núm. 162-1, colonia Granjas Esmeralda, Ciudad de México
Impreso y hecho en México – *Printed and made in Mexico*

A Mane.

A Marta Lamas.

Prólogo

En 1795, Polonia, borrada del mapa de Europa, desapareció de la faz de la tierra durante 123 años. Ningún país padeció semejante tragedia, a ningún país le ha sucedido algo similar, y mientras escribo esto no dejo de sentir un escalofrío. Recientemente, el 12 de enero de 2010, Haití sufrió el peor de los terremotos, pero la ayuda de varios países lo mantuvo a flote. Polonia, en cambio, desapareció de todos los mapas en 1795 y quedó prohibido pronunciar su nombre.

Según el historiador polaco Adam Zamoyski, autor de la biografía de Stanisław August Poniatowski (1732-1798), *The Last King of Poland* —publicada en *paperback* en 1998 por Orion, en Inglaterra—, Poniatowski no es el responsable de la trágica Tercera Partición de su país; gracias a él, Polonia se había recuperado en años anteriores; además, la Constitución que promulgó en 1771 es considerada la segunda mejor después de la francesa.

La insurrección de Tadeusz Kościuszko, gran héroe polaco, no impidió que Rusia, Prusia y Austria se repartieran Polonia. José Poniatowski (Pepi), sobrino del rey, combatió a su lado en algunas batallas y tuvo a Kościuszko bajo su mando en la de Varsovia, antes de la derrota final en Maciejowice. En varios libros de historia se dice que Kościuszko gritó al caer de su caballo, con la cabeza ensangrentada por un sablazo: «¡*Finis Poloniae!*», pero varios polacos en México confirmaron indignados que Kościuszko jamás dio ese grito.

Algunas otras versiones y libros de historia consideran que el último rey de Polonia, Stanisław August, fue solo un títere en manos de Catalina II de Rusia, emperatriz de todas las Rusias, porque ella lo impuso en el trono y creyó que, por haber sido su amante, sería el más complaciente de sus súbditos. Sin embargo, el rey defendió su patria de los rusos y de su extraordinaria soberana.

A pesar de tener en su contra a tres de los más poderosos países de Europa, y de sufrir la enemistad rusa y la indiferencia del resto de las naciones, Poniatowski hizo todo por mejorar la deplorable situación de los campesinos polacos que vivían al servicio de una nobleza complaciente consigo misma y celosa de sus tradiciones sármatas. A Polonia la ahogaban desigualdades, prejuicios, tradiciones y, sobre todo, el funesto *liberum veto*, que dictaba que un solo voto en contra impedía la voluntad de la mayoría. Cualquier moción de un diputado a favor de las clases más olvidadas o del aumento de impuestos a los grandes señores era aniquilado por esta restricción.

De todas las costumbres y tradiciones sármatas, ninguna peor que ese veto que mantenía a Polonia débil y anquilosada. Amparada por él, la nobleza conservadora olvidó enseñar a leer, curar, proteger y luchar contra plagas y epidemias, y se negó a dar oportunidades a los que nacían desheredados.

Muchos polacos de la clase alta jamás abrían un libro, por lo tanto, su conciencia social no llegaba muy lejos y las reformas iniciadas por el joven rey Poniatowski —quien subió al poder a los 32 años (Catalina a los 33)— irritaron a los nobles de la *szlachta*, los propietarios de tierras, castillos y privilegios adictos al feudalismo.

Hubo un episodio culminante en el reinado de Poniatowski: su secuestro, en noviembre de 1771, a raíz de la enemistad que se generó en la Confederación de Bar. Quizás ese primer atentado contra un rey cimbró las cortes europeas, porque todas pusieron el grito en el cielo, a pesar de que el grito de Catalina fue más bien tímido, o al menos, no fue el que el rey de Polonia esperaba. Aunque este secuestro impresionó a las cortes de Europa y varios soberanos alarmados manifestaron su repudio a la injuria, Poniatowski comprendió cuánto lo despreciaba la nobleza polaca, lo poco que contaba su reinado en la historia de Polonia y cómo su pueblo lo culpaba de todos los males de su gestión. Lo más doloroso fue darse cuenta de la indiferencia de la emperatriz Catalina de Rusia, quien tardó en manifestarse y, cuando lo hizo, fue con una carta que lindó en la indiferencia.

A pesar del rechazo de Rusia, el rey Poniatowski, acostumbrado a nadar contra corriente, embelleció Varsovia y Cracovia entre batalla y batalla contra sus dos grandes enemigos, Federico y Catalina; y, en medio de las peores descalificaciones, logró que los jóvenes polacos se formaran en buenos centros de estudio, con laboratorios de ciencia y campos de entrenamiento físico, y que muchos niños que no habían tenido oportunidad alguna de salir de su casa asistieran a la escuela. También propuso que se juzgara a las mujeres con la misma vara con la que se juzgaba a los hombres, y que se les dieran todas las posibilidades de crecimiento a creadores y artistas; por ello, Polonia es en el centro de Europa un horno de talento y creatividad en cine, pintura, grabado, escultura y literatura (es el único país con cinco premios Nobel). El mismo rey impulsó a pintores, como Angelika Kauffmann, a quien envió a París, donde finalmente escogió vivir.

Poniatowski promovió la ciencia, la salud y la cultura, e instaló a Polonia en todos los campos del saber. Incluso frente al rechazo de Catalina la Grande y la saña de Federico II de Prusia, Stanisław salió adelante.

Desde el principio, los dos feroces monarcas vecinos se propusieron, al igual que la piadosa María Teresa de Austria, posesionarse de las tierras fronterizas en las que sus ejércitos avanzaban día tras día, comiéndose un pedazo de bosque, de río o de sembradío perteneciente a Polonia.

Mientras construía su país, Stanisław escribió todas las mañanas en francés un diario de sus actos de gobierno, sus pensamientos, sus aspiraciones, sus desilusiones, hasta de las traiciones de su clan, llamado *La Familia*, de las que dejó constancia en sus *Memorias*.

Estas *Memorias*, que van de 1732 a 1798, conforman una historia de Polonia durante 66 años y un testimonio de la vida de sus súbditos sometidos a la voracidad de sus vecinos: Rusia, Prusia y Austria.

En su diario, Poniatowski consigna su infancia, su enamoramiento de Catalina y, más tarde, los triunfos y las derrotas de su reinado; responde a las críticas y a las acusaciones de sus contemporáneos e imparte una lección de política al analizar los peligros que enfrenta una república —porque el régimen polaco, a pesar de sus defectos, fue republicano— entre tres países vecinos que pretenden asfixiarla invadiendo sus fronteras.

La autodefensa del último rey de Polonia frente a déspotas cínicos (Catalina, quién fue su amante; Federico II, el filósofo guerrero, y María Teresa de Austria, la piadosa) es un alegato en contra de la opresión y una acusación contra el lobo que se abalanza sobre el cordero y lo destaza a lo largo de cientos de años. Polonia —ahora un país fuerte y próspero y, por lo tanto, poderoso— fue un cordero pascual durante los años cruciales de su formación. Lo fue por su fe en la bondad humana, su catolicismo de *Agnus Dei* y porque no supo preservarse del cuchillo del depredador, sino hasta que la sacrificaron.

El rey Stanisław Poniatowski deseaba que Europa entera conociera sus actos de gobierno y por eso mismo expuso su diario al buen juicio de Inglaterra y Francia, a quienes estimaba particularmente. Escribió de amor y odio, de fidelidad y abandono, de política y cultura, de paz y guerra, de religión y desesperanza, de la intervención del clero polaco en todos los asuntos de gobierno y de la indiferencia de los países europeos ante la suerte de un país extraordinario.

Por desgracia, después de su muerte, sus memorias y demás papeles fueron confiscados por orden del emperador de Prusia, Pablo I, y se abrieron hasta el siglo xx. Ahora, según los historiadores de Polonia y de Francia, los manuscritos originales se conservan en Moscú y en Cracovia.

El rechazo al último rey de Polonia no solo se manifestó durante su vida, también lo padeció después de su muerte.

En 1938, las autoridades soviéticas informaron que demolerían la iglesia de Santa Catalina, en San Petersburgo, y que querían devolver a Polonia los restos de Stanisław.

Jean Fabre, gran historiador y biógrafo francés de Stanisław Poniatowski, consigna en su *Stanisław-Auguste Poniatowski et l'Europe des Lumières* —publicado en Editions Ophrys, en 1952— que, a fines de la Primera Guerra Mundial, en 1920, un ataúd solitario arribó de Moscú a la estación de trenes de Varsovia. Nadie lo recibió, ni un solo doliente se presentó a recogerlo. ¿Quién era su destinatario? Los trenistas polacos decidieron averiguarlo y abrieron la caja en la que yacía un esqueleto con una corona, un cetro, un orbe y un retazo de terciopelo rojo.

En 1938, los restos de Poniatowski se trasladaron de la iglesia de Santa Catalina, en San Petersburgo, a la capilla de la Santa Trinidad en Wołczyn, Polonia, lugar de su nacimiento.

Cuando la Unión Soviética invadió Polonia en septiembre de 1939, los soldados profanaron la tumba.

Ahora es fácil visitar el sarcófago que resguarda los pocos restos del rey porque se hallan en una cripta de la Catedral de Wawel, en Cracovia, en la que se sepultan a los monarcas polacos.

Doscientos cincuenta años más tarde, en México, la vida de mi país absorbió todas mis fuerzas y no pensé en Stanisław August Poniatowski hasta que, en un viaje a Estados Unidos, compré el libro *The Last King of Poland*, del historiador Adam Zamoyski, y me impresionó leer en la página 461:

> Stanisław fue uno de los hombres más inteligentes que jamás haya accedido al trono polaco y, de todos, el más trabajador y devoto a su patria. Ningún príncipe ha deseado nunca tan sinceramente, como él lo hizo, la felicidad de su gente.
>
> Hasta este día, Poniatowski opacó a todos sus hermanos monarcas en cualquier aspecto y en estatura moral. «Debería yo haber sido un canciller, no un rey», le dijo una vez a Thomas Wroughton, y este comentario toca la raíz del problema porque su sentido político, su sentido democrático para representar a su gente y permanecer a tono con sus aspiraciones

fueron los que causaron, una y otra vez, que abandonara una política razonable.

Si Poniatowski hubiera tenido la actitud de los monarcas que solo se rinden cuentas a sí mismos y a Dios, hubiera colgado como una marioneta de las manos de Catalina, su protectora rusa, y hubiera reprimido cruelmente a los Confederados de Bar. De haber sido más dictatorial, hubiera preservado su reino, pero esa actitud era imposible en un hombre de su finura y elegancia intelectual.

Tampoco Stefan Batory y Jan III Sobieski lo hicieron mejor que él porque Stanisław Poniatowski hizo más por su país que cualquiera de los dos y que cualquier soberano en la historia moderna. No hay duda de que, si Polonia hubiera sobrevivido, Poniatowski sería citado universalmente como un parangón de realeza y habría estatuas de él en los pueblos polacos. Finalmente, una falla propia de Polonia en su sobrevivencia lo derrotó y condenó a su desgracia posterior, aunque esta desgracia histórica no puede serle atribuida.

Según Adam Zamoyski, cuando los restos del rey finalmente se colocaron en la cripta de la Catedral de Varsovia, el 14 de enero de 1995, hubo gritos contra el presidente de la república y el primado de Polonia: «¡Vergüenza, vergüenza! ¡Qué vergüenza la suya honrar al amante de Catalina!». Y otros gritos de «traidor» resonaron bajo la bóveda, haciendo eco en la parte trasera de la nave a los gritos frente al altar.

«Han pasado más de doscientos cincuenta años del nacimiento de Stanisław Poniatowski y sus descendientes se encuentran en Francia, Estados Unidos y México», refiere Adam Zamoyski.

Al leer la palabra *México* pensé que tal vez tenía yo una estafeta que entregar de un siglo a otro, de un continente a otro, de un tiempo pasado a uno actual.

Me sentí tan agradecida con el historiador Zamoyski y tan curiosa por saber más de Stanisław Poniatowski que, a partir de ese momento, interrogué a mi primo Philippe, quien me informó textualmente que nuestra familia «era originaria de la región de Parma y prima y rival de la de los Borgia, a tal grado que, en 1654, el jefe de nuestra familia, de nombre Torelli, fue asesinado por el jefe de los Borgia. Los dos herederos de Torelli se exiliaron, uno en Francia y el otro en Polonia. Sin descendencia, la rama francesa masculina desapareció, mientras que la rama polaca transformó su nombre Torelli en Ciołek, simple traducción al polaco de la palabra italiana.

»El primer polaco Ciołek tomó por esposa a una Poniatowska, última descendiente de esa familia; por ello le transmitió su nombre y lo convirtió en Ciołek

Poniatowski»; así como en Estados Unidos el primer alcalde demócrata mexicano de Los Ángeles, Antonio Villar —amigo de Carlos Fuentes—, tomó el apellido de su esposa Raigosa, lo transformó en Villaraigosa y, tras una infancia muy dura, ganó las elecciones de 2005.

En septiembre de 1720, Stanisław Ciołek Poniatowski se casó con Konstancja, princesa Czartoryska. Tuvieron ocho hijos, entre ellos Stanisław August, rey de Polonia de 1764 a 1795. El monarca no tuvo descendencia (pero sí varios hijos ilegítimos). La rama francesa y la rama mexicana —a punto de extinguirse por la muerte de Jan, mi hermano, el 8 de diciembre de 1968— descienden de Stanisław Ciołek, sobrino del rey de Polonia y segundo príncipe Poniatowski, quien emigró a Toscana a raíz de la Tercera Partición de Polonia y se casó en Roma con la italiana Casandra Luci. Su casa en Roma, al lado de la Villa Julia, alberga hoy el Museo Etrusco.

Dos generaciones de Poniatowski nacieron en Toscana.

José Poniatowski y su hijo Stanisław emigraron a Francia y tomaron la nacionalidad francesa en 1855. Allí, Stanisław Poniatowski, mi bisabuelo, se casó con Luisa, condesa de Léhon (1838-1931), y dio a luz a André Poniatowski, mi abuelo, quien casado con Elizabeth Sperry Crocker nos cuidó a mi hermana Sofía y a mí durante diez años, hasta que partimos a México en 1943 con mi madre, Paula Amor.

Mi abuelo, André Poniatowski, tuvo la paciencia de hacer el árbol genealógico de la familia y logró remontarlo hasta el año 843, con Ludolfo de Sajonia, cosa que llamó mucho la atención de Diego Lamas Encabo, a quien le fascinan las genealogías. A Carlos Monsiváis, en cambio, le dio risa.

André y Elizabeth Poniatowski nos cuidaron durante los años de guerra; vivimos con ellos. Mi padre había alcanzado a De Gaulle en Argelia y, en Francia, mi madre manejaba una ambulancia. Para mi hermana y para mí, el apoyo de nuestros abuelos fue fundamental. Mis padres jamás tuvieron casa propia en París, siempre compartimos la de mis abuelos en la rue Berton —casa que ahora es la embajada de Turquía—. Hasta emprender el viaje a México y salir del puerto de Bilbao, en el Marqués de Comillas, nunca habíamos pasado un solo día sin ellos.

Mis abuelos sostenían en París a St. Casimir, una obra de apoyo a Polonia, y mi hermana Sofía y yo fuimos a alguna exposición o conferencia al Hotel Lambert, una espléndida casa sobre la ribera del Sena, sede de Polonia en París. Alguna vez, sobre la pechera de nuestros vestidos, la institutriz cosió un escudo polaco, pero no recuerdo haber sabido mucho más de Polonia. Claro, papá tocaba a Chopin y oíamos hablar del *Quo Vadis* de Sienkiewicz. Mamá quiso mucho a Eve Curie, hija y biógrafa de Marie Skłodowska Curie, y cuando el general Sikorski vino a México, el secretario de Relaciones Exteriores, Ezequiel Padilla, la invitó a una recepción. Años más tarde, Cristina y Alberto Stebelski me comunicaron su entusiasmo por Solidarność; y mamá, por el papa polaco Karol Wojtyła. Pero mi conocimiento no llegó más allá. Sergio Pitol y Juan Manuel Torres hablaban con pasión del cine polaco y de *Kanał* de Andrzej Wajda. Le debo a Aleksander Bekier mi único viaje a Polonia en 1966 (Varsovia, Cracovia y Gdańsk), en compañía de mi madre, quien se apasionó por la suerte del cardenal Wyszyński.

Entre los papeles de mi padre, encontré unas hojas en papel aéreo que dicen lo siguiente:

Jean Fabre, historiador y profesor en la Facultad de Letras de la Universidad de Estrasburgo, publicó en el Instituto de Estudios Eslavos de París su gran libro *Stanisław-Auguste Poniatowski et l'Europe des Lumiè-res*. En las páginas finales puede leerse una crónica del regreso de las cenizas de Poniatowski a Varsovia con una revelación tenebrosa: «En 1921, un tratado decidió restituirle a Polonia, bibliotecas, archivos y colecciones arqueológicas, obras de arte y objetos de valor histórico, artístico, científico y cultural, que en 1772 se habían apropiado los rusos. Un ataúd formó parte de la devolución. En julio de 1938, diecisiete años después, en Varsovia, circuló la noticia de que dos aduaneros abrieron ese ataúd de plomo en el que yacía un esqueleto coronado envuelto en terciopelo púrpura, un cetro y un orbe. Los curiosos averiguaron que el féretro llegó en secreto de la iglesia de Wołczyn a Varsovia».

Hasta aquí mi padre. En cuanto a mí, trescientos años más tarde en pleno siglo XXI, en México, donde no hay un solo libro en español sobre nuestro antecesor, la defensa que el historiador Adam Zamoyski hace de Stanisław Poniatowski es lo único que un miembro de la familia Poniatowski podría desear: la más completa y acabada de las investigaciones en un homenaje apasionado al último rey de Polonia.

Mientras escribía en la computadora, apareció en la esquina, en la parte inferior derecha de la pantalla, un rectángulo con un letrero que decía: «Te ofrezco todo lo que soy y todo lo que tengo. Poema para brindarte todo lo que puedo entregar, mis brazos, mi hombro, mis manos, mis besos, mi vida y mi corazón». Quedé tan sorprendida que pensé en alguna intervención del más allá. Aunque todavía no descubro si es una broma electrónica o la delusión de una vista cansada, me invadió un gran cariño por Stanisław

Poniatowski, quien en el siglo XVIII intentó hacer lo mejor por su patria, a pesar de tan adversas circunstancias y las fallas de su propio carácter.

A la vida de Stanisław Poniatowski, nacido en 1732, añadí algo de la mía, nacida doscientos años más tarde, en 1932, en un mundo fantástico, no solo para mí, sino para futuras generaciones de hijos, nietos y bisnietos: el de la llegada del hombre a la Luna el 20 de julio de 1969, con tres astronautas estadounidenses. Más de quinientos millones de hombres, mujeres y niños vimos por televisión (a color) a Neil Armstrong poner su pie en la Luna y escuchamos su frase mítica: «Es un pequeño paso para el hombre, pero un gran salto para la humanidad». Felipe, de apenas un añito, en los brazos de Guillermo Haro, su padre, vio ese momento y lo guardó en su inconsciente. Paula habría de nacer el 11 de abril del 2000. Mane, mi hijo mayor, debió guardar esa impronta al ver cómo descendía el Apolo 11, sentado a nuestro lado a sus catorce años, como alumno del Liceo Franco Mexicano.

Así como Philippe, mi primo, trazó una breve historia de los Poniatowski, quise añadir nuestra historia: la de mis padres, hermanos y la mía en México, nuestro país.

«Los Poniatowski», escribió Philippe, «son franceses desde hace ocho generaciones y defendieron a Francia en las dos guerras mundiales del siglo XX».

Marie-André, nuestro primo hermano, murió en el campo de batalla en Holanda, el 22 de enero de 1945, a los veintitrés años, como teniente de tanques de asalto de la división polaca del general Maczek. Atesoro una fotografía en la que Marie-André Poniatowski me sienta en sus rodillas, él de doce y yo de cuatro o cinco años.

Bruno Poniatowski, hijo de Michel, secretario del interior del gobierno de Valéry Giscard d'Estaing en la década de 1970, se apasionó por la vida del conde Poniatowski; mientras que Stanisław, hijo de Philippe, mantiene su interés por nuestra familia desde sus orígenes hasta la fecha. Ha publicado un impresionante volumen escrito por Sonia de Panafieu, y bellamente ilustrado, con el título de *Legacy*.

Alguna vez, Nicolás, mi nieto, durante un paseo por el parque de La Bombilla, al ver que no podía correr como él, me preguntó: «*Tu es très, très, très, très vieille?*», y le respondí que sí, pero no tanto como para no querer contarle esta larga travesía que cubre más de dos siglos.

Recordar es lo que he intentado y seguiré haciendo hasta mi último aliento, con tal de cumplir con el epígrafe de mi abuelo André Poniatowski, a quien amé desde que mi hermana Sofía y yo vivimos con él en París, en Spéranza, en el Midi y, finalmente, en Les Bories, antes de zarpar, en 1943, en el Marqués de Comillas, barco que salió del puerto de Bilbao para traer a México a muchos exiliados de la Guerra Civil de España.

En dos de sus libros, *De un siglo a otro* y *De una idea a la otra*, mi abuelo escribió: «A mis hijos y nietos, que no parecen saber a dónde van, para que sepan de dónde vienen».

Tenía yo entre las manos una enorme cantidad de datos históricos que no supe manejar, un altero desordenado de páginas, fechas, lugares y nombres difíciles de pronunciar y deletrear, cuando Marta Lamas —a quien le agradezco su providencial ayuda— me aconsejó publicar los primeros 24 capítulos (en sí, llegaban a 350 páginas) y dejar para una segunda parte el resto del mamotreto (Monsiváis *dixit*). Además de sus atinadas críticas, encontró la solución al ordenarme: «¡Pártela en dos!». Su apoyo me dio la fuerza para entregarlo a Planeta México, así como también me ayudó mi hijo mayor Mane, Emmanuel Haro Poniatowski, doctor en Física, quien lo leyó de pe a pa con luminosa comprensión e hizo observaciones que siempre agradeceré. Ir a ver a Diego y a Marta Lamas la mañana del domingo 7 de julio de 2019, para confiarles mi desesperación, cambió el destino de esta novela porque, a pesar de hablar de mi propia vida, el solo hecho de escribirla me transformó.

Paloma de Vivanco compró en París, después de recorrer todas las librerías especializadas en historia eslava, el último ejemplar del historiador Jean Fabre y me lo trajo a México con la enorme sonrisa que la caracteriza. Magda Libura, escritora y maestra universitaria polaca, aclaró varios sucesos para mí incomprensibles porque ni soy historiadora ni hablo polaco. Beth Jörgensen envió de Rochester, Nueva York, libros esenciales. Rosalinda Velasco vino algunos domingos a hacerme reír, cosa que me hacía falta. Yunuhen González me acompañó los días hábiles, de doce a cuatro de la tarde. Maciek Wisniewski, Lukasz Czarnecki y Marcin Żurek, los tres polacos, me dieron sus luces, así como Antonio Saborit, quien leyó los primeros capítulos y aconsejó que llamara *Filósofos* a los Enciclopedistas. Al paso del tiempo, nadie más preocupado por la suerte de esta novela que el analista político Maciek Wisniewski. Así como él, mi generosa amiga Sylvia Navarrete Bouzard hizo pertinentes comentarios, mientras Andrés Haro, mi nieto, leyó en francés algún capítulo, y Conrado Martínez de la Cruz atendió cotidianas diligencias. Antonio Lazcano Araujo compartió libros y catálogos de museos polacos y rusos traídos de sus frecuentes viajes a Europa e incluso visitó la Villa Poniatowski en Roma, el hogar de nuestro ancestro, levantado al lado de la Villa Julia. Rubén Henríquez y Alfonso Morales Escobar aceptaron leer capítulos; Rubén se desveló varios fines de semana para repartir puntos, comas, comillas y signos de exclamación que acostumbro echar con un salero con la esperanza de que caigan en su lugar. Rodrigo Ávila me acompañó domingos lluviosos con sus sugerencias, pero quien me sostuvo durante todo este tiempo con su fortaleza, su preocupación y su cariño es Martina García, al inquirir todas las mañanas: «¿Ya acabó?».

Imposible olvidar la solidaridad de *La Jornada* y la frase de su directora Carmen Lira: «Haz tu novela, te vamos a ayudar»; así como la buena disposición de Socorro Valadez, a quien absolutamente todos los colaboradores de *La Jornada* le debemos un favor.

Tambien gracias a Carmen Medina, quien me envió libros desde Suecia y ha sido muy generosa; al doctor David Kershenobich, notable gastroenterólogo; al doctor Pedro Iturralde, cardiólogo; y al oftalmólogo Hugo Quiroz Mercado.

Imposible tampoco dejar de reconocer a Lolo, el loro de Martina, que amanece diciendo: «¡Ay, qué rico!»; y a Monsi y a Vais, mis dos gatos compañeros de vida, sobre todo Monsi, de cuya envoltura felina se posesionó Carlos Monsiváis desde el 19 de junio de 2010.

Este libro está dedicado a Mane porque lo inspira, pero también tiene todo que agradecerle a Marta Lamas Encabo, porque lo salvó de mi enmarañada desesperación.

Princesa Konstancja Czartoryska,
madre de Stanisław Poniatowski.

Capítulo 1
Del kontusz *sármata a la presunción versallesca*

Si Stanisław se asoma a la ventanilla, la blancura se mete a sus ojos de niño. Es demasiada. Desde varios días atrás todo es demasiado. Un torbellino blanco azota el carruaje y es difícil comprender cómo sobreviven el cochero y sus caballos contra una tormenta que los ataca de frente. Incluso adentro, el frío penetra los huesos, congela las palabras. En invierno, Polonia, tan cerca de Rusia y Prusia, solo puede atravesarse en un trineo que raya el hielo. La nieve enceguece, es una mortaja. «No la mires, quema la retina», advierte Konstancja, su madre. Los copos caen cada vez más aprisa. El niño solo ve nieve, oye nieve, come nieve, respira nieve, su cuerpo tirita, la escarcha pica su cuello, sus hombros, sus orejas; sus manos son dos hielos que a nada responden, los diez dedos inútiles aguardan tiesos sobre el regazo porque la nieve atraviesa su ropa y congela la piel. Las palabras de Konstancja también se paralizan al ir de ella a su hijo: «Stasiu, tápate la boca, el cuello. Ya vamos a llegar a Wołczyn».

¿Qué les sucede a los niños que como Stanisław no saben lo que es el crepúsculo porque en su país el día es interminable? ¿Qué les sucede si solo pueden conocer la noche en un abrir y cerrar de ojos?

El coche entra a Wołczyn y, ya en la sala, frente a la chimenea, Stanisław pregunta:

—Mamá, ¿qué es la patria?

Konstancja abre la ventana y le señala la tierra.

—¡Esto! ¡Mira para allá! —La madre habla como si le arrancaran un pedazo del cuerpo—. ¿Entiendes, Staś? —Levanta la voz—. Los campos que ves allá afuera son tu tierra.

Konstancja Czartoryska es frío y calor, luz y sombra, dolor y placer, amor y desazón, causa y efecto. A diferencia de sus hermanos, y más tarde de sus hijos, su vanidad no se centró en la apariencia, porque ya de por sí sus hermanos, orgullosos de su belleza, no le quitaron los ojos de encima y la celaron desde antes de su presentación en la corte. En una de las recepciones en Varsovia, Konstancja vio a un hombre pálido recargado contra un muro del salón de baile cuyos ojos la asaetearon. Bajo un candil de dieciocho velas, la miraba con una intensidad que la quemó. Ningún hombre la había mirado así. «¿Quién es?», preguntó a August, su hermano mayor. «El conde Poniatowski».

Apoltronado entre sus libros, después de veinte años de casados, el viejo Stanisław Poniatowski, quien le salvó la vida al rey Carlos XII de Suecia en la batalla de Poltava, sigue mirando a su mujer como el primer día. Konstancja se enamoró de ese extraordinario soldado porque, en vez de celarla como los demás, la observaba sin hablar, como todavía lo hace cuando, arrobado, deja un libro abierto sobre sus rodillas y la contempla sin decir palabra.

—Polonia, hijo mío, es inmensa y va del Báltico al Mar Negro, del corazón de Prusia al corazón de Rusia. ¡Somos el imperio más vasto!

—Entonces somos muchos países, somos Rusia y somos Prusia y somos Austria y somos Suecia y somos...

—No —corrige Konstancja—, somos Polonia. Tú solo llevas dentro de tu corazón a Polonia...

En invierno, Wołczyn es un infierno blanco.

Invierno, infierno.

Los víveres escasean. El vodka hace olvidar el frío, también la col y el betabel convertidos en una sopa roja e hirviente. Como la hormiga en la fábula de la cigarra, durante el verano, Konstancja ordena a sus sirvientas cocer a fuego lento frutos que serán las confituras y conservas del próximo invierno.

—¿La nieve tiene animales adentro, mamá?

—¿Por qué preguntas eso?

—Porque llora…

Si sus hermanos están ausentes, Stanisław permanece frente a la ventana viendo caer los copos hasta que se cierran sus ojos de miope.

—¿En Rusia cae la misma nieve?

—Cae más. En Rusia todo es más.

—¿Y en Francia?

—En Francia, en Inglaterra, en Austria, en Prusia, en todas partes cae nieve.

—Entonces somos lo mismo.

—No. Polonia es solo Polonia.

—Si amo a Polonia y como con la boca abierta, ¿soy una mala patriota? —Ironiza la hermana mayor, Luiza, quien se atreve a interrumpir a su madre.

—No, ordinaria, hija mía.

Si el padre de familia regresa temprano, les pide a sus hijos: «Canten. ¿Por qué no cantan?».

Resulta ser que, a los trece años, en 1690, Poniatowski padre viajó a Viena a estudiar música, alemán y francés, pero muy pronto canjeó la música por la carrera militar al lado de Michał Sapieha, quien se convirtió en su protector. En la batalla de Poltava, salvó la vida del rey de Suecia y habría seguido combatiendo si no hubiera descubierto, a los cuarenta y cuatro años, a Konstancja Czartoryska.

Por eso hacer la guerra es religión en Wołczyn, y la formación militar, un sacramento.

«Tú tienes que ser un gran soldado como tu padre».

Konstancja viste a Stanisław con el traje sármata, el *żupan* escarlata y lo obliga a abotonarse una infinidad de minúsculos botones dorados. Sobre la camisa larga lleva el *kontusz* que lo protege del frío con su forro de piel de astracán. Al niño le gusta su pantalón ancho recogido en los tobillos, lo demás le estorba.

Elżbieta Morszczyn, la abuela materna, tampoco aprecia la moda sármata: «No lo vistas a la polaca, se ve incómodo con el *kontusz*».

El niño tiene tendencia a enfermarse. Konstancja lo cuida más que a los demás.

—¿Sabes cuál es la más grande de las virtudes, Stanisław?

—Sí, la paciencia.

Stanisław es un niño a la espera, imposible que se manifieste, a diferencia de sus dos hermanas, Luiza e Izabella, que le reclaman a su padre: «Wołczyn es una tumba. Nos estás enterrando en vida. ¿Cuándo nos llevarás a Varsovia?».

En la noche, Konstancja lee en voz alta. Sigue las reglas de Elżbieta, su madre, a la que su educación en

Versalles hizo superior y afirma que los mejores hombres son los poetas: «Si lees una poesía cada noche, tu vida será otra», dice en la mesa.

Solo los hijos mayores tienen la fuerza de abrir la puerta cerrada por una montaña de nieve para salir del palatinado de Brześć, en el que su feudo lleva el nombre de Wołczyn. Ahí, bajo los árboles del parque, juegan a la batalla.

—¿Qué ves, Stasiu?

—Busco a los venados.

Cuando su padre, el conde Poniatowski, levanta la vista y ve a Stanisław mantenerse de pie durante horas frente a la ventana, lo atenaza una cierta aprehensión por su futuro. A lo mejor, Konstancja sabe cuál es, pero no lo dice. Son ocho hijos. Luiza e Izabella tienen que hacer un buen matrimonio. Kazimierz, el mayor y más egoísta, quien ama el arte, el lujo, la intriga y el abuso, será chambelán de la corona. Aleksander, el favorito del padre, muere en Ypres a los diecinueve años; lo mismo que Andrzej, menor que Stanisław, quien también muere muy joven. O el clero o el ejército. Michał, el menor de todos, también ambicioso, ama la buena vida y por eso su destino es el clero. Franciszek, nacido en 1726, arrodillado junto a su madre a la hora del rosario, morirá de epilepsia en un seminario en Francia. Luiza, la mayor, se unirá en matrimonio a Jan Zamoyski, palatino de Podolia, y nunca dejará de ser impertinente. Izabella, nacida en 1730, se convertirá en una Branicka a sus dieciocho años.

—¿Por qué tengo que casarme con un viejo de sesenta años? —Se rebela.

—Porque eres mujer.

Por lo pronto, Luiza es la que más consiente a Stanisław, a quien Konstancja dio a luz el 17 de enero de 1732. Su madre las educó virtuosas, responsables, conscientes de su linaje, pero por el momento solo son rebeldes.

En sus *Memorias* escritas en francés —porque es la lengua de las familias ilustradas—, Stanisław afirma que, desde los tres años, su madre se ocupó de su educación: «No solo me enseñó la mitad de las cosas que enseñan maestros y mentores, sino que se aplicó a darle a mi alma una fuerza austera y una elevación que me alejó del modo de ser de los demás niños, pero también causó varios de mis defectos. Me colocó por encima de mis compañeros [...] Así me convertí en un pequeño ser que parecía muy orgulloso [...] A fuerza de buscar gente perfecta, me quedé solo, y los que se creían despreciados me procuraron la molesta distinción de tener enemigos desde los quince años. En cambio, mi forma de ser me preservó de todo lo que las malas compañías tienen de contagioso [...] Contraje y conservé antipatía por toda falsedad, pero tuve demasiada antipatía —en vista de mi edad y de mi posición— por todo lo que me enseñaron a juzgar mediocre o plano.

»Cuando cumplí doce años tuve serias inquietudes teológicas sobre el libre albedrío, la predestinación y el error de los sentidos; desconfié a tal grado de lo que es la verdad —según los demás— que estuve a punto de enfermar. Todo lo ponía yo en entredicho. Siempre recordaré la manera tan sabia en que el padre Śliwicki me sacó de mi angustia. Tuvo el sentido común de no llevarme inútilmente por la vía del silogismo. Se limitó a decirme que era normal que dudara de todo y que si yo descreía no era mi culpa porque Dios es suficientemente grande como para aceptarlo. Así me liberó de la inquietud y del sufrimiento».

El profesor de esgrima acusa a su discípulo:

—Stasiu es distraído, no le importa ganarle al enemigo, se distrae, no le interesa la clase.

—¿Cómo es posible? —Se enoja el conde Poniatowski—. Sus hermanos son extraordinarios espadachines.

La guerra es esencial en la vida del conde; como muchos polacos, solo piensa en ganar la guerra.

———◆———

—Cochinas judías —nos grita una mujer que levanta sus dos brazos para tender las sábanas en la azotea al lado de la casa que mamá alquiló en la calle de Guadiana, casi frente al Hotel María Cristina, en la colonia Cuauhtémoc de la Ciudad de México—. ¡Cochinas judías, regrésense a su país!

—Nos trajo la cigüeña de París —replica mi hermana, quien no se arredra ante nada.

—¿Cuál será nuestro país? —le pregunto inquieta.

—¡Ay, hombre, cualquiera!

A los diez años, mi hermana me llama *hombre*, *mula* o *mana* (*manita* cuando está de buenas). Lo que más le gusta es *mula*.

Llegamos de Francia a México en 1942. Nos despedimos de un papá uniformado de caqui en la estación del tren de Toulouse, que nos llevaría a Bilbao a embarcarnos en el Marqués de Comillas. Mi hermana de nueve y yo de casi diez años actuamos para él, en el andén, a Hitler y a Mussolini. Ella, alta y delgada, es Hitler; yo, Mussolini. Terminamos en el suelo, la lengua de fuera y los ojos cerrados porque nos matamos después de pegarnos y cantar una canción subversiva cuyas palabras he olvidado. ¡Qué lástima! Papá sonrió, pero en realidad se preguntaba si volvería a vernos. Ese mismo día, después de dejarnos en la estación, salió a Pau, para de allí atravesar a pie los Pirineos y alcanzar a De Gaulle en África. En Jaca, España, lo encarcelaron cuarenta días.

En el Marqués de Comillas rumbo a México, nunca imaginamos que él pudiera estar en la cárcel comiendo con una cuchara de palo.

No sabía yo que mamá era mexicana.

Stanisław Poniatowski, padre de Stanisław.

Capítulo 2
La severidad de mi madre es igual a quitarle
el mes de abril al año

El encanto de Wołczyn estalla en abril, sus rosas se abren y los retoños verdes de sus árboles despuntan a los rayos de un sol tímido. En primavera y en verano aparecen las fresas del bosque, las cerezas, las frambuesas, las ciruelas, las peras, las manzanas. Cada verano trae una nueva fruta.

La llegada de sus primos Czartoryski, unos gigantes que por poco y entran a caballo hasta la mesa del comedor, es para Stanisław un acontecimiento tan definitivo como la primavera.

Los Czartoryski son muy numerosos, se visitan y se casan entre sí. Hacer la guerra, la batalla ganada y perdida es su única conversación. También se extasían con las armas, pistolas de chispa, de dos cañones giratorios, sables y espadas. Si los hermanos salen al jardín, se dividen en campos enemigos y combaten entre sí. «Aquí nosotros, allá los Poniatowski». Stanisław prefiere la compañía de su prima Elżbieta.

Los primos Sapieha y Radziwiłł no solo envidian a los Czartoryski, los odian y, a su vez, los Sobieski detestan a los Podolski. Imprevisibles y pasionales, los nobles polacos viven en un mundo de armas, intrigas y traiciones. Eso no impide que brinden entre ellos con alcohol de miel, aunque a la hora se acusen de robo de tierras, joyas y obras de arte. Cada una de las familias tiene su pequeño ejército belicoso, armado con dagas que encajan a la velocidad del rayo, aunque después se disculpen por haberse equivocado de cuello. Stanisław, quien de niño se impresionó con la fiereza militar de los sármatas, al regresar de Francia e Inglaterra los encontrará risibles.

Tras la ventana de la casa de Wołczyn, se abre toda la riqueza del bosque, su madera, su cera y su miel, sus lobos, sus venados, sus bisontes, sus zorras. La piel de los animales desollados termina tapizando los asientos del trineo en invierno para que no penetre el frío que desciende aullando desde lo alto de Siberia.

Stanisław se mantiene de pie hasta que le ordenan tomar asiento. Konstancja pone un énfasis desmesurado en los buenos modales. Juzga a los demás por su conducta en la mesa y la altura de su conversación.

—Los polacos tenemos que aprender otras lenguas para no aislarnos —advierte.

A Wołczyn llegan pocas noticias del resto del mundo. Además de su idioma, Stanisław aprende latín, francés, inglés y alemán, todo menos ruso.

—Cuando seas mayor, te enviaremos a Francia a perfeccionar tu francés, y a Inglaterra, tu inglés.

—¿Y por qué no voy a Inglaterra a practicar mi francés? —Ironiza Stasiu en el instante en que su madre lo fulmina con la mirada.

En un país sometido a hordas de sajones, suecos y rusos, que lo confunden con su campo de batalla, Wołczyn es un enclave de rigor, y Konstancja Poniatowska, una hormiga. Además de envidiarse, las familias Sapieha, Radziwiłł, Mniszech y Lubomirski también bailan noche tras noche y cantan, cigarras de sí mismas. Entre más rico el magnate, más grande su séquito que incluye a una multitud de vividores. El único propósito en la vida del rey Augusto II, el Fuerte, en los siglos XVII y XVIII, fue tener trescientos hijos, de los que solo reconoció a diez.

La familia de Konstancja se distingue por su buena conducta. En cambio, su pariente, el *hetman* Jan Klemens Branicki —a quien Polonia le importa un comino— se ha erigido un pequeño castillo en

Białystok copiado de Versalles. Konstancja, hoy distante de su poderoso hermano August, dueño del palatinado de Rusia, de muy joven se hizo a la idea de que él era un hombre superior, un auténtico sármata, magnánimo y generoso; pero cuando August no cumplió su promesa al conde Poniatowski de entregarle a su hijo Kazimierz el regimiento de guardias que le había cedido, la defraudó al grado de perder su cariño.

En Puławy, el castillo de los Czartoryski consta de diez dormitorios; su dueño, August, reside en un ambiente fastuoso en el que hijos e invitados sienten que el mundo está a sus pies. Reconocidos, agasajados, desgastan su energía al galope de su montura, mientras sus mujeres prefieren caminar en el parque y presumir joyas, sombrillas, abanicos o cómo su jardinero logró injertar tal o cual rosal que ahora crece en su jardín.

La esposa de August Czartoryski, Zofia Sieniawska, rara vez aparece y nadie pregunta por ella. El tío August no la menciona y sus hijos no parecen extrañarla.

A diferencia de los Lubomirski que hablan de guerra, Konstancja valora cada árbol, cada rosal, cada pino: «No lo tires», ordena, «puede ser una semilla». Algunos nobles polacos se han contagiado con el esplendor de la vecina Constantinopla y presumen joyas turcas. Los magnates polacos visten a sus sirvientes como turcos. El Imperio otomano está siempre presente, así sea para denostarlo: «Sus turbantes les calientan la cabeza, sus sesos hierven y los hacen distintos a nosotros. No son nuestros iguales». Las grandes familias de Polonia codician la magnificencia de Constantinopla, pero aseguran despreciar a los turcos.

Para Konstancja, el tren de vida de sus parientes Czartoryski es un desatino. Además de fincar su prestigio en lujos y riquezas, gastan fabulosas sumas en un solo día. Levantan sus propios arcos del triunfo, viven a la francesa, y todo lo que proviene de la corte de Luis XIV es su modelo a seguir. Tanto favoritos como familiares pobres forman parte de un séquito disparejo y vocinglero.

Adam y Elżbieta, hijos del tío August Czartoryski, jefe de La Familia, son los primos más queridos de Stanisław.

—¿Sabías que a los Potocki los acompaña en sus viajes una orquesta privada? —pregunta Adam a su primo Stanisław con cierto tono de superioridad.

Los Radziwiłł sacrifican dos reses diarias y en Wilno los invitados adoran al jefe de familia porque bebe de un golpe una cubeta de *champagne*. Su corte es carnavalesca e incluye —además de sesenta sirvientes— cirqueros, enanos, músicos y juglares que se contorsionan en el patio interior del palacio, donde se unen patrones y sirvientes en la misma carcajada. Al regreso de la cacería, aguardan el botín en ese mismo patio, halconeros, caballerangos y perros.

—Es gente bien nacida pero mal educada —sentencia Konstancja, quien enseña a sus hijos a despreciar los excesos, tanto los de la ostentación como los del lenguaje corriente y difamatorio.

—Por lo visto, todos estamos en lo mismo —exclama su joven hija Izabella—. ¿Por qué me debo casar con el viejo Branicki que me lleva cuarenta y dos años?

—Tu prima Aleksandra Czartoryska tuvo que casarse con Sapieha para conservar Lituania.

—Yo no pienso sacrificarme —protesta Izabella.

—¿Qué palabras son esas? Ustedes son niñas bien nacidas —regaña Konstancja a quienes consumen sus devociones. Aunque le es difícil sacrificar a sus hijas, las alianzas son prioridad. «Primero La Familia», repite a todas horas como una oración a la Virgen de Częstochowa.

Si por alguna razón, la condesa Poniatowska falta a misa al inicio del día, la atenaza el nerviosismo. «Es mi pan de cada día». A su hijo Staś lo lleva con un arnés mental de la biblioteca a la sala de música. El deber aprisiona al adolescente. «Stanisław, ya llegó tu profesor de solfeo», «Stasiu, tu maestro de Latín hoy se excusó; en cambio, vamos a leer las Sagradas Escrituras», «Stanisław, te espera tu confesor». La vida entera debe sacrificarse al estudio y la oración, pero en el confesionario, el padre Śliwicki tranquiliza a su pequeño discípulo.

—Nos vamos a Gdańsk, allá no te distraerán tus hermanas —advierte Konstancja, quien viaja con sus cubiletes de plata en los que solo beben ella y sus hijos.

Los sirvientes se acomodan como pueden. Más que camas, se acostumbran canapés y divanes tapizados. Todas las grandes familias se desplazan con su samovar y sus sábanas; jamás posarían su cabeza en una funda de almohada ajena. Ser noble es ocupar un espacio al que otros no tienen acceso.

—Te educo para que seas un gran hombre y le devuelvas a Polonia el esplendor que le dio el rey Kazimierz. Polonia era entonces el mejor reino de Europa —alega Konstancja cuando ve su agobio, aunque también se pregunta de vez en cuando si ese adolescente tan retraído es feliz.

—¿Cuándo reinó ese rey?

—Hace más de cuatrocientos años y nadie lo venció.

«Mi madre tiene una inteligencia superior», escribe Stanisław en su diario, pero también anota: «No me dieron nunca el tiempo de ser niño y eso, por decirlo de algún modo, es como si se le quitara el mes de abril al año».

La única licencia que toma Konstancja es la de la mesa. Comer bien es señal de cultura y los buenos platillos refinan el pensamiento. La estufa calienta la casa. En Varsovia, en Gdańsk, en Cracovia y en Wołczyn, el respeto social y político se lo ganan los mejores anfitriones. «Konstancja Poniatowska sabe recibir», coinciden los comensales al levantarse de la mesa.

Dentro de su perfección, Konstancja ignora que su hijo bien amado escribe en su diario: «Hoy sé que de niño sufrí una privación irreparable de la que debo quejarme, porque la pena y la melancolía que me acongojan con tanta frecuencia son el efecto de esta sabiduría precoz que no me preservó de las culpas ficticias que me estaban predestinadas».

———◆———

Mamá regresa de madrugada al número 3 de la rue Casimir Périer en París y sube los cinco pisos hasta el departamento de su hermana mayor, Elena Amor, a quien le dicen Bichette. Mamá condujo su ambulancia toda la noche. Se tira en la cama totalmente exhausta. A las ocho, Bichette la despierta con un desayuno. Mamá solloza. Bichette, de pie, su charola en los brazos, la mira consternada porque quería darle un gusto; en cambio, la sacó de un sueño profundo. Lo que necesitaba mamá era dormir.

Antes de salir a México, fuimos a *L'École Communale* de Francoulès, cerca de Cahors, en la región de Toulouse. Mis abuelos salieron de París porque los alemanes habían tomado su casa en la rue Berton.

Recuerdo el tintero encajado en cada pupitre. Escribíamos con manguillos terminados en plumilla y hacíamos *pleins* y *déliés*. Con los *pleins* se apoya la plumilla para que fluya más tinta en la *l*, la *f*, la *p*, la *t*, todas las letras de palito, las mayúsculas también se engrosan. Los *déliés* son ligeros, alargados o redondos como la *o*. Pongo una enorme atención en mi cuaderno, lo amo. Saco poca tinta del tintero —de porcelana blanca como la bacinica—, pero una mañana, al llevar la tinta a la página, hago lo que en francés se llama *un paté*. Todavía hoy visualizo ese lunar oscuro sobre la página; me quema los ojos, las mejillas, la garganta, es más que vergüenza, es una afrenta. Madame Cocu —así se llama la maestra— me consuela. «Este gis va a absorber la gota de tinta». En la escuela no hay un solo papel secante.

Antes de *partir pour le Mexique,* presencio mi última nevada. Sobre el vidrio de la ventana se estrellan copos que cubren los árboles y descienden hasta el fondo del valle. A las pocas horas, un manto de inmensa blancura sepulta toda Francia. Qué bueno que los borregos están dentro, aunque los copos difícilmente penetrarían su espesa lana grasienta.

La guerra, siempre la guerra. Doscientos cincuenta años después del nacimiento del rey Poniatowski, papá y mamá visten de caqui. Mamá maneja una ambulancia, papá es capitán. ¡Qué impresionantes sus uniformes y sus rostros de preocupación! El sonido de las botas de papá sobre el piso atraviesa mi corazón. Mientras los dos esperan sus órdenes en París, mi hermana y yo vivimos en Vouvray, en una casa de ventanas pintadas de azul marino para poder prender la luz sin que *les boches* nos bombardeen. Escasea todo y mis padres deciden enviarnos a Spéranza, en el sur de Francia, con nuestros abuelos.

Los domingos subimos en automóvil a Grasse. Llevamos abiertas las ventanillas y sacamos la nariz porque a cada vuelta huele más bonito. La misa es ante todo un perfume que la iglesia calienta. Al salir, los lugareños saludan a André, mi abuelo, a Beth, mi abuela, y se inclinan para darnos la mano. Beth es de California, se conocieron en San Francisco, cuando él construyó el San Francisco Railway.

Los lugareños nos tratan como si fuéramos especiales. Al regreso, en Spéranza, el jardinero Palanque nos corta una rebanada de pan a la que le unta tomate y ajo. Palanque dice que hay que cuidar los olivos de la helada. Habla del Mistral que viene del norte y del Siroco que viene del sur. Anuncia que este año las uvas amarillas van a estallar de jugosas.

Contra las rocas de Eden Roc se estrella el Mediterráneo. La *croisette* de Cannes es un paseo dominguero a pesar de que estamos en guerra. En Spéranza no alcanzamos a escuchar el sonido de las olas, estamos demasiado lejos, pero allá abajo aguarda el paraíso de la playa. No recuerdo la impresión causada por la primera vez que vi el mar, pero ahora, cuando pienso en él, repito una frase del movimiento estudiantil francés de 1968: «Bajo los adoquines, está la playa».

«Children should be seen but not heard», regla de nuestra infancia, me marca para toda la vida. Quisiera que mis abuelos, a la hora en que nos sentamos a la mesa, se dieran cuenta de que Sofía, mi hermana, no me deja ni una hojita de lechuga en la ensaladera, pero no levanto la voz y nadie nos pregunta si somos felices porque se ve a leguas que lo somos.

Escudo de la familia Poniatowski.

Capítulo 3

Konstancja convence al abate Pierre Allaire, venido de Francia, y a Jacek Ogrodzki, egresado de la Universidad de Cracovia, para que introduzcan a Stanisław en las bellas letras. Konstancja, católica hasta la médula, no vacila en llamar a notorios luteranos para que eduquen a su hijo. El alemán Kiese lo inicia en Aritmética, Geometría y Lógica.

—Estudia Latín desde los cuatro años. —Lo justifica Konstancja cuando el abate Allaire alega que Stasiu no sabe de diversiones ni de recreos.

—¿No lo estará sobrecargando de conocimientos? —se atreve el abate.

En Varsovia, los prusianos —grandes impresores— fundan librerías, los franceses lanzan tiendas de novedades que las dos mayores, Luiza e Izabella, mueren por conocer. En los hostales, la conversación de los viajeros abre la mente de sus oyentes: nuevas ideas llegan a la plaza pública.

El poder y el rigor de Konstancja sobre su hijo lo aíslan de los demás. Aunque su salud no le permite participar en entrenamientos militares, para él no hay descanso: Inglés, Francés, Alemán, Dibujo y Retórica, con la que más tarde vencerá a jóvenes adversarios. Para aligerar la severidad materna, el abate Allaire lo hace memorizar las fábulas de La Fontaine, «La rata de la ciudad y la rata del campo», «La bellota y la calabaza», y el niño las dice con una naturalidad que fascina a los invitados. Menos naturales son sus versiones de Cicerón y de Horacio porque necesita el recreo que Konstancja le niega, a pesar de que le sorprende la apasionada elocuencia de sus traducciones de Cassius, así como la deleitan sus composiciones en polaco.

A Staś lo espera la lectura de Montesquieu, Voltaire, Rousseau y D'Alembert, quien en su enciclopedia explica que las salamandras —símbolo de Francisco I, rey de Francia— sobreviven al fuego. Un colega suyo echó al fuego dos mil salamandras y todas murieron, por lo tanto, la veracidad de la ciencia de D'Alembert podría ponerse en duda, pero Stanisław prefiere no discutir con su madre.

Años más tarde, al llegar a San Petersburgo, los rusos le agradecerán al joven Poniatowski su buena pronunciación. Al conocerlo, escribirá el conde de Ségur: «La severidad de su madre le imponía ocuparse solo de política, pero a él lo embargaba el más vivo amor por las letras, las artes y la poesía».

Es fácil para Karl von Keyserling, venido de Rusia, convertirse en 1744 en su preceptor y tomarle afecto a ese inocente sobre quien el amor materno ejerce tan áspera disciplina.

—Su hijo tiene facilidad para la filosofía —advierte Keyserling—, pero habría que pensar en la diplomacia; su temperamento lo inclina al retraimiento. Es incapaz de intuir malas intenciones, le falta malicia y le sobra inocencia, y lo encuentro cándido en todo lo que se refiere a política. La ingenuidad en política es fatal, princesa, y su hijo Stanisław es un ingenuo.

—¿Qué intenta decirme, señor conde?

—Que lo devorarían vivo en cualquier corte porque no tiene la pericia de Kazimierz, su hermano menor, y mucho menos la de Luiza.

—Yo creo que mi hijo perderá pronto su ingenuidad.

—Ojalá, porque puede serle fatídica.

La que no es nada ingenua es su joven prima Elżbieta Czartoryska, quien inquiere en la mesa:

—Tía Konstancja, ¿sabías que los Sapieha comen en una vajilla de oro?

—Sí, pero se limpian la boca con la camisa… Polonia podría ser el granero de Europa. —Se inflama Konstancja—. En Gdańsk se embarcan miles de toneladas de trigo…

—¿Y por qué no lo es? —insiste la pequeña Elżbieta.

—No tenemos suficientes barcos. Antes, la lana de nuestros borregos era la mejor del mundo y la enviábamos a Holanda e Inglaterra. Además de granos, vendíamos papas y hacíamos vodka al borde del Vístula y en las colinas de Cracovia…

La fortuna de los Czartoryski es inmensa. Además del feudo de Puławy, el tío August y el tío Kazimierz son dueños del Palacio Azul en Varsovia y de cuatro castillos en Lublin, Cracovia, Wilanów y Klevan, cerca de Siedlce. En sus conversaciones recuerdan «la encantadora propiedad de Natolin», que solo visitan de vez en cuando.

Konstancja tiene la convicción absoluta de que ninguna otra clase merece sus privilegios, aunque el viejo conde Poniatowski no comparte la misma certeza:

—A los sirvientes debería tratárseles de otra manera.

—Los criados lo son porque no pueden ser otra cosa —replica Konstancja.

—¿Y si pudieran, serían más felices? —se atreve el niño Stanisław.

—¿Y quién te dice que no lo son? ¿No los oyes cantar en la cocina?

—Yo nunca he visto a un campesino sonreír —comenta Stanisław.

Konstancja, firme y juiciosa, trata bien a quienes están en su servicio, pero jamás se le ocurriría preguntarle a su recamarera en qué piensa. Devota de San Casimiro Josafat, San Stanisław Kostka y, sobre todo, de la Virgen de Częstochowa, su fervor la salva de cualquier remordimiento.

En torno a la mesa del comedor giran servidores, hombres y mujeres, de todas las edades con sus delantales blancos y sus rostros parecidos entre sí, quemados por el sol, y maltratados por la lluvia y el viento; tienen las mismas arrugas alrededor de sus ojos, atentos a la más mínima demanda de la augusta familia. Stanisław los mira y se encariña con un sirviente de unos treinta años, delgado e inquieto, en cuyo rostro grave adivina el sufrimiento. Una tarde le pregunta de dónde es.

—Soy de Częstochowa, del campo.

—¿Y por qué estás aquí?

—Por el pan. En su casa hay pan para todos.

Casar a su hija Izabella con Jan Klemens Branicki en contra de su voluntad es tarea obligada de

Konstancja. Todas las mujeres nacen para el sacrificio. Olvida que ella fue quien escogió a Poniatowski.

Para los tíos Michał y August Czartoryski acumular tierras y hacerse de siervos es normal y, a diferencia de su cuñado Poniatowski, el tío August nunca se pregunta por qué los demás carecen de derechos cuando él los tiene todos. Konstancja asegura que su guardabosques es rico porque posee un caballo y una vaca que, además de leche, le dará un becerro. Su marido escucha su argumento con ojos de reproche.

El joven Stanisław recorre el inmenso jardín de Puławy, propiedad de los Czartoryski, en compañía de su prima Elżbieta, la hija consentida del tío August. Cuando los hermanos Czartoryski salen de cacería, Stanisław se queda atrás y acompaña a su prima. Al atardecer, los cazadores reaparecen con manojos de pájaros y de liebres que avientan sobre la mesa frente a los cocineros.

—Mira, Stanisław —le informa su primo Adam Czartoryski—, esos campos que allá amarillean son herencia de mi abuelo y el río que los atraviesa también.

—¿Cómo puede alguien ser propietario de un río? —inquiere Stanisław—. ¿Y los árboles?

—También son nuestros.

—Te equivocas, primo, los árboles son de los pájaros y del viento.

Al igual que Stanisław, su primo Adam cuenta con una notable biblioteca y lee hasta el amanecer. A diferencia de Stanisław, es altanero y pagado de sí mismo. «¿Cómo puedes tener tantas certezas?», «¿Por qué pierdes el tiempo hablando con todos, primo?», indaga despectivo. De tanto buscar a gente perfecta, al igual que su primo, también se hace de enemigos. Desde muy joven, acompaña a su padre a recorrer su palatinado y colecciona porcelanas y tejidos. «Nuestros artesanos son insuperables». Los peleteros fabrican gorros con bordes de piel de zorro, de armiño, y forran el suntuoso *kołpak* de August Czartoryski con la piel de ciento cincuenta armiños.

Vestido a la usanza sármata, el tío August hace entradas imponentes: su estatura, muy por encima de la normal; su *kontusz* color granate, de mangas abiertas hasta los codos, permite que luzca sus brazos de guerrero y empuñe con firmeza el sable curvo del que nunca se separa; acintura su camisola con una faja bordada que da vuelta en torno a la amplitud de su vientre; su cráneo rasurado brilla con luz propia y contrasta con los larguísimos bigotes que escurren de su labio superior y que él acaricia.

El tío August, gran jefe de familia, atemoriza a todos. Sus manos gigantescas son las primeras en servirse; sus gruesas palabras, las primeras en oírse, pero en vez de hablar, él da órdenes.

—¿Por qué se cree tanto? —interroga Stanisław a Konstancja—. Mi padre no es así.

—Es el jefe de La Familia.

—¿Y de los Poniatowski también es jefe?

—No, pero tenemos acceso a La Familia porque soy una Czartoryska.

Por medio de su madre, Stanisław se entera de que La Familia es un clan poderoso que también rige el destino de los Poniatowski.

El imponente August Czartoryski amonesta al joven Stanisław, quien se sienta al lado de su prima hermana Elżbieta y la sigue a todas partes. Si se levanta, corre tras de ella.

—¿Cuándo vas a quitarle los ojos de encima? —inquiere el tío August con voz de trueno. Hay que separarlos.

¿Dos niños que se aman son un peligro?

—¿De nuevo salieron solos Elżbieta y Stanisław? —Estalla el gigante.

En alguno de sus paseos, a Elżbieta se le ocurre entrar cual dueña y señora a la choza de un campesino:

—¿Y sus muebles? —pregunta.

Le sorprende enterarse de que hombres, vacas y borregos duermen juntos. Apasionada como es, le reclama a su padre:

—La vida de tus siervos es una vergüenza.

—Tú y yo haremos algo por los campesinos. —La tranquiliza Stanisław.

—¿Cómo? ¿Cuándo?

—Muy pronto, ya verás que muy pronto.

Recibir las confidencias de una joven es prepararse para amar a las mujeres y Stanisław va a amarlas hasta la hora de su muerte. Su prima se encarga de su educación sentimental: rozar su mano, caminar a su lado lo pone a temblar; cada gesto suyo es una lección amatoria. Las yemas de sus dedos rebotan dentro de las manos de Stasiu. Cuando deja de sonreír, sus labios se hinchan y se convierten en gajos de quién sabe qué fruta. Seguir las estaciones del año en sus sombreros de paja de Italia y en sus gorras de armiño y de astracán resulta tan memorable como acompañarla y cargar su canasta de hongos, de frambuesas y de fresas del bosque. Cuando ella se dispone a comerlas, Stanisław aplasta una contra sus labios y embarra el jugo sobre sus mejillas y hasta sus párpados.

Consciente de la influencia que ejerce sobre su primo, Elżbieta lo llama a cada instante. «Acompáñame», «Recoge mi sombrilla», «Amarra la cinta de mi zapato», «Tráeme mi libro». Para ella nada es suficiente. «Merezco más», dice con voz aguda, mostrando el relámpago blanco de sus dientes.

August, quien siembra el terror en torno suyo, se amansa con su hija; es su pivote, su centro de atención.

Si la muchachita reparte su altanería entre los demás miembros de la familia es porque su padre la ha puesto en un altar y le rinde pleitesía. La observa con adoración, festeja sus respuestas. En cambio, la candidez de Stanisław irrita al tío August. A ese niño hay que hacerlo hombre.

—No tengo secretos para ti, Stasiu, porque te adoro.

—¿Me adoras?

—Te adoro, te adoro, no puedo vivir sin ti.

Zofia Sieniawska, madre de Elżbieta, enviudó joven; luego Luis XV la invitó a Versalles porque su inmensa fortuna la convertía en una heredera muy apetecible. Los ambiciosos Habsburgo y el duque de Braganza se apresuraron a pedir su mano. Para sorpresa de todos, Zofia escogió a August Czartoryski, y su casamiento convirtió a La Familia en la más poderosa de Polonia.

Ser una heredera de esa magnitud causó que Zofia llevara su vida sin pensar en los demás; a August Czartoryski solo le quedó obedecer.

«Zofia Sieniawska tuvo los amantes que quiso y, una tarde, mi prima favorita Elżbieta descubrió que su futuro marido, Stanisław Lubomirski, había sido amante de su madre», escribe Stanisław en su diario.

Cuando August Czartoryski separa definitivamente a los primos, el adolescente Poniatowski tiene un ataque de desesperación. «La vida es una agonía y no estoy a la altura de mi destino», le explica a su confesor Śliwicki.

El joven polaco se entrega a los doce años al pironismo absoluto, una escuela de escepticismo que consiste en creer que la verdad no existe.

«Deja de torturarte, la Divina Providencia se hará cargo de ti».

El poder de August Czartoryski sobre su hija aumenta a medida que ella crece. A los quince años, la retiene a su lado para hacerla partícipe de sus negocios y le prodiga «no solo las atenciones más tiernas, sino que concentra en ella su estima, a tal punto que Elżbieta ya no es la de antes», escribe Stanisław en su diario. Los ojos de agua oscura de su prima tienen sus propias reglas, nunca lloran, pero su mirada transmite un ímpetu desvergonzado. A nadie parece extrañarle que su madre y la esposa de August anuncie: «Salgo a París» y se ausente con recamareras y lacayos. Si Konstancja viajara, Stanisław tiene la certeza de que la casa se caería en mil pedazos, pero en la de los Czartoryski es normal la ausencia del ama de casa.

———◆———

Plafones con molduras, ventanales enormes que se abren a un jardín versallesco en la rue Berton se estampan en mi memoria. En uno de los salones, recuerdo el dibujo a lápiz de Leonardo da Vinci con el perfil de un mendigo flaco; un enorme lienzo en el que figuran un pelícano, un pavo y unas gallinitas de Guinea captadas por Und der Kuyter; paisajes del Vístula en telas quebradizas y nostálgicas atribuidas a Canaletto, y en el salón, encima de la chimenea, a Beth, mi abuela, enfundada en un vestido rosa escotado, retratada por Boldini. En México, cuando intento recuperar esos cuadros y esos muebles, todo flota, todo se va lejos sobre las alas del viento.

La puerta que se abre a la calle y a los adoquines que descienden de la rue Berton al Sena, el miedo al río que retumba al final del margen, son nuestro paseo de las tres de la tarde. Después de comer, mi hermana y yo salimos a tomar aire, y abrigadas y ensombreradas visitamos el río.

¿Qué es un río? El Sena, el Rin, el Támesis, el Danubio irrigan su capital y la limpian, la mecen en su abrazo de agua y le hacen ver a sus paseantes que, si flotan tomados de sus hombros y de la liquidez de su cuello, llegarán al mar y cruzarán dos océanos como las gaviotas.

Un río es la razón de ser de una ciudad.

Apenas recuerdo el imponente escritorio de Ampa en París, mi abuelo André Poniatowski, con sus lápices amarillos Mikado en un vasito de plata. «*Tu veux un crayon*?». Me regala los rabitos porque, con ellos, él ya no puede escribir. Tampoco yo porque no sé, pero lo intento. Dibujo y pongo nombres inventados, compuestos por una *a*, una *o*, una *j*: las letras que se me facilitan.

En la memoria, almaceno olivos, viñedos y rosas de cuyos pétalos saqué escarabajos y catarinas que en Francia se llaman *bêtes* à *bon Dieu* y, según Palanque, traen buena suerte. Recuerdo la gran mimosa con sus diminutos pompones amarillos. Solo volveré a ver otra en casa de Celia. En México no hay mimosas ni glicinas, pero ella las hizo crecer.

La casa en la que vivo en Chimalistac está llena de flores, pero no es mía, sino de Paula, mi hija, quien seguro ordenará su demolición porque consta de cuartos añadidos sin diseño alguno.

Sergio Pitol me dijo una tarde: «Si te consientes, terminas esclavizándote hasta a un par de pantuflas». De lo único que soy esclava por ahora es de esta novela que pretendo escribir y no lo logro porque no sé nada de Polonia ni de mi familia paterna; desconfío de mis recuerdos y no tengo fe en mí misma. Si la tuviera, hace mucho que hubiera dejado de preguntarle a los demás cómo le hacen para vivir.

Fryderyk II, rey de Prusia.

Capítulo 4
Stanisław no tiene la más mínima vocación militar

Desde que llega a Varsovia, Stanisław confina la túnica sármata al baúl de los recuerdos y se viste a la francesa.

—Es notable el ensayo de su hijo sobre el *Julio César* de Shakespeare. Deje de preocuparse por su futuro, usted ha alimentado su cerebro desde la infancia, ahora permítale volar. Es hora de que viaje, de que conozca Europa; es demasiado serio para sus años y la seriedad, como dice Montesquieu, es el escudo de los tontos. No es que su hijo lo sea, pero su timidez hace que pueda parecerlo. —Amonesta Keyserling a Konstancja.

El viaje es una lección de vida, una forma insuperable de crecer en cuerpo y alma. Que sus hijos salgan de Polonia es esencial para el conde Poniatowski. Ver otras formas de vida forja el espíritu crítico, acendra el patriotismo y ensancha la inteligencia. El aire de otra cultura ventila el cerebro y de la comparación surge la pericia mental. Un hombre que sabe comparar intuye quién va a agredirlo y quién a apoyarlo. Nada mejor para un quinceañero que salir al mundo; por eso los franceses, los españoles, los ingleses y los pueblos nórdicos se lanzan al mar, lo cruzan de ida y vuelta, aprenden a defenderse, y a su regreso, valoran lo que tienen.

En 1748, sus padres deciden enviar al hijo menor a Europa. «Por fin tuve dieciséis años, era yo muy instruido para mi edad, muy auténtico, dominado por mis padres, veneraba sus cualidades, a las que nada podía compararse. Vivía poseído por la idea de que Arístides y Catón eran todo. Excesivamente bajo de estatura, rechoncho, torpe, malsano y, en muchos aspectos, un arlequín salvaje, así era yo cuando emprendí mi primer viaje».

Lo acompaña el mayor Köenigfels, amigo de la familia. Sus padres lo hacen jurar, al igual que lo hicieron con sus hermanos, que no participará en ningún juego de azar, no probará vino y no se casará antes de los veinte años.

Ahora, en este mismo instante, lo golpea la decepción en los ojos de su padre, el conde Stanisław, cuando le aseguró que no tenía la menor vocación militar ni la más mínima voluntad de salir a combate.

—¿Es eso posible? —preguntó desolado el Poniatowski mayor como si se tratara de un fenómeno incomprensible—. ¿Oí bien? ¿Es verdad lo que oigo? —repitió dolido hasta el alma.

—Sí, padre, esa es mi verdad.

Para el conde polaco, saber hacer la guerra es la mejor de las academias. Iniciar a un joven en el servicio de la patria es una obligación moral. El conde Stanisław Poniatowski, padre del joven Stanisław, dejó una huella en Europa porque le salvó la vida al rey de Suecia en la batalla de Poltava y por sus misiones diplomáticas en Francia: brilló en casa de Madame Geoffrin. El respeto por sus acciones guerreras se aúna a sus maneras de aristócrata. Lo recuerdan en los salones de París, Londres, Berlín. Antes, envió a sus dos hijos mayores, Kazimierz y Michał, a hacer su servicio militar a Francia al lado del mariscal de Broglie; ahora, la salud de Stanisław se lo impide. Es una desgracia, porque los jóvenes bien nacidos tienen que pasar por el ejército. Para él, la formación de cualquier noble consta de dos vertientes: la militar y la viajera.

«El destino no quiere que sea yo soldado», alegó Stanisław Poniatowski a los catorce años y lo repite a los dieciséis. Aunque le fascinan los caballos, sobre todo los *chevau-légers* que seducirán a Napoleón, rechaza guerrear.

—¿Cuál es el atractivo de empuñar un arma?

Para él, las artes marciales se ejercen en la discusión. Un buen debate es mejor escuela que cualquier batalla. En cambio, para el conde Poniatowski *faire la guerre* es esencial en la formación de un noble que busca el respeto de los demás.

—Tienes que empuñar un arma por respeto a ti mismo, Stasiu —insiste con tristeza el conde Poniatowski.

—¿Qué tal si empuño una pluma?

En Aquisgrán (*Aix la Chapelle*), Poniatowski conoce al estadista Wenzel Kaunitz —primer ministro de María Teresa, emperatriz de Austria— quien lo invita a cenar. El joven polaco escribe en su diario: «A pesar de sus singularidades, me recibió en la forma más amable y se tomó la molestia de conversar conmigo durante más de una hora».

A media cena, Kaunitz afirmó que no se necesitarían tropas numerosas, pero sí muy bien entrenadas, para expulsar a los turcos de Europa; y Stanisław se pregunta, ingenuamente, por qué tanto odio a los turcos. Europa entera los rechaza. «Son distintos a nosotros», le respondió una vez Konstancja, despectiva, como si le descubriera a su hijo una nueva especie zoológica. «¿Y qué es ser musulmán?», insistió Stanisław. «Pregúntale a tu padre».

Después del postre, Kaunitz extrae un largo palillo de marfil de su bolsa pechera, se limpia cada diente y enfría el entusiasmo de Stasiu: «Jamás me rebajaría a picarme los dientes frente a otro».

En Maastricht, el mariscal de Francia, Ulrich Woldemar, conde de Lowendal, toma a Stanisław bajo su protección:

—Seguramente le sorprende al pequeño Poniatowski, acostumbrado a la austeridad de su familia, que un mariscal de Francia pase sus noches entre actricillas.

—Al contrario —responde Poniatowski—, he comprobado, mariscal, que le es fácil ganar corazones.

—Jovencito, deseo que viaje conmigo a París porque me encantan sus buenos modales.

Stanisław se libera porque sus padres le niegan el permiso. Maastricht lo deslumbra por sus obras de arte. Escribe en su diario: «Me siento transportado a la vista de un Rubens, de un Van Dyck».

La sensibilidad de Stanisław lo mantiene en el filo de la navaja. «Es demasiado impresionable», alega Köenigfels. Un simple trago de agua le cierra la garganta y desarma a su acompañante. «Mejor regresemos a casa». Nada mejor que respirar el aire de Wołczyn. ¡Qué maravilla su país! ¡Cuánta pureza en el manto de nieve que lo cubre cada año! Qué emoción ir a misa y ver de nuevo a su gran amigo Seweryn Rzewuski y, sobre todo, a su prima Elżbieta Czartoryska, quien más influye en él después de su madre.

El tío August lo recibe con un despectivo: «Ni siquiera llegaste a París y ya te habías enfermado», y le anuncia el próximo matrimonio de Elżbieta, su prima adorada, con Stanisław Lubomirski, mucho mayor que ella, dueño de treinta ciudades, ciento cuarenta pueblos y cien mil siervos, que le confieren un poder a la altura de las pretensiones paternas. Si el primito Stanisław se empeña en cortejar a su hija, pondrá en peligro ese enlace; por lo tanto, apenas se reponga, debe regresar a Holanda o a Francia o a Inglaterra para volverse un ciudadano del mundo y «superar cualquier inercia intelectual». El tío August confía en que la distancia le hará comprender a Elżbieta que nadie mejor que él, padre y jefe de familia, sabe lo que es bueno para ella. ¿Qué futuro puede esperar al lado de un primo enfermo de nervios, incapaz de guerrear, que lee a Plutarco y prefiere los gabinetes de arte a los *petits soupers* en buena compañía?

Tanto el tío August como el tío Michał Czartoryski lo tratan sin benevolencia. Lo comparan con Adam, ese sí es un Czartoryski, jinete consumado, hombre culto con capacidad de mando, destinado a ser un gran señor. Staś deja mucho que desear y más si pretende a su prima hermana Elżbieta.

Demoler a un joven en cualquier sociedad, en cualquier circunstancia y en cualquier época es lo más fácil del mundo.

—Apenas termine el invierno, saldrás de nuevo a Europa —advierte Konstancja—. Apártate de todo comercio indebido y, sobre todo, no vayas a contraer deudas, es lo que más detesta tu padre.

Al llegar a Ámsterdam, lo primero que hace Stanisław es entrar a una librería y pasar demasiadas horas leyendo. «¡Diviértete! Te han invitado a comidas, a cenas», lo amonesta Köenigfels. Una larga parada en una tienda de antigüedades provoca la misma irritación de su tutor: «¿Cómo vas a preferir esas polvosas ediciones a la invitación de muchachas de tu edad?».

En su diario, Poniatowski escribe que se extasía ante las obras colgadas en los museos: «¡Qué libre se tiene que ser para transmitir en una tela esa expresión de asombro y aquella de dolor! ¿Cómo pudo mostrar con unas cuántas pinceladas esos admirables sentimientos? Quiero saber más de cada uno de los pintores, quiero leer todos los libros del mundo».

El 3 de julio, en Bruselas, visita al Manneken Pis, aunque ya lo ha visto en una estampa. Le entusiasman las fábricas de porcelana y de tapices. El 21 de julio, el ilustre Bernhard Albinus lo introduce a la anatomía. El 22, el astrónomo Lüllow le descubre a través de un telescopio las manchas del sol y permanece de pie toda la noche. El impacto es tal que, en Delft, Staś compra un modesto telescopio y sube al techo de la casa que lo alberga a contemplar estrellas.

—Su estado de salud le prohíbe enfriarse —se alarma Köenigfels.

—No podría pensar en mejor muerte —responde el aprendiz.

El jardín botánico que ofrece siete mil plantas exóticas lo exalta.

—También son estrellas; lo de arriba es lo de abajo.

Diminutas cactáceas redondas verde-gris, cubiertas de espinas, se alinean frente a sus ojos; un vivero que hierve de especies, cada una con un comportamiento inesperado, y arbustos de hojas tan anchas y elegantes que seguramente cubrieron la desnudez de Adán y Eva cuando Dios, enojado, los expulsó del paraíso.

—¿Por qué no tener en Polonia un jardín así de ambicioso?

En la Catedral de Amberes, el *Descendimiento de la cruz* de Rubens y *El Juicio Final* de Van Brüegel le recuerdan a su madre, siempre al pie de la cruz, porque son las madres del mundo las que reciben al hijo muerto envuelto en una sábana. No solo la pintura, también sus elocuentes anfitriones holandeses lo estimulan: Poniatowski hace preguntas, toma notas, pide estadísticas. «Responderle a este joven es una dicha», comentan sus interlocutores mientras el polaco inquiere cuántos alumnos tiene la Escuela de Marina y recorre los muelles para escuchar los relatos de los estibadores. Sueña con hacer del Vístula el equivalente del Rin y desea para Gdańsk la grandeza del puerto de Rotterdam. Efusivo, saluda a los comerciantes y lo intrigan los joyeros que pulen diamantes traídos de África para ponerlos en manos de banqueros judíos, quienes a su vez resplandecen como diamantes. El judío portugués Tobías Svasso lo abraza al ver su justa indignación ante la noticia de la quema de once judíos por orden del arzobispo de Kiev. «Un joven siempre necesita dinero y su cólera ante la injusticia, y su sentimiento por los judíos me inclinan a prestarle trescientos ducados», ofrece Svasso. También otro banquero, Isaac de Pinto, pone a su disposición un gran acervo. A partir de ese momento, a Staś endeudarse se le volverá costumbre.

Pasar noches enteras con sus nuevos amigos lo estimula y concluye que la caída de los monarcas depende de sí mismos. Un rey con buenos amigos y un buen gabinete es invencible.

El *Discurso sobre la Historia Universal* de Bossuet lo exalta, pero no coincide con su defensa del origen divino del poder. Polonia tiene que ser la cuna del humanismo y Stanisław, antes de dormir, prepara las palabras que dirá en la discusión del día siguiente. ¡No cabe duda, qué estimulante es el pensamiento de sus amigos judíos!

«El 5 de agosto, regresé a *Aix la Chapelle* para tomar las aguas», escribe en su diario, «porque mis padres pensaron que las aguas me harían crecer. Capel, médico de la familia, creyó detectar en mi temperamento alguna enfermedad reumática. […] Mi padre temía que yo hubiera heredado su gota. La primera vez que tomé las aguas de Aix, tuve contracciones intestinales tan violentas que me doblé en dos, las rodillas pegadas al estómago. Estaba yo a punto de morir cuando Köenigfels me introdujo una cucharada de agua de lavanda en la garganta que me devolvió la respiración. Durante varias semanas tomé duchas y baños de vapor que me pusieron de pie.

»Regresé a Varsovia a principios de 1748 a trabajar al lado de mi tío Michał Czartoryski, entonces vicecanciller de Lituania. Mis padres creyeron que él me daría una formación política que se redujo a nada, porque por más que se lo pedía, mi tío pensaba que sus sermones repletos de lugares comunes constituían una educación insuperable. Lo único que me resultó útil fue enterarme de sus relaciones con Lituania.

———————

En el Club Hípico Francés, los jinetes enamoran a una amazona consumada, mi madre, quien salta hasta el más alto de los obstáculos en la pista a pesar de montar *sidesaddle*. Los caballos también reconocen la mano firme de esta amazona que usa espuelas de plata, regalo de Eduardo Iturbide. Los domingos, Iturbide, dueño de la ganadería Pastejé cercana al pueblo de Ixtlahuaca, la invita a los toros. Mamá luce alguno de los sombreros de Schiaparelli y aparece fotografiada en *El Universal*. ¡Qué bella es! Pastejé, en el estado de Hidalgo, es una ganadería famosa por la nobleza de un toro negro con una estrella blanca entre los cuernos: Tanguito.

Para nosotras, Tanguito es un cachorro pelo de alambre, blanco y negro, que ladea la cabeza al mirarnos cada vez que decimos su nombre y se escapa de la casa de la calle de Guadiana en la primera oportunidad.

Mi abuela, Elena Iturbe de Amor, recoge tal cantidad de perros callejeros que funda la Sociedad Protectora de Animales. La Ciudad de México es perruna, en cada esquina aguarda un perro famélico, o

lo que es peor, atraviesa la calle rengueando. Además
de los diecisiete que viven en la casa de La Morena
430, esquina con Gabriel Mancera, mi abuela mantiene un asilo en el camino a Toluca con cincuenta
y siete canes tuertos, mancos, invadidos por la sar-
na, ciegos, cojos, tan huérfanos de todo que lloran
apenas la ven. La apoyan don Isidro Fabela, dueño
de la Casa del Risco, en San Ángel, y abogado inter-
nacionalista que pasó de los ideales de Ginebra a las
realidades de Toluca, y doña Guillermina Lozano, la
única arpista mexicana. Los músicos de la Sinfónica
Nacional aíslan a Guillermina porque hasta su arpa
huele a orines. Sus vecinos protestan, los de mi abuela no dicen nada porque los perros viven en un patio
interior que todas las mañanas Otilia y Aurelia lavan
a cubetadas.

Mi abuela se acuesta a las ocho de la noche y su
cuerpo casi no levanta las sábanas impolutas. Su recámara es blanca y frágil como una hostia. A la hora
de las buenas noches, me siento frente a ella en una
sillita cuello de cisne y desde ahí le pido que duerma
bien y me llame si algo le duele. Amo sus manos blancas abiertas como nenúfares sobre las sábanas, amo
su sonrisa y sobre todo su nariz. Su perfil es el de *La
dama del armiño* de Da Vinci.

Al año de nuestra llegada a México, en 1943, en
la calle de Berlín 6, casa de mi abuela, subo a la azotea

por la escalera de servicio a rezar por papá. Magda me acompaña. Al rato escucho los gritos de mi hermana:

—Mulas, ¿dónde están? Mulas, ¿por qué se esconden?

—No vayas a contestarle —le pido a Magda.

Rezamos hincadas diez Padres Nuestros y veinte Aves Marías, y se me duermen las rodillas, de por sí cubiertas de costras y moretones.

—Oye cómo grita tu hermana.

—Déjala, déjala. Es más importante que papá regrese de la guerra.

Repito este ritual nocturno cinco o seis veces al mes.

Busco a papá en los noticieros. Cada vez que estalla una mina en el campo de batalla y todo vuela por el aire, le pido a Dios que papá se encuentre a salvo en su trinchera. Lo veo correr contra los fogonazos, avanzar entre los alambrados, arrastrarse con su rostro cubierto de lodo. La nieve ennegrecida es una maldición; bajo los cascos que protegen sus cabezas, los soldados tiritan de miedo. En una de esas funciones en el cine El Palacio Chino, un noticiero presume el desfile a paso de ganso de los nazis. El público aplaude. Mamá se levanta: «Vámonos, esto es intolerable, los mexicanos no saben lo que hacen».

Escena de caza.

Capítulo 5
En Europa la cacería es una pasión

Uno de los mejores recuerdos de Stanisław en la corte del rey August III es la cacería de Hubertusburg:

«Me di cuenta de que ahí, en el bosque, el obeso rey August III era feliz. Además de su familia, invitaba a embajadores, funcionarios civiles y militares, así como a viajeros de alguna distinción, y los alojaba en su palacio con gran magnificencia. Desde los tiempos de Stefan Batory y Jan Sobieski, se construían casas para recibir a invitados de Francia, Inglaterra e Italia.

»Era fácil considerar deliciosa la vida en Hubertusburg. A las ocho de la mañana, descendíamos de nuestros carruajes y asistíamos a misa. Después de la comunión, el rey de Polonia ofrecía un copiosísimo almuerzo bajo una veranda. Al terminar, salíamos a caballo para perseguir a uno, dos y hasta tres venados. Cazar puede ser un arte y, desde el siglo xv, abatir un bisonte es un acontecimiento social en todos los pueblos de Polonia. Después de matarlo, los cazadores lo transportaban en barca sobre el río Vístula hasta Gdańsk. Ahí lo salaban para repartirlo. Era de todos sabido que venados y bisontes habían alimentado a tropas polacas y lituanas durante la guerra contra los teutones.

»El uniforme de pajes, caballerangos y sirvientes, azul, amarillo y plata, la belleza de los caballos y, sobre todo, la inmensidad del bosque deslumbraban a los invitados. Los apasionados seguían al rey y a sus hijos y, los menos ardientes, como yo, al primer ministro del rey August, el conde alemán Heinrich von Brühl, quien en realidad reinaba en vez de August III, ya que a él solo le interesaba pasarla bien en Dresde.

»Todos los invitados se preguntaban si el hombre jubiloso, accesible y gordo que les sonreía era el mismo que reinaba con tal indiferencia que ni siquiera se molestaba en vivir en su país.

»De regreso a las cuatro o cinco de la tarde, teníamos pocas horas para descansar, cambiarnos y presentarnos en traje de etiqueta para escuchar la música de Johann Haze.

»En el palacio de Białystok, un gran número de animales salvajes traídos en jaulas le dio al rey August la ocasión de cazar lobos, osos y jabalíes en medio de un bosque primoroso con cuatro pistas de cacería, atravesado por un río en el que navegaban varias barcas. La jauría perruna, amarrada al pie de los árboles, permanecía al acecho. Para escapar de sus ladridos, un oso logró subir de quién sabe qué manera a la proa de una barca. Como los tripulantes aterrorizados se refugiaron en la popa, la barca se levantó y lanzó al oso al aire. Ninguna aventura pudo regocijar tanto al rey como el salto del oso que lo disparó al cielo como bólido para caer al agua unos segundos después.

»En el bosque de Białowieża, en el camino de Białystok a Grodno, fui testigo de otra cacería real que jamás volverá a darse en Europa: la de los "toros salvajes", los żubry, que embisten al cazador. Nadie se atreve a tocar al bosque de Białowieża y a la fiereza de sus árboles centenarios que caen a tierra con todo y su sombra, cubren con sus hojas secas y su corteza resquebrajada ya podrida y abonan a todas las creaturas del subsuelo [...] Tres mil campesinos atravesaron el "bosque arriando a cuarenta bisontes hacia una arena improvisada desde la que disparaban los invitados y la esposa de August III con sus dos hijos Xawery y Karl. Usaron carabinas de tan grueso calibre que vi al bisonte más pesado caer fulminado. Vi a otro perforado por once tiros disparados al unísono. La nobleza del bisonte le permitió sobrevivir dos horas.

»Me asombró la poca ferocidad de esos animales; la mayoría obedecía a los criados que los reunían con largas perchas en la entrada de la improvisada arena para que solo el rey pudiera dispararles. Durante esa jornada, un toro tuvo el honor de montar a su hembra en presencia de los soberanos que se tapaban los ojos, pero no perdían un solo detalle del acoplamiento. Ante su insuperable *"ars amatoria"*, el rey y sus súbditos decidieron indultarlo y devolverlo cual Romeo a su amada».

Los invitados disparan a los bisontes desde los orificios de una torre de madera levantada especialmente para esa cacería. Cuando aparece un oso, los criados desatan a la jauría de perros y ver a miles de perros enloquecidos caer sobre la presa impresiona a amos y a criados. Los gajes del gran juego a muerte de la cacería son primero: si muere un campesino destazado por el oso, los espectadores se conduelen, aunque no dejan de pensar que la caza ha sido buena y, segundo: si el oso mata a un cazador, nadie debe lamentar la tragedia.

«Al terminar la cacería fuimos a Grodno, considerada una gran ciudad a pesar de no contar con más de dos casas de ladrillos porque las demás son de madera. Al entrar en ellas, me sorprendió descubrir que contenían algún objeto de lujo inverosímil para su pobreza.

»Esta vida jubilosa duró seis semanas. Tenía yo buena salud, más dinero de lo que necesitaba, ni una sola inquietud, vivía en un lugar precioso, disfrutaba de la mejor estación del año en buena compañía, me sentía casi enamorado, pero no era libertino, solo trataba a gente feliz que parecía no tener más necesidad que la de divertirme.

»Cuando las seis semanas terminaron, mi solaz se apagó con ellas».

La condesa Brühl, esposa del conde Heinrich von Brühl, quien en verdad regía Polonia, sienta al joven Poniatowski a su derecha, en calidad de «niño de la casa», y lo cubre de besos y de atenciones. Desde muy temprano, Stanisław despertará el interés de mujeres de la edad de su madre, quienes lo urgirán a que las llame *mamá*.

Vivir en Sajonia, mucho más rica y poderosa que Polonia, es la decisión de la mayoría de los nobles polacos.

Al final, en vez de la piel del bisonte que los criados codician, el rey Augusto III recibe un mapa del bosque de Białowieża que suscita tal curiosidad en el pequeño conde Poniatowski que el rey lo pone en sus manos.

—Tómelo, se lo regalo.

—A este joven le apasionan los mapas —explica el rey a la condesa de Brühl.

Dispararle a un ave y verla caer a pique sobre la tierra no es lo mejor de la cacería, lo mejor es el bosque. Además de la cacería, Stanisław desearía conocer hasta el valle más alejado de su patria, el pueblo más humilde en la lindera del bosque, adentrarse en comarcas, descubrir accidentes de la naturaleza, inspeccionar construcciones destruidas o aseñoradas por la naturaleza. Al caminar, va metiendo en sus bolsillos todos los accidentes naturales: ramas de árbol, pinitos, frutos del bosque, nidos de pájaros, y dialoga con ellos. Quisiera cantarle al agua y al musgo, adentrarse en alguna choza, enterarse de cada detalle de la vida de sus habitantes. Le atrae hasta la historia de los caballos salvajes de gruesa cabeza y orejas largas que algunos polacos alcanzaron a ver galopar en tierras cercanas a Mongolia. Su prima Elżbieta le contó de unos hombres atisbados en algún viaje, a los que denomina *salvajes*, que adoran a un dios desnudo y calvo al que llaman Buda y viven, también desnudos, en cuevas.

—Son más felices que los ciudadanos polacos que ahora mismo cruzan la calle.

—¡Qué imaginación la tuya!

Cuando después de una opípara cena, Stasiu le asegura a su magnífico anfitrión que detesta las armas, Heinrich von Brühl lo reconviene. «Las armas son tu fuerza, la extensión de tu brazo derecho. Si no eres un buen espadachín, la tribu va a rechazarte».

Coleccionista de Boucher, Chardin, Nattier, Heinrich von Brühl también trae a Polonia a Bernardo Bellotto, sobrino de Canaletto, quien pinta el valle del río Elba. Además de su colección de arte y de confiarle a un admirador que solo puede usar zapatos italianos, Brühl convierte su biblioteca de sesenta y dos mil volúmenes en una atracción. Le complace que lo llamen el Richelieu sajón, aunque una tarde Fryderyk de Prusia exclame, al enterarse de sus extravagancias: «¡Qué gran número de pelucas para alguien que no tiene cabeza!».

Al joven polaco, la inteligencia de Brühl lo hace feliz.

Caminar solo y a buen paso también lo hace feliz. Una mañana, cuando se ha adentrado unos setecientos metros en el interior del bosque de Białowieża, cruza a tres o cuatro campesinos que caminan a buen paso, y se le acerca un mozo de rostro alegre a preguntarle si quiere acompañarlos a cortar un árbol.

—¿A qué…?

—Sí, mis compañeros y yo somos leñadores; si encontramos un buen árbol a las orillas del bosque, nos repartimos la madera.

—Pero Białowieża es un bosque virgen protegido…

—Sí, lo sabemos, no vamos a cortar un árbol dentro del bosque sino en la orilla…

—¿Sin permiso?

—En la orilla no hay problema.

El camino para llegar a ese árbol destinado a la muerte es difícil, pero Stanisław disfruta la compañía de hombres que bromean entre sí, cantan, se jalonean. Aún no se ha levantado el día cuando escogen a su víctima y preparan el corte.

—¿Quiere un hacha?

Otro informa:

—Esperamos que no aparezca un solo visitante antes de que acabemos.

Ponen manos a la obra y los leñadores se sorprenden al ver que el joven que se les ha unido sabe dónde dar el golpe. Staś los imita con su hacha prestada porque alguna vez Köenigfels le enseñó a cortar leña. A punta de hachazos, el árbol se tambalea y cae. Contento como jamás lo esperó, Staś festeja su caída.

—¿Dónde aprendiste a pegarle así a un árbol, muchacho? —pregunta el más fornido.

—Me enseñó mi padre —responde Stanisław con la certeza de no mentir porque Köenigfels lo ha cuidado como a un hijo.

Los leñadores se reparten la madera.

—Escoge tu tronco. —Ofrece el camarada alegre.

—No, no, llévenselo ustedes. —Se apena Poniatowski.

—Miren, aquí hay hongos…

También se reparten los hongos.

Muchos años después, al ver a unos caminantes lanzarse en línea recta para cruzar la tierra entera como si fuera suya, Stanisław siente la urgencia de unírseles. Ya no puede irse con ellos. Son muchas las cosas que ya no puede hacer, una de ellas: convertirse en un leñador furtivo.

———◆———

En México soy una niña muy festejada. La casa en la que habitamos en la calle de Berlín imita un castillito con torreones rematados por una veleta. Cuando salgo a la calle, me chiflan los albañiles: «¡Güerita, güerita!». En Francia, ser rubia no tiene ningún chiste, pero en México es un regalo del cielo. A mi hermana Sofía, que es mucho más guapa, no la festejan así. Además, se enoja con quienes la piropean. Y, en cambio, yo sonrío. Sonrío porque tengo el labio superior muy corto y mi boca se abre sola, pero también sonrío porque tengo mucha disposición a la felicidad.

Mi abuela Elena y yo tomamos un coche de alquiler. Me señala con su bastón, que termina en silbato para llamar a los taxis, una casa de tezontle rojo en la esquina de la calle Uruguay: «Mira, era de la familia». Los domingos, después de misa en La Profesa, subimos la ancha escalera de piedra de la casa de Isabel la Católica de su hermano (y por lo tanto un poco nuestra, como lo fue la Casa de los Azulejos, hoy Sanborns). Francisco Iturbe nos recibe disfrazado de franciscano con un rosario de cuentas de madera que cuelga pesado entre sus piernas. «Estoy desnudo», advierte. Al despedirnos, levanta su sayal para que a nadie se le ocurra prolongar su visita. Yo nunca veo nada o no me doy cuenta o me vale gorro. O me entretengo con las figuras de madera de Mardonio Magaña que se acumulan en el piso y varios lienzos de Orozco y de Rodríguez Lozano recargados al pie de los muros.

El feudo de la familia Iturbe, dueños de La Llave y de La Cañada, otra hacienda en el camino a Querétaro —en la que Paquito se aficionó al éter— se extiende a muchos edificios de tezontle rojo en las calles del centro: Bolívar, Uruguay, Madero, Palma, Artículo 123, avenida Hidalgo número 85, sede del Hotel Cortés, en cuyo patio interior es una gloria desayunar.

«Es de Teresa, mi hermana, pero jamás viene, vive en Francia», explica mi abuela. «Mira, allá, también la casa era nuestra», me señala un baldío con una ruina en la calle de Bucareli.

«¿Qué pasó?», «¿Quién se llevó todo?», «¿Ya nada es nuestro?», «¿Todo se perdió?», «¿Por qué?», insisto hasta que dejo de preguntar porque no hay respuesta. Más tarde habré de elaborar una teoría en la que la cultura de la aristocracia es la de la derrota; nadie reacciona ante la pérdida y el despojo porque nadie sabe trabajar, todo se lo lleva el viento. Si acaso, los antiguos dueños de haciendas van al Hotel Ritz, al que llaman *el Ritz*, a la una de la tarde a tomar el aperitivo y, al salir, entran al bello edificio del Monte de Piedad en el número 7.

«¿Te acuerdas?».

También la acompaño a la calle de Balderas, a un edificio alto y oscuro a espaldas del Hotel Regis, la Farmacia Regis y los baños de vapor a los que acuden los parranderos a reponerse de una mala noche.

Frente a su escritorio, el señor Campos, su *homme d'affaires*, hace cuentas. Nuestro dinero depende de este ancianito cuyo sombrero de fieltro cuelga de una percha. Nunca supe nada de cuentas en libretas de tapa dura como charolas de cartón, pero me moriría ahora por una para escribir en la cama. Es de mal gusto hablar de dinero. Cuando Victorina le lleva algún cambio a la hora en que nos sentamos a la mesa, mamá protesta: «No hay que tocar el dinero, es sucio y más a la hora de comer».

Las monedas que más amo son las que caen en la caja de vidrio al lado del conductor del Colonia del Valle-Coyoacán. Su tintineo es lo más cercano a la idea que tengo del valor del dinero. También amaré con pasión dos camiones: el Colonia del Valle-Coyoacán, rojo y negro, como la novela de Stendhal, y el

Mariscal-Sucre, verde y blanco. El grito de «¡Esquina, bajan!» abrirá la puerta a la libertad de ser alumna de taquimecanografía en la academia de la maestra Aurora Haro, en la avenida San Juan de Letrán.

Papá regresa de la guerra después de cuatro años. ¡Cuatro años sin verlo!

La presencia de papá es enorme.

Hasta entonces, en la casa, solo vivíamos mujeres: mamá, mi hermana y yo, Victorina, la cocinera, Magda, la nana y Concha, la recamarera. Ahora hay un hombre. ¡Un hombre! ¡Un hombre de uniforme y de botas, un hombre trajeado de caqui y cubierto de condecoraciones que de pronto tapa el marco de la puerta! Nos tropezamos con él en la recámara, en el baño, en la escalera; nos rezagamos en la mesa del comedor con tal de oírlo, la voz masculina se amplifica en los dos pisos de la casa. Papá nunca habla de la guerra, pero nuestras vidas están marcadas por ella y por este desconocido que ahora mismo nos comemos con los ojos.

Todo ha cambiado.

Un hombre, papá, trastorna la vida de La Morena desde la puerta de la calle hasta el tinaco en la azotea. Mamá ya no va al Hípico Francés ni al club de golf ni al jockey, tampoco habla por teléfono ni sale en la noche; la vida es otra. Mamá nos confía que quizás, a lo mejor, es posible, nada es seguro, pero puede que suceda, es muy probable que regresemos a Francia. Aún no hay noticias, pero papá, ese ropero que ocupa tanto espacio, abre batientes a un futuro distinto.

Antes de la guerra, papá era uno de los directores de la Commercial Cable, parte de la ITT, y viajaba de París a Bruselas tres veces al mes porque dirigía las dos sucursales; pero ahora, el coronel Baine le ha ofrecido un puesto en Cuba o en México.

¡México, desde luego México! A papá lo encandiló el sol, el cielo parejo, la mansedumbre de quienes, sin conocerlo, lo saludan en la calle. «Buenos días, señor», «Buenas tardes, señor», «Mande usted, señor». El cariño de esos saludos impide que crucemos el océano; México será futuro y patria. Los ojos de mamá se oscurecen, ella, la mexicana, preferiría regresar a Francia; allá nació, allá nació papá, allá nacimos mi hermana y yo.

¿Renacer? ¿Reinventarse? Papá lo espera todo de nosotras tres, mujeres las tres; bueno, cuatro, porque vinimos a México con el apoyo de mi abuela Elena y por ella tenemos casa.

Jan, nuestro hermano, nace el 9 de marzo de 1947 a las doce del día. Jamás creímos tener un niño tan hermoso. Es un rayo de sol en la casa de La Morena 426. Mi hermana y yo lo abrazamos como si lo hubiéramos parido. Podría ser mi hijo, le llevo casi quince años.

Para mis padres, además de completarlos, Jan es una garantía de dicha futura. Mi hermana y yo damos mucha lata; ser adolescente es ir contra el orden establecido, saberlo todo, interrumpir a los mayores en la mesa y en cualquier momento; la ilimitada soberbia de la juventud resulta invasora. Sin nosotras, papá, mamá y Jan son una Trinidad.

Sir Charles Hanbury Williams.

Capítulo 6
La inteligencia es un poderoso acicate
que debe cultivarse

En los salones de Dresde, la ciudad que separa Sajonia de Polonia, el embajador de Inglaterra, sir Charles Hanbury Williams, desenvuelto, culto y audaz, causa la misma admiración que en su colegio de Eton cuando Horace Walpole lo calificó de «genio brillante, peligrosamente brillante» y festejó su «Oda a un ostión». Al principio, Williams se hizo acompañar por su secretario Harry Digby y por Kazimierz Poniatowski, hermano de Stanisław, el primero de los Poniatowski que lo atrajo.

En la corte de Fryderyk II, en Dresde, festejan al ministro inglés porque conoce a fondo la historia de las sociedades europeas y el tamaño del cerebro de sus soberanos. Fryderyk, el rey de Prusia, teme su ingenio y guarda con él una distancia que linda con la aversión, pero Voltaire lo aprecia porque oyó decir, ¿verdad o mentira?, que el diplomático lo había elogiado. En 1750, muy pocos saben que Williams califica al rey de Prusia de «perverso, vacío, despreciable, pequeña piltrafa miserable». El inglés satiriza a los diplomáticos; sus epítetos hacen reír a quienes tienen el privilegio de escucharlo. Se codea con el rey Jorge II de Hannover y combate uno tras otro a los detestables embajadores de Francia. Corteja a los enviados del Imperio otomano, celebra la riqueza que los precede, pero a sus espaldas se burla de su atuendo. Intriga con brío y malicia, cuenta historias de alcoba que muestran su cercanía con la realeza; ninguna intimidad le es ajena.

En torno a Hanbury Williams se amplía el círculo de admiradores. Irradia inteligencia y erudición. En las reuniones, los invitados preguntan: «¿Vendrá Hanbury Williams? Lo estamos esperando». Los jóvenes son los primeros en festejarlo, ejerce sobre ellos un atractivo que logra que sus comentarios se repitan en los corrillos de Versalles, de St. James, de Schöenbrunn. Su ingenio lo convierte en punto de convergencia de cenas y recepciones; muchos se mantienen a los pies del maestro.

Entre tantos jóvenes rubios y de ojos azules, Stanisław, cada vez más interesante y atractivo, destaca por moreno y porque sus ojos de azúcar quemada se oscurecen al calor de la discusión. Moreno también fue su antepasado Giuseppe Salinguerra Torelli, quien, en 1629, tomó por esposa, en Cracovia, a Zofia Poniatowska y convirtió su Torelli en Ciołek, un torito rojo sobre un escudo blanco.

El joven polaco tiene la frente ancha, los ojos inquisitivos, la nariz aguileña y una sonrisa de dientes bien alineados. Fryderyk de Prusia, siempre malhumorado, lo señala como uno de los *eslavos* más apuestos y lo invita a Sanssouci sin sospechar que Poniatowski anota en su diario: «El rey de Prusia tiene una mirada sucia y roñosa, su dormitorio —con dos camitas idénticas— es inhóspito y desangelado; prende la chimenea durante todo el año, de modo que es inevitable desmayarse de calor [...] lo único que vale la pena de su castillo es el domo y la escultura de Mercurio con sus tobillos alados tal y como se los esculpió el francés Pigalle».

Hanbury Williams observa a su discípulo moverse con mayor libertad que los demás. Le halaga su mirada atenta y sobre todo su cultura. Primero lo atrajo su hermano Kazimierz, más apuesto, más alto, chambelán de la corte, libertino y pródigo, pero ahora prefiere los ojos interrogantes que Stanisław levanta hacia él y su esfuerzo por hacerse valer.

—Sir Charles, tengo muchas anotaciones sobre la Carta Magna inglesa, la más avanzada de Europa,

¿podría mostrárselas algún día? —inquiere con timidez. Exclama que nada le impresionó tanto como la valentía de Copérnico a quien llama *mi compatriota*: ¡Se atrevió a desmentir a Aristóteles!

—¿Así que le interesa la ciencia, jovencito? —Ironiza Williams.

—Personalmente, no tengo certezas, las busco.

Cada reunión con el caballero inglés es una fuente de enriquecimiento. Juntos ejercitan su memoria y Williams escucha al joven que, según los chismes de la corte, es un manojo de nervios porque su madre le exigió demasiado.

—Y dígame usted, Poniatowski, dentro de otro orden de ideas, ¿qué opina del *liberum veto*?

—Es una aberración. —Enrojece Poniatowski—. Una monstruosidad. ¡Que un solo voto paralice la iniciativa de todos, es cosa de salvajes! ¡Habría que abolirlo de inmediato!

La irritación del muchacho lo hace todavía más atractivo y Williams le escribe al duque de Newcastle en 1750: «El joven Poniatowski posee una mente excepcionalmente dotada. Sin duda, en el futuro será un gran hombre en Polonia».

Gracias a la buena fama de su padre, Stanisław, de apenas veinte años, es distinguido en sociedad. «Míralo qué guapo, es hijo de un gran hombre». Las mujeres lo elogian: «Nadie besa la mano como el joven

Poniatowski». Los invitados callan para oír sus respuestas. Stanisław resplandece; saberse apreciado le da seguridad.

Desde el 6 de agosto de 1750 en que llegó a Varsovia, Williams percibió que el *liberum veto* impedía el progreso del país. También, en 1750, en un cálido mes de julio, Poniatowski se siente privilegiado ante la oportunidad de ser diputado, aunque hacer campaña en la calle e ir de casa en casa en busca de un voto le resulta agotador. En las fiestas, bailar de seis de la tarde a seis de la mañana con una viuda risueña y gordita lo deja sin aliento. Glinka, su jefe de campaña, también se sacude sin parar y los mirones le piden al candidato que se despoje de su cinturón, su *żupan*, su camisa y su pantalón para seguir bailando, y así recibir el aplauso de votantes que exigen otra ronda de vino. El entusiasmo por las cabriolas de Poniatowski crece a cada vuelta hasta que la viudita se rinde entre carcajadas.

«¡Jamás imaginé que fuera tan difícil conseguir votos!», constata el futuro nuncio, quien descubre a una Polonia mucho más libre e ingeniosa que la de la Corte.

Stanisław no bebe y la insaciable sed polaca lo toma desprevenido. «¡Qué ritmo endiablado! ¡Esto es para mi hermano Kazimierz, no para mí!», pero el elegido por el pueblo es él.

Sir Charles Hanbury Williams augura una carrera ascendente e invita varias veces al joven nuncio a visitarlo en Dresde.

Stanisław se emociona ante la posibilidad de un mentor de esa envergadura. «Un hombre que ha tenido la bondad de ofrecerme su casa, se ofrece también para guiarme».

Para el viejo conde Poniatowski, Polonia no tiene secretos desde el siglo xv hasta la fecha, y Hanbury Williams busca su compañía y su buen consejo, aunque primero se dirigió a los Czartoryski, quienes tienen la absoluta certeza de que solo los rusos pueden salvar la nación. Al igual que a muchos estudiosos, al padre de Stanisław le parece absurdo que el voto de un solo polaco invalide la voluntad de los demás como sucede con el *liberum veto*.

Por medio del viejo Stanisław Poniatowski —padre de jóvenes tan singulares como Stanisław y Kazimierz, su hermano—, Hanbury Williams sigue de cerca a los hidalgos polacos y a la vieja nobleza de la *szlachta*, quienes creen que un solo voto puede anular el anhelo de todos.

El diplomático inglés sonríe ante la ira de Stanisław contra el *liberum veto*. Qué joven tan fogoso, y vaya que él, sir Charles, está familiarizado con los desplantes de oradores que se arrebatan la palabra y se insultan en el parlamento. ¿No fundó a los *Hellfire Boys*?

—¿Ha leído a Locke, Poniatowski?

—Todos los polacos conocemos a Locke. —Se entusiasma Poniatowski—. Locke es grande, reconoció el derecho de los que no tienen derechos.

—Qué bueno que lo crea, jovencito. Voltaire concuerda con Locke en sus *Cartas filosóficas*.

A partir de ese momento, sir Charles se hace acompañar por Stanisław. «Vamos a caminar al borde del Elba, la tarde es preciosa». «¿Quiere que tomemos té en la embajada? Para mí sería un gusto verlo de nuevo». Poniatowski acude emocionado. A la hora de la despedida, Hanbury Williams lo requiere para el día siguiente. «Podemos encontrarnos en casa de los Kaunitz». Las efusiones de *frau* Kaunitz les dan la certeza de que son bienvenidos. La conversación con el primer ministro de Austria —tan feo como inteligente— es un encantamiento para Stanisław. ¿Cómo pueden atesorarse tantos conceptos en solo una hora?

Para su tranquilidad, frente a su mujer, Kaunitz no recurre a su mondadientes de marfil.

De lunes a domingo, sir Charles cultiva a su protegido y cuando ve que lo envanecen caravanas y lisonjas, lo toma del brazo, copa de *champagne* en mano, y lo atrae a un sitio apartado: «¿Alcanza a ver esa burbuja, Stanisław? Mírela, cuando llegue al borde de la copa, estallará. Ese es el éxito».

Día tras día, Hanbury Williams fortalece a su protegido.

«Observe a todos en este salón; de los aquí presentes, solo su familia se remonta al año 843. ¡Estos cortesanos obesos y serviles no son sus pares! ¡Ni los míos!».

A Stanisław le enoja la molicie de August III, rey de Polonia, quien prefiere vivir en Sajonia a reinar en Varsovia. También Hanbury Williams condena la indolencia del soberano a quien solo emociona la cacería. Ni sus dos hijos, a quienes adora, lo sacan de su desidia.

—¿El atraso de un reino depende de la incuria de su dirigente? —pregunta Stanisław.

—¿La suntuosidad de Versalles no refleja la del rey de Francia? —responde Hanbury Williams—. Poniatowski, ¿qué pensaría, de un rey que no vive en su país?

—Que no le importan sus súbditos.

—¡He aquí una buena descripción de un monarca irresponsable! ¿Qué opinaría de una Cámara que no promulga una sola ley?

—Que no sirve.

—¿Y el ejército?

—En Polonia hay muchos valientes, pero nuestro ejército es pobre.

La Cámara se reúne en Wola cada dos años; es fácil escuchar en su interior cubierto de escaños un «¡No!» a todo pulmón como respuesta a cualquier iniciativa. Ese es el *liberum veto*. Ningún diputado logra que se voten sus propuestas. Las finanzas descansan en la buena voluntad de los privilegiados. Bajo la égida de los *hetmans*, la milicia toma sus propias decisiones sin consultar a un alma. La soberbia de los dueños de tierras es ilimitada, cada reyezuelo impone su ley. ¿Qué estado puede subsistir sin un juez con suficiente autoridad para castigar al ingobernable?

Williams inicia a Poniatowski en el arte de vivir. De por sí, el joven ya tiene el *bon ton*, el refinamiento de sus padres, pero aún le falta la ambición y, por el momento, lo que más le atrae es *l'esprit* y no el sentido común. El ingenioso le gana al analista. «No hay peor cosa que un *amateur*», aclara Hanbury Williams sin sumarse a la unidad del coro.

Si el inglés es ambicioso, Stanisław tiene todas las razones para serlo también. Le enseña a enmendar sus concepciones políticas como más tarde le hará descodificar mensajes. «No sea romántico, nada es más inútil». La ambición es un poderoso acicate que Poniatowski aún no cultiva. «Los que triunfan a los diecinueve arriban sin nada a los treinta. Afirme su carácter, tiene todo para sobresalir. Puede llegar hasta donde se lo proponga».

—Sir Charles, en Polonia pensamos que la política inglesa en nuestros países eslavos consiste en oponerse a la influencia de Francia…

—¿Qué tiene Francia que nosotros no tengamos? Aquí somos dueños de Hannover y, finalmente, es Inglaterra la que cruza los océanos…

———◆———

Miss Carol, gringa, con su cara de hot cake, enseña *ballet* a una gran cantidad de niñas en la Plaza Carlos J. Finlay, en la colonia Cuauhtémoc (en la que también vive Julio Torri), y puntea el ritmo en el piso con un palo de escoba. Tomamos clases de equitación en el Hípico Francés, nadamos en una alberca olímpica, hablamos inglés en la mañana, francés en la tarde, chino a la hora de dormir, solo nos faltan competencias de esgrima y gimnasia sueca para completar el ciclo. Recito *Los miserables* de Victor Hugo, me identifico con Cosette y me emociona cantar: «A la mitad de la cama el río es profundo, todos los caballos del rey irán a abrevar en él». Imaginar a los caballos saciando su sed en el río de mi cama me ilusiona tanto como abrir uno de los libros rojos de la Condesa de Ségur con su título en letras de oro y sus cantos dorados. La emoción abarca toda mi niñez; en cambio, Dickens me entristecerá siempre porque en mi país, México, es normal que los niños vendan cerillos, y hasta una avenida triste y lacia se llama Niño Perdido.

En la esquina de Liverpool y Londres, los pianos de pared de la maestra Belén Pérez Gavilán tocan al unísono, y un enjambre de trinos y notas llega hasta la plaza Washington, en la colonia Juárez. A los principiantes le destina pianos mudos o pegados a la pared. Memorizo el «Concierto para piano número 23 en La mayor» de Mozart y lo toco mientras atravieso la calle de París, la de Berlín, la de Dinamarca, lo toco antes de dormir, lo toco durante clases y recreos, toco en la casa los sábados en vez de ir a jugar a la calle, sigo tocando en misa los domingos a la hora de la elevación; soy un teclado que camina, las notas resuenan no solo en mis oídos sino tras de mi frente, en mi paladar que se cimbra, en mis mejillas que enrojecen de emoción.

Papá toca a Chopin y compone valses. Mamá lo escucha, devota. «Niñas, toquen para su papá». Sofía, mi hermana, se lanza con Debussy, Erik Satie, Gershwin y todas las canciones de moda de Cole Porter. Yo no, solo Mozart. Tengo catorce años y papá le dice a mamá: «Tiene que tocar todo, no solo a Mozart». Cuando por fin toco en un piano de cola frente a la señorita Belén, soy feliz, pero también infeliz.

Algo sucede dentro de mí que dejaré de tocar para siempre.

El puente sobre el río Vístula visto desde el distrito
de Praga (en Varsovia), 1852.

Capítulo 7
Hanbury Williams, un maestro
extraordinario

En abril de 1753, en Viena, Williams, responsable de la alianza angloaustriaca, enferma y Stanisław lo cuida hasta que sus padres lo reclaman en Varsovia. Crece el agradecimiento del inglés por el joven polaco. «Me atendió como solo un hijo a su padre», informa conmovido a Konstancja y la felicita porque enseñó al *fine young man* a «tratar bien a hombres y mujeres de todas las edades y todas las condiciones». Seguramente fue ella quien le explicó que los más humildes pueden serle útiles, porque cuando una puerta se cierra, queda la escalera de servicio.

—Cuando salga, joven Stanisław, ¿podría alimentar a mi compañero de vida, el pececito?

Al entrar a la intimidad de Hanbury Williams, Stanisław descubre el cariño de su protector por un pececito rojo que ha traído desde Inglaterra.

—¿Cruzó los mares con él?

—Sí. Se llama Simbad. En la noche, me da consejos.

—¿Cómo es posible que un pez viva tanto tiempo?

—Lo cuido como a mis demás pasiones.

Las pasiones literarias de Williams: Virgilio, Ovidio, Horacio salpican su correspondencia. Para él, los buenos modales son fundamentales: un *gentleman* revela su buena cuna por el trato que da a las mujeres.

El 27 de julio, maestro y pupilo desembarcan en La Haya, y a lo largo de una semana, sir Charles presenta a Poniatowski con holandeses «de buena familia» e ingleses que acostumbran festejarlo a su paso por Ámsterdam: William Bentinck, conde del Sacro Imperio, político holandés, amigo de Rousseau y de Diderot; el duque de Brunswick; el príncipe de Orange, quien tiene grandes recuerdos de su padre, el conde Poniatowski, el guerrero.

John Dalrymple, conde de Stair, embajador de Inglaterra en Francia y, más tarde, adversario de Walpole, festeja al joven polaco y celebra su inglés. «¿Ha leído a Shakespeare?».

El caballero Joseph Yorke, hijo del conde de Hardwick, le toma afecto. «¡Qué receptivo y qué ávido de conocimientos!». Hanbury Williams da cartas de presentación a su pupilo para sir Robert Keith en Londres porque no podrá acompañarlo, pero lo guía por carta e inicia todas sus misivas con un «*Mon cher Palatinello*». Como Poniatowski muestra mucho entusiasmo por visitar bibliotecas imperiales, Williams se preocupa de que corra el riesgo de enfriarse entre los libreros cubiertos de polvo. También le aconseja alejarse de quien no tenga buena reputación.

«¡Qué gran inclinación por la cultura tiene este joven polaco!».

Stanisław le escribe desde Holanda: «Para demostrarle que viajo con mucho provecho, voy a contarle las investigaciones históricas y naturales que hice en ese país». Williams recibe un voluminoso ensayo político y mitológico sobre el funcionamiento de los molinos del norte de Holanda y la capacidad marítima de jóvenes ansiosos de embarcarse. «En Holanda, nadie quiere permanecer en tierra».

Enviado por el rey de Inglaterra, George II, Hanbury Williams tiene la misión de que la emperatriz de Rusia, Isabel Petrovna, firme el Pacto anglo-ruso-austriaco que nulifica a Fryderyk de Prusia para que el pequeño reino de Hannover siga siendo inglés. En Inglaterra, los Saxe Coburg Gotha hablaron alemán antes que inglés, pero eso no les permite apropiarse de tierras prusianas y dar libre cauce a su imperialismo.

Por ese afán, Williams se ha propuesto a toda costa derrotar a Fryderyk II.

«Son mis heridas de infancia», explica a Poniatowski cuando se encierra en su habitación y ordena: «No estoy para nadie».

En otoño de 1754, cuando el rey George II nombra a Williams embajador de Inglaterra en Rusia, Poniatowski y su protector se reúnen en la Cámara en Varsovia y, sin más, el caballero inglés le ofrece: «Quiero que sea mi secretario y me acompañe a Rusia».

Entusiasmado con Williams, Stanisław escribe a su amigo Charles Yorke en junio de 1755: «La amistad con la que me honra, las luces que aporta a mi formación me hacen participar en el papel distinguido que él juega en este país. Le debo obligaciones tan particulares al caballero Williams, que solo un sentimiento de gratitud tan largo como mi vida podrá compensarlo. Lo considero un deber que me será tan agradable como indispensable llevar a cabo».

Además del esfuerzo del caballero Williams por completar la educación de Stanisław y hacerlo frecuentar compañías excepcionales, da una enorme importancia a las buenas maneras. Saber vestirse y tener una figura perfecta es primordial, pero también lo es abordar a los demás sin afectación alguna. Williams elevó a Harry Digby de estudiante descuidado a diplomático envidiable. Hasta la forma de ponerse el sombrero o entrar en un salón repleto de invitados cambia la percepción de la concurrencia. «¿Te fijaste?». Basta una pequeña torpeza para acabar con un tratado entre naciones. También es indispensable escribir cartas no solo lúcidas, sino ingeniosas. Por eso Hanbury Williams insiste: «Su buena fama y sus maneras impecables tienen que antecederlo...».

Entre sus dieciocho y veinticinco años, Stanisław no escucha sino una sola voz: la de sir Charles, quien lo prepara en su carrera política: «Me sirvió como instructor, preceptor, tutor. Mis padres me confiaron a él, y durante mucho tiempo, él me amó tiernamente», escribe en sus *Memorias*. El impacto del inglés sobre el polaco y su visión del mundo resultan decisivos. Es la pericia de Williams la que lleva a Poniatowski al trono de Polonia porque atempera su fogosidad ingenua y lo introduce a la mejor compañía de Europa. Sobre todo, le enseña a creer en sí mismo y la fe del inglés inculca en el polaco mejores certezas que las plegarias de su madre quien, ante todo, cree en la resignación.

—Dios te concederá todo lo que le pidas, hijo mío.

El rey George II de Inglaterra es elector de Hannover, el más pequeño de sus dominios. Sus dos apellidos no son ingleses, sino germanos: solo años más tarde, el nombre Stuart reemplazará al de Saxe Coburg Gotha.

Como Inglaterra está lejos del estado de Hannover y depende de otros para defenderlo contra Prusia, George II se lo encomienda a sir Charles Hanbury Williams y lo previene contra el rey de Prusia: «No olvide que Fryderyk II, además de consumado guerrero, tiene una inteligencia perversa».

La misión que George II le dio al diplomático inglés es muy delicada: persuadir a la emperatriz Isabel Petrovna y al temible clan del jefe de la policía rusa Shuválov de defender Hannover si Fryderyk de Prusia pretende apropiárselo.

Un veterano en la diplomacia como Williams ha sido escogido para impedir que Fryderyk de Prusia se apodere de Hannover, anuncia el ministro ruso Bestúzhev. Y ese veterano quiere que el joven Poniatowski lo ayude a derrotar al invencible rey de Prusia.

———◆———

—Sus hijas, doña Paula, se jalaron las trenzas y las chichis frente a toda la gente en la esquina de La Morena y Gabriel Mancera.

No hay mucho que jalar, pero hicimos el intento. El autobús escolar color naranja nos recoge y la vecina corre a despertar a mamá para acusarnos.

—Niñas, se van a ir al Convento del Sagrado Corazón, Eden Hall, en Estados Unidos.

Cortamos nuestras trenzas y nos enchinamos el cabello como la pequeña Lulú.

En Torresdale, único pueblo cercano a Eden Hall, solo hay una *drugstore*, un manicomio y la cárcel.

La emperatriz Zita de Hungría inicia una gira por todos los conventos del Sagrado Corazón en Estados Unidos, y en el *study hall*, la saludamos con una reverencia en la que mi hermana pone toda su gracia, mientras decimos al unísono: «Emperatriz Zita Maria delle Grazie Adelgonda Micaela Raffaela Gabriella Giuseppina Antonia Luisa Agnese de Borbone y Braganza, el Convento del Sagrado Corazón de Filadelfia, Eden Hall, la recibe con los brazos abiertos».

La superiora, reverenda mother Heuisler, nos previno: «La emperatriz Zita de Hungría es una Borbón Parma y se le puede considerar una santa. Se casó con el emperador de Austria-Hungría, el archiduque Carlos; algunos de sus títulos, además de reina de Jerusalén, gran duquesa de Toscana y Cracovia y princesa de Transilvania, son princesa de Trient y Brixen; margrave de la Alta y Baja Lusacia e Istria; condesa de Hohenems, Feldkirch, Bregenz y Sonnenberg; señora de Trieste, de Cattaro y de la Marca de Wendía; gran voivode de Serbia y soberana de la Orden del Toisón de Oro. Madre de ocho hijos, quedó viuda a los veintinueve años sin un centavo. Unos minutos antes de morir, el archiduque le dijo (con mucha razón):

"Te quiero mucho"». Para mother Heuisler resultó superfluo explicarnos que los conventos del Sagrado Corazón subsidian su *tour* por todo Estados Unidos porque el asesinato en Sarajevo de sus antecesores herederos al trono, Francisco Fernando y Sophie, el 28 de junio de 1914, conmocionó no solo a Europa; desató la Primera Guerra Mundial.

Cubierta de velos negros, la emperatriz recibe sin sonreír el ramo de flores que le tendemos. Flaca, flaquísima, enjuta, sus manos huesudas hablan de lo horrible que es sentarse en un trono. De su belleza solo quedan velos negros que la siguen como su sombra. Viaja para contar sus miserias que no alcanzo a entender ni defender. Tampoco tengo idea de lo que es la Casa de Habsburgo y menos aún del significado de una cripta imperial. Decido que jamás iré a Hungría, es demasiado peligroso.

En Eden Hall, la reverenda madre puso en mis manos un diploma, aunque no sé griego ni latín. No leí ni la *Ilíada* ni la *Odisea* que deletreé en francés en una versión para niños al igual que *El Quijote*. Más tarde, gracias a Guillermo Haro, supe quién es Esquilo, porque quiso regalarles el fuego a los hombres. ¿Qué me enseñaron en el convento? Recé mucho, me mantuve de rodillas media hora en la mañana y cuarenta y cinco minutos a la hora del crepúsculo. Sé poner la mesa, pero ya me lo habían enseñado los *scouts* y las *Guides de France* en México. Entre misa, rosario y visitas a la capilla acumulé tres horas diarias de genuflexiones. ¿Qué hacía después de persignarme? Procrastinar. Imaginaba que sería Hermana de la Caridad y, para entrenarme, pedí lavar platos frente a una máquina que parecía barco de vapor; por su humedad, fui a dar exaltada y agradecida a la enfermería. ¡Qué bonito ofrecerle a Dios una cabeza ardiendo en calentura, una nariz que escurre como llave de agua, una voz ronca de tos, unos ojos llorosos! Mi nueva responsabilidad a la hora de la convalecencia consistió en doblar sábanas y me hice adicta al olor del cuarto de planchado.

Al final del *third academic year*, mother Heuisler me concedió, a nombre del Sagrado Corazón, la banda verde, luego la banda azul, la medalla de hija de María, el diploma de *christian doctrine*, el de *good conduct*, pero nada impidió que siguiera procrastinando como lo hago ahora. Procrastinar es inventarse una vida de a mentiras para no vivir la propia.

De los quince años en adelante, me dedico a procrastinar, a idear el futuro, a imaginar el momento de la despedida de Eden Hall, el Convento del Sagrado Corazón en Torresdale, Pensilvania, y el regreso a La Morena en un avión bimotor (en el que frente a cada asiento se esconde una bolsa para el mareo), a los brazos de mi abuela, mis padres, Jan, Magda y mi hermana.

Entretanto, me sudan frío las manos antes del examen, el juego de hockey, la última campanada para subir al dormitorio. Rezo todas las noches arrodillada al pie de mi litera, pero Cristo no baja de su cruz.

Algunas tardes, a la hora del crepúsculo, me sentí totalmente feliz por querer a Jane Murphy, una de mis *roommates* que escribía novelas de mil páginas con letra de imprenta (parecida a la de José Emilio Pacheco), acostada de panza en la cama a mi lado: «*I'm going to be a writer*». Si Jane se quitaba los anteojos, era imposible no celebrar sus abundantísimas pestañas negras; cuando le señalaba las mías aducía: «*They're long but they're few*». ¡Cuánta preocupación por la apariencia física en los años llamados *teens* de las quinceañeras, ya fueran gringas o mexicanas!

Madame Geoffrin.

Capítulo 8
Ser invitado al salón de Madame Geoffrin
es una consagración

Los tíos Michał y August Czartoryski pretenden hacer la educación política de su sobrino y ponerlo a las órdenes de August III, el abúlico y desidioso soberano de Polonia. Ofrecen a su sobrino entrar a la Cámara, pero con la autoridad de sus veintiún años, Stanisław responde sonriente: «Gracias, pero antes, mis padres desean que conozca yo París».

Stanisław arriba a París en 1753 con cinco cartas, la primera, para la prima hermana de Konstancja, madame de Bezenval. Encantada con el joven polaco, lo presenta a la corte de Luis XV. La duquesa de Brancas escribe: «Además de bien vestido, este joven apuesto es brillante, conoce la historia de Francia como pocos y puede dialogar con ministros, escritores y pintores en un excelente francés. [...] Mis sobrinas están locas por él».

Las fórmulas de cortesía adquieren proporciones desmesuradas que lindan con las de las preciosas ridículas de Molière. Toda naturalidad desaparece para instaurar un protocolo inalterable. Quien lo rompe se expone al repudio. «¿Te diste cuenta de que el barón de Wittinghoff, estuvo a punto de caerse al hacer la *petite révérence*?». El empeño que ponen los franceses en expresarse con gran estilo, ingenio y maledicencia es admirable; ninguna elección azarosa en sus parlamentos, ningún descuido, todo ha sido ensayado largamente, al grado de que Europa entera se deshace en su esfuerzo por imitar a la corte de Versalles.

Ser francés es un don del cielo.

El primer paso es pedir permiso al príncipe para presentarle al recién llegado. Si el dignatario acepta, el presentador se acerca con el aspirante que se mantiene varios pasos atrás.

«Una de las cosas que me hizo sentir la diferencia entre los usos franceses y los de mi país fue la dificultad de las presentaciones. Cuando oía yo nombrar a algún personaje que reconocía y quería abordar, amigos o conocidos me atajaban: "Tendríamos que pedirle permiso primero", "¡Pero si ya lo conozco!", "Su excelencia tiene que dar su anuencia"».

Nada le resulta más halagador a Poniatowski que ser recibido en el salón de Madame Geoffrin, Marie Thérèse Rodet, la anfitriona del Siglo de las Luces. A su casa en la rue St. Honoré acuden Fontenelle, Diderot y Montesquieu. Fontenelle, de noventa y siete años, gran admirador de Descartes, comparte su celebridad con Voltaire y se lleva a la oreja un cuerno acústico cada vez que le dirigen la palabra. Al oír el buen francés de Stanisław, pregunta si su polaco es igualmente distinguido.

Leer *Les Caractères* de La Bruyère le ayuda a Poniatowski a detectar la singularidad de cada uno de los franceses que le es presentado y llega a la conclusión de que ser francés es un privilegio que le es concedido a muy pocos. «Fui presentado a mediodía», escribe en su diario, «al duque de Gesvres, gobernador de París. Lo encontré en su cama a las doce del día [...] Tenía sesenta años, llevaba una gorrita femenina atada con listones bajo su mentón y tejía como mujer. ¡Que ese hombre, gloria de Francia, quien había comandado poderosos ejércitos y disparado armas de alto calibre, hiciera calceta acostado en su cama no espantaba a nadie, al contrario, el público parecía muy contento con él! Me dije a mí mismo: "Se viaja para ver lo que no se ve en casa y el exterior no siempre revela lo que hay en el interior; tengo que aprender a no sorprenderme de nada"».

El salón de Madame Geoffrin es el pivote de la vida social de París. Los escogidos se reúnen a mediodía para dedicar toda su tarde a escuchar a los Filósofos. Solo los *chosen few* reciben una invitación y se extasían con el privilegio.

Bajo plafones pintados, el polaco rinde pleitesía a quienes jamás podría acercarse a no ser por Madame Geoffrin. Pintores como Van Loo y Joseph Vernet acuden los lunes, y hombres de letras como Diderot y D'Alembert, los miércoles. Fontenelle abarca los temas más disímbolos. Aunque escribió sobre la felicidad y los *Elementos de la geometría del infinito*, ya no sabe exponer cómo llegó a ciertas conclusiones porque ahora solo espera que el infinito venga por él.

Madame Geoffrin explica a su protegido que los Enciclopedistas acuden a su salón porque en él se toman decisiones que influyen en la corte de Versalles. Muy pronto, los autores de la Enciclopedia saludan con curiosidad al *polonais timide*, y Montesquieu le pide a Madame Geoffrin:

—Sienten a mi lado a ese muchacho de perfil aristocrático.

—No solo es por cortesía francesa, usted les parece un joven hermoso e inteligente. —Lo felicita la anfitriona, quien va de grupo en grupo llevándolo de la mano como trofeo.

—Madame de Pompadour, quiero que conozca al conde Poniatowski, a pesar de que los apellidos polacos son imposibles. ¿Se imagina lo que significa para nosotros, franceses, un apellido con diecisiete consonantes al hilo y al final una *i* griega o una doble uve?

—Por eso ando en busca de una vocal —sonríe Poniatowski.

Causar una buena impresión abre la puerta a un porvenir luminoso. El juicio de la corte es implacable. La duquesa de Brancas le escribe el 8 de diciembre de 1753 a la condesa de Brühl, protectora de Stanisław y esposa de Brühl, verdadero rey de Polonia: «Consúltelo con Brühl». «Eso lo sabe Brühl». «Que lo haga Brühl».

La Geoffrin lo anima a llamarla *mamá* como la llama Montesquieu, el de *El espíritu de las leyes*, aunque no es de los visitantes más frecuentes. La Geoffrin predice a Stanisław: «Va a ser el más amado de todos», y lo compara con un hermoso cielo sin nubes.

Madame de Pompadour, «en todo el resplandor de su belleza», lo invita a Versalles.

Es una consagración.

Madame Geoffrin no solo se ocupa del menú, sino de memorizar cada frase dicha en su salón. Sin títulos nobiliarios, ni rango, ni educación formal, ni hermosura, ni dotes excepcionales, lo único que sabe hacer es escuchar. Promover a pintores la convierte en mecenas y en crítica de arte: consagra o rechaza. Los beneficiados besan la orilla de su vestido.

«Vamos a escuchar ahora a monsieur Diderot».

Los convidados acceden a todo porque la Geoffrin jamás centra la conversación en sí misma, nunca habla mal de nadie, no emite una sola queja, critica como quien cantara una canción de cuna; tampoco permite que decaiga el ánimo, interroga a uno y a otro, aguijonea a cada uno de sus huéspedes y les saca lo mejor de sí mismos. Más que lucirse, propicia que otros lo hagan porque admira el talento y logra que hasta los más críticos también lo disfruten. Es maternal, la atemorizan las opiniones dichas en tono de superioridad, rechaza el ingenio a costa del prójimo y levanta la ceja ante la más inocua de las críticas. A la hora de la lectura de Diderot, es la primera en aplaudir. La festejan celebridades, pero el tono de su voz conserva el buen sentido de quien nunca pierde pie. De ella misma afirma que es una buena burguesa y si algún admirador le ruega que corrija tal o cual manuscrito, responde: «Señor, ni siquiera tengo buena ortografía».

En su diario, Poniatowski hace una reseña de la sociedad francesa: «A pesar de la primera impresión y su extrema futilidad, las mujeres me parecieron tener más fondo que los hombres. Como las francesas son, además, mejor instruidas que las mujeres de cualquier otro país, el atavío y casi todas las invenciones del gusto y de la voluptuosidad concurren a duplicar, por así decirlo, su natural belleza […] Es muy difícil sustraerse al encanto mágico que poco a poco influye en la mujer más austera y nos hace desear vivir en una nación a veces afectuosa y casi siempre fácil y alegre, cuyo pueblo es verdaderamente bueno, ya que su burguesía es industriosa. A final de cuentas, por más volátil y superficial que se le suponga, Francia nos regala miles de ejemplos respetables de todo tipo. Además, entre más se vive en París, más tiempo se tiene para conocer a hombres comprometidos con las ciencias y las artes superiores en todos los campos. Esta lengua francesa, que hoy todo joven aprende en Europa, le confiere a la nación francesa una superioridad y una analogía con las buenas y malas cualidades de la nación polaca».

El príncipe Louis François de Bourbon-Conti, candidato a la corona de Polonia, pide que le presenten al recién llegado. Stanisław anota en su diario que le fascina la hermana del príncipe de Conti, casada con el duque de Orléans, Louise Henriette de Bourbon. «Su rostro, toda su persona, en descanso o en movimiento, a pie, a caballo, danzante o sentada, recuerda continuamente las pinturas de Watteau. Todos sus gestos habrían inspirado a ese célebre artista. Su marido —tras el primer enamoramiento— le da pruebas de las mayores complacencias».

Madame de Brancas, quien no pierde de vista a Stanisław, envía sobre él elogios desmedidos a la esposa del conde Brühl, en Varsovia. A vuelta de correo, la condesa Brühl responde que para ella y para Brühl, Poniatowski es más que un hijo y lo tienen en la más alta estima.

Europa piensa en francés, corteja y ama en francés, aspira y expira en francés, se viste a la francesa; solo vale la pena consignar lo que sucede en Francia, el poder del pensamiento francés es infinito, insuperable, inmarcesible, el francés se impone sobre cualquier circunstancia, la lengua de Francia viaja a caballo, en barco, en trineo, vuela hasta el desierto del Sahara, se adentra en las estepas de Siberia a la que cubre con todas sus papilas y la saliva de todos sus adjetivos. Dios es francés. Luis XV se refleja en el cristal del mundo, no solo en la galería de espejos de Versalles, sino en todas las gotas de lluvia que caen sobre las tierras de Europa. Cualquiera que pretenda destacar tiene que hacerlo en Francia.

Bailar noche tras noche durante cinco meses es una constante en la vida de la aristocracia, y contraer deudas, su consecuencia inevitable. Muchos suplen su talento creador por una desbordada capacidad de compra.

Deslumbrado por la belleza de obras de arte que alimentan la imaginación de los franceses, Stanisław se deja embaucar y sus padres tienen que rescatarlo, con gran irritación de Konstancja. Stanisław y Seweryn Rzewuski reciben a ebanistas, tapiceros, carroceros, escultores y pintores que los seducen con la posibilidad de volverse coleccionistas. Nada más fácil, porque los mercaderes ofrecen pinturas y esculturas como si las obsequiaran. «Tiene su personalidad». «Usted es el único que puede comprender su significado». Tanto Poniatowski como Rzewuski dan la orden de colgarlas en su pared sin preguntar su precio.

«Todo París hace lo mismo», Rzewuski tranquiliza a Poniatowski.

En París, los altos muros de palacios y *hotels particuliers* se cubren de retratos comisionados a pintores de la corte de Francia. El joven conde Poniatowski compra una obra de Canaletto, otra de Guardi, otra de Bacciarelli y otra más del francés Chardin, que siempre mete un animalito en sus bodegones. «Un noble tacaño no es noble» y endrogarse es cosa común y corriente. Solo los burgueses se aferran al dinero; los nobles lo tiran por la ventana.

Muy pronto, Madame Geoffrin reprende a «su hijo». El polaco se endeuda con una facilidad alarmante. «Corre usted demasiados riesgos al ser tan dispendioso». Madame Geoffrin lo urge a que la llame *mamá* y ese título le confiere autoridad. Stanisław la consulta para todo y ella se da el gusto de llamarle la atención.

A Stanisław le emociona ver de nuevo a su preceptor, el abate Pierre Allaire, ahora al servicio del duque de Chartres. Hombre de mundo, el abate va de la casa de madame de Polignac a la de la duquesa de Orleáns.

«La corte de Francia», escribe Stanisław en su diario, «es un juego de azar, una cueva de zorras y las relaciones entre los países, hipócritas […] Las conversaciones que escuché en París se urdían primero en la alcoba. Más que Luis XV, madame de Pompadour es quien da las órdenes en Fontainebleau. Dirige un andamiaje de poder llamado *corte* cuyo esplendor no tiene paralelo. Todo funciona a la perfección, aunque nunca he escuchado una frase memorable. La verdad, tampoco se la oí a Montesquieu en el salón de Madame Geoffrin, aunque su *Espíritu de las leyes* me deslumbre. Ahora sé de cierto que los ingleses piensan mejor que los franceses; nada me ha estimulado tanto como la compañía de Hanbury Williams. "Los franceses le dieron París al mundo, con eso basta", respondió a una de mis críticas. ¿No te parece una buena defensa de Francia, mamá?».

En la noche, antes de acostarse, Poniatowski repasa las grandes esperanzas que tiene para su patria. Entre tanto, Madame Geoffrin escribe de Stanisław: «Es como un hermoso cielo sin nubes, de los mejores climas de la tierra que, sin embargo, de vez en cuando se cubre sin aviso de nubes negras y desata una tempestad…».

———◆———

Sofía solo aguanta la disciplina del convento un año, yo cuatro.

Cuando regreso a México, Jan ya camina, habla muy bonito, sonríe y todos festejamos su «haznos ojitos», y él abre y cierra sus párpados varias veces.

«¡Calle, calle!», tiende sus brazos dorados porque quiere ir a la miscelánea por una paleta Mimi.

Jan creció sin nosotras, sus hermanas. Lo extraño; él, no. Es un niño y los niños se alzan como cualquier arbolito. A lo mejor podré rescatar el tiempo perdido; contarle cómo rezo los quince misterios del rosario y todas las bellísimas jaculatorias a la Virgen que aprendí de memoria y que seguramente él aprenderá más tarde.

En la casa me llaman *señorita* y mi hermana, a punto de casarse con Pablo Aspe, tiene un sinfín de amigas, una de ellas Julieta Récamier. Serenatas de sal al balcón y al corazón, y despedidas de soltera, la casa se llena de guitarras y voces que florean en el vidrio de las ventanas. Cada diez días, Pablo le lleva gallo a su novia y los mariachis cantan: «Muñequita linda…». Rezo menos que antes. ¿Qué se hace con la vida? ¿Qué voy a hacer con la mía?

En Eden Hall, en el Convento del Sagrado Corazón, me enteré a los quince años de que la vida es «un cuento dicho por un idiota, lleno de sonido y furia que no significa nada», y en la práctica me intrigó saber cómo puede representarse en el escenario una tempestad también llena de furia. ¿Cómo vamos a hacer *La tempestad* físicamente si nosotras no somos una fuerza de la naturaleza? ¿Con qué sonoridad, con qué agua, con qué efectos, con qué rayos y centellas si nosotras solo somos unas jovencitas que no sabemos nada? Mi compañera de cuarto, Peggy Merrick, vierte agua en una cubeta y sacude su mano con fuerza: «Mira, aquí tienes tu tempestad». Al ver mi decepción, se irrita: «¿Qué no sabes lo que son las trampas? Por eso te ahogas en un vaso de agua, por ingenua».

La maestra de teatro nos catapultó al mundo de Shakespeare. Próspero, Trínculo son nombres nunca antes escuchados, Miranda es bonito. ¿De dónde sacará Shakespeare sus nombres? A las niñas de tercer año nos tocó llevar a escena *Twelfth Night*, y a mí, responsabilizarme de los parlamentos de la tornera. «*Sweet sir Toby*», repito mientras vierto el vino de una botija que pesa sobre mi hombro derecho.

Tanto las monjas como las niñas dicen que soy muy alegre, pero lo soy porque mother Van Antwerp me hace feliz con su carrusel de transparencias que giran y caen con un sonido metálico y hacen el milagro de enseñarme en la pantalla la silla de Van Gogh, los girasoles de Van Gogh, el cielo a punto de caerse de Van Gogh tras del campanario de Giverny. Cuando le ruego que las deje más tiempo en la pantalla, vuelve a pasar toda la serie solo para mí, y Toulouse Lautrec y su *goulue* me escandalizan un poco.

Bajo su cofia blanca y negra de puros tubitos acanalados, como lo exige el hábito negro y blanco del Sagrado Corazón, el rostro de la madre Van Antwerp es el de un Vermeer por el azul de sus ojos de porcelana de Delft. Cuando le digo que es igualita a «la joven de la perla», responde que no es cierto y enrojece. Se detiene durante horas en su explicación acerca de *Un dimanche après-midi à l'île de la Grande Jatte* que me gusta menos que las infinitas bailarinas de Degas, quizá porque tienen la gracia de mi hermana.

En el convento, la madre Van Antwerp disertaba acerca de los prerrafaelitas, de Dante Gabriel Rosetti, Millais, Keats y el Byron que se trajo toda Grecia a Londres; de Shelley muerto en la playa, sus cabellos libres sobre la arena, libres hasta de la concha de mar que cubre el sexo de la Venus de Boticelli. Supongo que Virginia Woolf pensó en Shelley cuando escogió el agua. O cuando se lanzó sobre Vita Sackville West, su hombre, su mujer, su mujer-hombre, su hombre-mujer, su agua.

«Lo único que te mata», dice mamá, «es la falta de agua».

También el agua mata. Mató al poeta Manuel Ulacia Altolaguirre, ahogado a los cuarenta y ocho años en alta mar en Ixtapa, una playa de Guerrero. Vivía en Coyoacán y me gustaba verlo salir de su casa colonial en la calle de Francisco Sosa porque había algo de pueblo en su andar confiado sobre los adoquines de esa calle antigua en la que murió Octavio Paz.

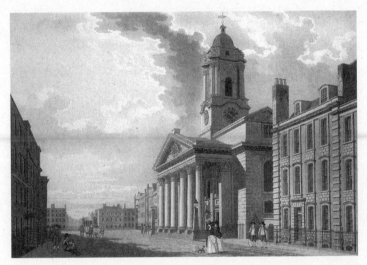

Inglaterra, siglo XVIII.

Capítulo 9

Gracias al parlamento de Westminster,
la política atrae a Stanisław

Stanisław permanece en París seis meses, de agosto de 1753 a febrero de 1754, y de ahí zarpa a Londres. Sus buenos modales, su forma de bailar, su entusiasmo por el arte, impactan en la corte de Versalles. Hablar, leer y escribir en francés, inglés, italiano, alemán le abre la puerta de palacios y cenáculos y, sobre todo, la de la casa de Madame Geoffrin. Así como sorprendió a Charles Hanbury Williams con la agudeza de sus juicios, sus cartas a Konstancja ahora se colorean de entusiasmo.

«El viaje entre Calais y Dover tomó nueve horas, el mar se apretó de olas y los viajeros nos mareamos en grado tan supremo que lo resentí hasta en tierra, pero la felicidad de verme en Inglaterra y tomar un vaso de agua como no la había probado en París me restableció, y partimos a Canterbury a rendirle homenaje a un busto de Cromwell.

»Aunque lord Hanbury Williams tuvo que abandonarme para atender sus asuntos, gracias a él pude serle presentado a William Pitt en Bath. De él diré como Alexander Pope decía de Dryden: *Virgilum vidi tantum*. ¿Te imaginas lo que para mí fue ver de cerca a Pitt? Me dio la mano, inclinó su cabeza, acercó su cara a la mía y yo me hice para atrás. Alto, flaco, su mirada de águila hace que quienes logran verlo de cerca lo comparen con Julio César. También, gracias a Williams, el rey George II me recibió con honores y asistí desde la galería a una elección en Westminster. El nivel del debate en la cámara inglesa es altísimo y me exaltó porque nunca había escuchado tal elocuencia. Pensé con emoción en Polonia: quiero reformar mi país, cambiar su sistema político, hacerlo como el de Inglaterra. Tengo una república en la cabeza y quiero implantarla en Polonia. Lord Hardwick declaró que mi presencia lo honraba. Lo mejor que me ha sucedido en los últimos meses es que Charles, duque de York, se hizo mi amigo. Vivo preso de una emoción tras otra y la política me atrae cada vez más. ¡Lo quiero todo para Polonia y aplico todo lo que veo a su vida política! La sede de la Cámara de los Lores es inferior en tamaño y belleza a la del senado polaco, pero la inteligencia de los lores supera a la de los franceses; en Varsovia también he oído arengas políticas que me han conmovido.

»Una multitud esperaba al salir de la sesión, algunos diputados pidieron serme presentados y, en la calle, una anciana vino hacia mí con una canasta de ostras y me dijo: *"You look like a nice fellow"*. Me dio risa y le compré media docena, y me las tendió como si yo fuera el mar.

»Nunca presencié escenas que avergonzaran al gobierno y dieran a los visitantes la impresión de mala crianza. No había opositores, de tal suerte que en Westminster atestigüé una elección fácil y expedita. Al salir a la calle el día siguiente, la vendedora de ostiones volvió a sonreírme y me señaló a dos candidatos sentados en una banca: John Crosse y Edward Cornwallis; pero ella se acercó a Cornwallis. Crosse quiso ignorarla y Cornwallis se puso de pie como si la vendedora fuera la reina de Inglaterra: *"It's a scoundrels behaviour not to stand before the ladies"*».

¡Inglaterra es el faro de la humanidad! De ahora en adelante, Stanisław será anglófilo. «Si yo pudiera vivir tres años en Inglaterra como Montesquieu, sería otro hombre». En Londres, Luke Schaub, a pesar de su edad, le da posada porque conoció a sus padres cuando el rey George II lo envió en misión diplomática a Polonia. Una noche, Luke Schaub desconcierta a Staś, quien acude a su diario: «Me sorprendió escucharlo explicarse con una precisión, una justeza de memoria y un fuego de genio que no había yo descubierto hasta que habló durante horas sobre todo tipo de temas. Al día siguiente, me afligió verlo de nuevo "pagando el tributo de su caducidad", pero a medianoche, su conversación volvió a ser tan deslumbrante como la primera vez. Confirmé que el espíritu de Luke Schaub solo conseguía liberarse de sus años cuando se hacía el silencio en la inmensa ciudad de Londres».

Después de oír a David Hume criticar la religión, Stanisław se inclina por el pensamiento laico. Hume pregunta: «¿Qué es más probable, que un hombre se levante de entre los muertos o que el testimonio de su resurrección esté en cierta forma errado?». Surgen otras preguntas. «¿Cómo separar a la sociedad de la costumbre establecida?».

Su conocimiento de Cicerón le ayudará a leer a John Locke, Hume y Edmund Burke, para discutir con sus grandes amigos, los Yorke.

¿El clima influye en el carácter de las naciones? ¿Qué hace progresar a una sociedad sino su desarrollo económico? ¿Solo de la experiencia proviene el conocimiento?

Nada apasiona tanto a Stanisław como los *Thoughts concerning education* de Locke. Ya había escuchado a Williams decir que si Polonia construyera más y mejores escuelas, cambiaría su destino. A Andrzej Załuski, obispo de Cracovia, también le obsesiona la educación, y su inmensa biblioteca da fe de su pasión.

De todos los hombres que le presentan, la inteligencia de Charles Yorke lo impacta; por ello, cuando años más tarde Yorke se corta la garganta, Staś se sentirá traicionado y ese sentimiento nunca lo abandonará.

«Considero estos últimos cinco meses en Inglaterra, de febrero de 1754 a julio de 1754, la mayor lección de mi vida», escribe a Hanbury Williams. Además, el polaco conmueve a su protector al llamarlo *mi queridísimo amigo y padre espiritual* o *mi amigo más cercano y prominente*.

En 1755, la cancillería de George II, rey del Imperio británico, comunica a sir Charles Hanbury Williams su nueva misión: embajador de Gran Bretaña ante la corte rusa para defender al pequeño electorado de Hannover, pero, sobre todo, para acabar de una vez por todas con la permanente hostilidad de Francia.

Los ingleses tienen la absoluta certeza de que Hannover es suyo.

«Esperaba que me enviaran a un país menos bárbaro y retrógrado, pero el ministerio de Relaciones Exteriores británico es incapaz de saber recompensar a quien le rinde servicios sobresalientes. Lo único que busca Inglaterra es derrotar a Francia. ¿Le parecería bien, Stanisław, acompañarme a San Petersburgo como mi secretario?».

La carta de Hanbury Williams es una puerta al cielo.

Antes, su hermano Kazimierz le había conseguido el cargo de *stolnik* (diputado) en Lituania, que lo dejó indiferente; ahora, en junio de 1755, brinca de emoción y su entusiasmo ofende a Kazimierz.

«Ten cuidado», le advierte su hermano, «los caminos en Rusia son intransitables; la pobreza, aterradora; no encontrarás a nadie con quien hablar, la corte es mezquina, la emperatriz Isabel Petrovna solo se parece a Pedro el Grande por su tamaño, si le gustas, te va a devorar. Tengo informantes y te aseguro que Rusia es un país de osos con garras que destazan al que se le pone enfrente».

Su viaje intranquiliza a su madre. «Reza ardientemente, Stasiu, reza siempre», repite, «reza como lo hacías de niño. Reza y recuerda que los rusos y los polacos no se quieren». En cambio, para el viejo conde Stanisław, su nombramiento es una oportunidad única: «El futuro de Europa se juega ahora en el norte».

Para el rey George II de Inglaterra es inevitable una guerra entre Luis XV y él si no hay un tratado con Rusia de por medio; teme que su sobrino Fryderyk II de Prusia la aproveche para expandirse a Hannover y a Austria. Hannover es inglés, ¡qué diablos! En la realeza europea, el que todos sean parientes porque se casan entre sí hace que primos hermanos o primos segundos aspiren al mismo trono y se odien como Caín odió a Abel.

George II de Inglaterra le encomienda a Hanbury Williams impedir que se consume una alianza entre Rusia y Francia. Advierte que el canciller anglófilo Bestúzhev hará todo por apoyarlo.

—Fryderyk II es un hombre imprevisible, no le tengo la menor confianza.

—¡Majestad, ustedes dos son de la misma familia! —respinga el caballero Williams.

—Por eso sé de lo que hablo.

«¿Cómo amaneció mi joven misántropo?», saluda el caballero inglés a su protegido a la mañana siguiente de su llegada a Moscú.

Stanisław nunca imaginó que solo abandonaría su escritorio a la hora de comer y que, durante la siesta de su protector, seguiría escribiendo. Hanbury Williams es un maestro severo. «¿Rotulaste bien el sobre? María Teresa de Austria es archiduquesa de Austria, gran duquesa de Toscana, reina de Bohemia y de Hungría, además de emperatriz. Luis XV estuvo a punto de que la corte austriaca le devolviera una carta si su embajador en Austria no le señala que el protocolo exigía que se le añadiera "reina de Hungría y de Bohemia"». Stanisław, cohibido, se esmera, descubre lo que significa el poder de los grandes señores que gobiernan Polonia. Las fortunas personales de unas cuantas familias son las que mandan al país: los Czartoryski, los Lubomirski, los Radziwiłł, los Sapieha, los Wiśniowiecki, los Czetwertyński, los Mniszech y sus parientes.

Stanisław abre un libro que contiene el *Discours sur l'origine et les fondements de l'inégalité parmi les hommmes* en la biblioteca de Williams y lee hasta que llora. Quizá llore también porque se entera de que en Europa llaman a Polonia *la república de la anarquía* y enumeran un sinfín de sus defectos, fallas y debilidades.

Francia nombra al marqués de L'Hôpital su embajador en Rusia, y el francés hace una entrada esplendorosa con veintitrés carrozas que atravesaron los Cárpatos y ahora deslumbran a Moscú con el oro de sus escudos y el lujo de su interior. El oro rivaliza con la multitud de campanarios dorados y plateados que relumbran al sol. El vestuario del marqués causa mayor sensación que los retratos de cuerpo entero de Luis XIV. «Así hay que vivir, a la francesa», exclama extasiada la joven marquesa Evelyn Orlowska. En los salones, L'Hôpital alardea de su apostura y su conversación. Domina el escenario, pero su primer encuentro con Hanbury Williams en la corte es tormentoso.

Deslumbrar es el primer paso de cualquier apropiación.

El embajador de Inglaterra es un jefe exigente y expone a Stanisław a diatribas, discusiones, entrevistas, conferencias, no solo con los franceses, sino con vicecancilleres prusianos y generales rusos. Que Poniatowski haya conquistado a la gran duquesa Catalina es un primer paso, ahora tiene que seducir a diplomáticos que detestan Inglaterra. Williams recomienda evitar cualquier discusión con el marqués de L'Hôpital, «quien bajo sus exquisitos modales es un depredador». Las relaciones entre Francia e Inglaterra se sostienen con alfileres y la guerra puede estallar bajo cualquier pretexto.

Para el odioso marqués de L'Hôpital, embajador de Francia en Rusia, quien tiene pruebas de las acciones de Hanbury Williams en contra suya y a favor de Inglaterra, es primordial deshacerse también de Poniatowski, y no pierde una sola ocasión de hablar mal del polaco y aconsejarle a la emperatriz: «Devolverlo a Polonia es urgente, él y Williams son anglófilos peligrosos y favorecen en todo a la gran duquesa».

Una mañana en que Stanisław camina tras de L'Hôpital, el francés le cierra la puerta en la cara.

Al entrar al salón de conferencias, Poniatowski le pregunta si el portazo es para él. «Claro que no, nunca lo vi venir». Esa misma tarde, en una conferencia, el embajador de Francia acusa de descortesía a Stanisław, quien responde:

—Le doy el mismo trato que a otros dignatarios.

De L'Hôpital levanta la voz:

—Señor conde Poniatowski, es a usted a quien me dirijo.

—Tengo el honor de escucharlo —replica Stanisław.

—Eso no es verdad. —Se enoja el francés.

Entonces Poniatowski lo enfrenta tranquilo:

—No se me habla así.

De L'Hôpital baja la voz:

—Solo sostengo que Rusia no sería capaz de crear ningún incidente diplomático entre nosotros.

Poniatowski responde que prefiere asegurarse de que Francia no caiga en un exceso de poder.

El marqués de L'Hopital perdió su sangre fría, no así Stanisław, al que Hanbury Williams felicita porque Douglas Digby, secretario suplente, le informa:

—*Poniatowski's answer to the Frenchman was supreme.*

Dos días más tarde, el marqués de L'Hôpital aborda a Poniatowski en forma zalamera:

—Señor, no nos conviene disputa alguna y, sobre todo, palabras vivas en presencia de monseñor Pedro Ulrich, y me enoja pensar que las ha habido.

—No sé responderle sino que de mi parte no hubo ese tipo de palabras.

Crece la obsequiosidad de L'Hôpital y hasta le ofrece su mano:

—Me preocupa pensar que las hubo de mi parte porque quiero actuar como su amigo y servidor.

No solo el marqués de L'Hôpital se lanza contra Poniatowski, Hanbury Williams lo pone a prueba y lo expone a conciliábulos y a entrevistas cada vez más complejas.

«Es por su bien, sé lo que hago».

Mientras Poniatowski se crece, Williams tiene bruscos cambios de humor, a pesar de que un círculo de admiradores todavía se apriete en torno suyo.

Poniatowski comprende las crisis de melancolía de su protector. También él, desde joven, se desmaya con frecuencia y tiene que guardar cama porque sus migrañas le producen fiebre. Konstancja lo atribuía a su excesiva sensibilidad. A Staś le impresiona que un hombre tan brillante como Hanbury Williams sea tan vulnerable como él.

—Lo acompaño, sir Charles. ¿Quiere que le haga la lectura de *The tempest* o de *As you like it*?

—No seas tan sacrificado, muchacho, ve a tomar aire, cuando regresemos de la bárbara Rusia a tierra civilizada, pediré a la Cancillería que me envíen a Italia y tú me acompañarás. Nada mejor que Florencia para curar el alma. Por lo pronto, nos espera la emperatriz Isabel Petrovna con su despreciable sobrino Pedro Ulrich y su esposa prusianita, Sophie, ahora rebautizada como Catalina y destinada a sufrirlos a ambos.

———◆———

Antes de los dieciocho años, mi hermana ya ejerce el don de fascinar porque, además de su belleza, se atreve a entrar partiendo plaza a la iglesia de La Votiva o a la Profesa, al Baile del Penacho y al de El Mexicanito, al jockey, al torneo de golf, al concurso del Hípico Francés y a las carreras de caballos en el hipódromo. México es su arena al sol, su plaza llena, sus *olés*, su alfombra de flores, su Ángel de la Independencia, el ruego de su compañero de baile: «¿Me permite esta pieza?».

«¡Ay mi amorcito!, ¡qué bien te ves!», besa a los chaparros en la calva, se cuelga del cuello de los altos, abraza a los niños, se lanza a una polca, a una zarabanda, cierra los ojos, agita los dedos de su mano derecha, sus piruetas encandilan, ríe (los jóvenes reímos a todas horas), y de sus exclamaciones emana un aire festivo capaz de convencer al más renuente. Mi hermana es un paliativo porque no tengo sus certezas y me atemoriza una sociedad para quien primero son las reglas y luego las personas, la belleza física y luego los propósitos.

La lectura de *El príncipe idiota* de Dostoyevski me deja una huella profunda porque en el momento en el que el tímido Mishkin, epiléptico, entra al salón de baile y ve un valioso florero que aguarda sobre una mesa, tiene la absoluta certeza de que por más lejos que se mantenga de él, va a romperlo. También yo tengo la certeza de que voy a romper algo, pero no sé lo que es. El temor del qué dirán me acompaña, así como el temor rige la vida de «la gente bien» y la de sus hijas que se arrodillan en la iglesia de La Votiva o en los reclinatorios de la Iglesia Francesa. Las veo esconder su rostro dentro de sus manos a la hora de la elevación y puedo dar fe de que repiten en voz baja: «Por mi culpa, por mi culpa, por mi grandísima culpa…».

En el IFAL, Instituto Francés de América Latina, asisto a ensayos de *L'Annonce faite à Marie* de Claudel porque mi mejor amiga, Lola d'Orcasberro, hace el papel de Violaine. De todos los jóvenes de la parroquia francesa, el más sensible es Robert Kremper, joven director de teatro que nos guía porque él mismo es un actor consumado.

En *Le locataire du Troisieme sur la cour* hago el papel de Stasie y, aunque ahora no recuerdo el tema de la obra, aún siento la emoción del señor Albert Signoret, abuelo de una de mis compañeras, quien me pregunta:

—¿Va a dedicarse al teatro?

—No creo. Dice el director Robert Kremper que puedo dar más en otro campo.

—Se equivoca Kremper y voy a decírselo.

Es la primera vez que siento la admiración de un señor mayor y me deja muy sorprendida.

La constante presencia de Carito Amor en la casa de La Morena es una quilla en nuestra barca; sin ella, bogaríamos a la deriva. Su fuerza de carácter, su inteligencia, su sentido común y sus consejos le dan una autoridad incontestable. Nadie tiene su capacidad de organización. Fundó la Galería de Arte Mexicano y se la cedió a su hermana Inés; luego, al casarse, creó la Prensa Médica Mexicana: «Imprimí un primer libro después de traducirlo del inglés, trabajé durante catorce meses en el sótano de la casa en la calle de Durango; por unos barrotes a la calle, veía yo pasar las llantas de los automóviles; imprimí un segundo tomo y, solo cuando todos se vendieron, me lancé al tercero y a reediciones de los dos primeros que volaron en la Facultad de Medicina de la UNAM. Entonces subí al primer piso y, a partir de ese momento, lancé la única Prensa Médica de México». La escucho con admiración. En casa, repetimos varias veces a la semana: «Hay que preguntarle a Carito», porque sus respuestas se basan en la realidad que a nosotros se nos escapa.

¡Qué difícil asimilar un nuevo idioma si no eres un niño! Papá se mantiene durante horas frente a su escritorio con su libro abierto y termina con los ojos rojos. Es tanto su afán que logra escribir cartas oficiales en perfecto español. Aconsejado por Carito, decide montar un laboratorio, porque en México los que fabrican medicinas son pocos. Trabaja como enajenado, pero desconoce la corrupción y las mordidas para que sus medicinas entren al cuadro básico en la Secretaría de Salubridad. Amanece cada día a un obstáculo: el permiso, los recibos, las constancias de retención de impuestos, el papeleo, las antesalas, el «no cumple con los nuevos requisitos», la ley que cambia cada año, los timbres fiscales, la cola frente a la ventanilla, las etiquetas que él mismo dibuja hasta altas horas de la noche y pegamos en frascos y botellas de diversos tamaños, todas de una pulcritud de quirófano. Solo la esperanza hace que siga yo respondiendo al teléfono: «Laboratorios Internacionales: LINSA». Al año, ya nada funciona. Las dos empleadas se quitan el tapabocas, la bata, los guantes, la red para que ni un cabello vaya a caer en el polvo blanco y no regresan. El teléfono apenas suena. No entiendo la injusticia que se comete en contra de papá. También algunas noches lo responsabilizo por su mala fortuna. Jamás será un hombre de negocios.

Mis padres todo el día le ofrecen la otra mejilla a la vida.

Varsovia, siglo XVI.

Capítulo 10
El flechazo lo da un vestidito blanco
con una rosa roja en el hombro

—¡Qué bonita aparición! —sonríe Poniatowski.

Sobre un vestidito blanco, bordado de encaje del que se asoman delgados listones rosas, la joven de veintiséis años lleva como único adorno una rosa roja prendida al hombro. Sus labios sonríen.

—Gran duquesa, le presento al conde Stanisław Poniatowski, recién llegado de Varsovia.

Catalina le tiende una mano desprovista de anillos, tan fresca y blanca como su atuendo, y pregunta al embajador de Inglaterra:

—¿El conde polaco es parte de su séquito?

—Quisiera que fuera mi hijo. No solo es mi secretario, pertenece al parlamento polaco y tiene acceso a todos mis documentos. Su madre es la princesa Konstancja Czartoryska.

—¡Se ve de estupendo humor, sir Charles!

—Es que nada me da tanta satisfacción como la amistad de este joven noble y promisorio.

Sir Charles le cuenta a una ansiosa Catalina que el polaco es hijo de un noble de Cracovia.

—Antes de venir aquí, Staś viajó a Viena, París, Berlín y Londres. A su regreso, lo hicieron *stolnik* de Lituania. En una sesión de la Cámara, protestó por la presencia de un intruso y desenvainó su espada…

—¿Así que su hijo adoptivo es temerario? —Ríe Catalina—. Los espero en Oranienbaum el próximo 29 de junio en la fiesta de cumpleaños que le ofrezco al gran duque Pedro Ulrich, mi esposo.

Cuando se despiden, Stanisław urge al caballero inglés:

—Hábleme de su marido.

—Es el heredero del trono de Rusia, pero ojalá no llegue a ocuparlo. Juega a la guerra con la mayor colección de soldaditos de plomo que pueda imaginarse, entrena galgos y se cree prusiano. Se rumora que la gran duquesa permaneció virgen los primeros ocho años de su matrimonio. ¡Ocho años!, ¡imagínese hacer esperar tanto a una mujer joven y fogosa! ¡Con razón quema su sola mirada!

—Yo le vi ojos alegres y confiados.

—Stanisław, ya te dije que la ingenuidad es la más imbécil de las virtudes.

Williams es el maestro, Poniatowski el aprendiz.

La corte rusa no sospecha que Catalina despierta al amanecer y a la luz de una vela escribe y analiza mensajes y acontecimientos políticos, tal y como la instruyó mademoiselle Cardel. «Si no lo entiendes, escríbelo. Tómate el tiempo para desmenuzarlo paso por paso, así como yo te enseñé a hacer análisis gramaticales. Al dividir la frase en partes, encontrarás su lógica».

«Tengo que esforzarme por esconder que soy más inteligente que los demás», le confiaría Catalina, meses más tarde, a Stanisław. «Les llevo una ventaja considerable. Quizás el mérito no es mío, sino de mi institutriz, la primera que me enseñó a descomponer cada idea. Ahora lo hago sin ella y mejor que ella; solo fracaso cuando hago caso a los demás; a la única que debo atender es a mí misma porque, finalmente, soy superior».

Para aplacar los caprichos y los cambios de humor de Pedro Ulrich, Catalina le ofrece un baile en julio de 1757 en una de esas noches blancas en las que a nadie se le ocurre dormir. El cielo es su cómplice; la naturaleza, su mejor aliada. Ordena instalar en el jardín de los rosales franceses las largas mesas que tanto le gustan al joven noble sueco Lorenzo Hagermán, también enamorado de Catalina. Cientos de invitados llegan al jardín de los rosales por una avenida literalmente cubierta de linternas y veladoras que iluminan a tal grado que pueden verse hasta los granos de sal sobre carnes, pescados y otros manjares. Catalina bromea: «Hice un pacto con la Virgen de Częstochowa: le pedí que la Luna fuera mi invitada especial, y me respondió: "Estaré ahí sin falta, yo soy la Luna"».

Los meseros levantan en brazos fuentes cubiertas de caviar y se inclinan, un pie frente a otro, como bailarines de *ballet*. Después del primer platillo, Catalina le señala al embajador de Inglaterra el arribo de un carruaje precedido por veinte toros de blanca mansedumbre, en el que sesenta músicos, poetas y cantantes de la Capilla Imperial loan a Pedro Ulrich. Atrás de ellos, la luna llena amarilla y naranja parece un telón de fondo. Cuando desaparecen los minotauros, una fanfarria invita a todos a pasar a unas tienditas engalanadas en las que campesinas con la cabeza cubierta de flores regalan guantes, pañuelos, abanicos, diminutos juegos de té de porcelana, listones y anillos que fascinan a las invitadas, quienes también estrenan antifaces. Los invitados llevan varios vodkas entre pecho y espalda, y a la luz blanca de la luna, el jardín adquiere un halo de plata que intoxica más que cualquier elixir.

Desde la cabecera, Pedro Ulrich felicita a la gran duquesa y brinda por ella frente a los invitados sin prever que un año más tarde la insultará a través de otra mesa igual de impresionante: «¡Dura!».

Para Williams y su secretario Poniatowski, la fiesta es un triunfo, y la emperatriz Isabel Petrovna canta las virtudes de su nuera. Los soldados de Holstein de Pedro Ulrich alaban la música, los regalos, el recuerdo de una noche mágica que Catalina habrá de consignar en sus *Memorias*: «Me dio gusto hacer feliz a tanta gente, desarmé a mis enemigos como me lo había propuesto, pero no durante mucho tiempo. Gasté la mitad de mi renta anual, pero tenía yo a mi lado al caballero inglés, sir Charles Hanbury Williams».

A pesar de que sir Charles lo azuzó, Poniatowski evitó lanzarse de nuevo a Oranienbaum. En cambio, se inició muy pronto en la vida de la corte. ¿Cómo entender tantas ambiciones e intrigas? Lo primero que salta a la vista es la férrea codicia del rey de Prusia, Fryderyk.

Y su inteligencia cruel.

El polaco escribe infinidad de cartas con su letra finísima y su cabeza cae de cansancio sobre su escritorio. El aluvión de fórmulas de cortesía se vuelve tedioso, pero sigue escribiendo por amor a Hanbury Williams. En cambio, se retrae cada vez que su jefe le dice: «Catalina nos invitó a cenar, regresemos a Oranienbaum». El polaco se niega a volver, aunque las consecuencias políticas le serían favorables a sir Charles y a Inglaterra: «Se ve a leguas que tú le atraes, volvió a preguntarme por ti», insiste el inglés.

—¿Qué hace su polaco además de bailar a la perfección? —pregunta la gran duquesa a Williams.

—Descodifica mensajes de Inglaterra y de Francia. Madame Geoffrin lo llamaba su *hijo bien amado* desde que lo trató en París.

Que Madame Geoffrin, asidua a la corte de Luis XV, le escriba a Poniatowski, impresiona a Catalina. El nombre de la Geoffrin es la mejor tarjeta de presentación en Europa; ser uno de los invitados a su salón, un privilegio al que aspiran los viajeros, así como los soberanos que se disputan los elogios de Voltaire porque su sola pluma consagra al más inocuo de los invitados.

—¿Así es que Poniatowski, con apenas veintitrés años, brilló en el salón de la Geoffrin?

—Sí, la reina María Leszczyńska conversó con él durante una hora en polaco y en Versalles lo presentó a los grandes nombres de Francia.

Europa entera pende de la buena opinión de Voltaire. Su juicio es una espada de Damocles sobre la cabeza de los soberanos que se apresuran a rendirle pleitesía. Al llamar a Isabel Petrovna la *Semíramis del Norte*, la consagra. Si tomara en cuenta a la gran duquesa Catalina y la calificara, también la elevaría, pero por ahora, la joven es solo una alemancita que intenta mantenerse viva entre alacranes.

—¿Voltaire ha viajado a Rusia? Si de mí dependiera, lo daría yo a conocer hasta en Babilonia. —Se entusiasma Catalina.

Williams la corteja; apenas la ve en el gran salón del palacio con rosetones que miran al Vístula, le tiende un estuche que bien puede contener una esmeralda o un rubí y, sentado a su lado, la seduce con su ingenio que refulge como todas las joyas de la corona.

—Los rusos no tienen conversación. —Lamenta la gran duquesa.

En cambio, el embajador de Inglaterra es un encantador de serpientes, y su secretario polaco, un hermoso muchacho.

—¿No lo acompaña esta noche su conde polaco? —pregunta decepcionada.

—¿De qué color son sus ojos, sir Charles?

—¿Los míos?

—No, los de su protegido.

Al saberse en desventaja, Williams opta por el papel de celestino.

Catalina recuerda el cuerpo del polaco. ¡Qué ágil, qué atractiva la firmeza de sus muslos! Su entrada a cualquier corte jamás pasaría inadvertida.

Catalina le envía una invitación a montar a caballo y Stanisław descubre a una mujer de tricornio y altas botas masculinas.

—*Altesse, vous montez à califourchon ou en amazone?*

—Al pueblo le gusta verme como amazona, pero en compañía de mis amigos, monto a *califourchon*.

Aunque los oficiales del séquito se precipitan, Catalina salta sobre la silla, aprieta sus rodillas y talones abajo, espolea su montura, sale a galope, la cabeza en alto; de veras que esta mujer nació amazona. Pocos la superan, quizá la princesa Dashkova, extraordinaria jinete. Vestida ahora con el uniforme de teniente de la Guardia Real, casaca roja y dorada, ofrece un espectáculo sensacional. «¡Qué temeraria!», constata Poniatowski.

Entre más violento el ejercicio, más destaca la gran duquesa. El sonido de los cascos corresponde al de la música que Stanisław lleva por dentro. El séquito de Catalina deja atrás al del gran duque Pedro Ulrich, pendiente del trotecito cochinero de la Vorontsova. Nada que ver con su hermana menor, la otra Catalina, quien, casada con el príncipe Dashkov, ilumina cada frase con el punto agudo de su inteligencia. ¿Son de la misma familia? ¿Cómo es posible que de una misma cepa surjan dos hermanas tan distintas?

Ante la joven duquesa Catalina, cortesanos y diplomáticos se mantienen a la expectativa. Cuando aparece, suspenden su conversación, pero a las dos semanas se descuidan, persuadidos de que no entiende ruso. Sin embargo, la alemancita registra hasta la más pequeña entonación en su diálogo, retiene la *petite histoire* y descubre el mayor secreto de la corte: Iván, el auténtico *zarévich*, hijo de Ana Ivanovna, hermana y antecesora de Isabel Petrovna, se pudre en un calabozo.

Al amanecer, antes de que entren a su habitación sus damas de compañía, Catalina se repite que su suerte depende de la emperatriz. «No te descuides y no lo olvides ni un segundo», insistió Juana de Holstein-Gottorp, su madre, al ser expulsada de Rusia.

Por vez primera, Poniatowski vive entre conspiradores que lo acechan sin ninguna compasión. Para él, los sucesivos embajadores de Francia son también una amenaza. Ser secretario de Hanbury Williams lo convierte en enemigo de Luis XV, quien lo recibió en Versalles con tan buena disposición. Aunque Stanisław conoció diatribas y pleitos dentro de la Cámara polaca, estas no se comparan al combate a muerte entre Francia e Inglaterra por conquistar Rusia.

Su amigo Lev Naryszkin, quien lo sabe todo, le contó que en la fortaleza de Schlüsselburg se consume el *zarévich* Iván, quien desconoce hasta su propio rostro, ignora que un pueblo entero lo llama *Ivanushka* y al verlo, lo aclamaría. Iván, hijo de Ana Ivanovna —hermana de Isabel Petrovna—, es un Romanov, él sí es el legítimo heredero.

—Corres peligro de muerte si das un paso en falso, Stanisław —advierte Lev Naryszkin.

—La emperatriz Isabel Petrovna me ha tratado muy bien.

—No confíes en las apariencias. ¡Es igual a su hermana Ana Ivanovna!, quien ordenó decapitar a su viejo consejero, Andréi Ivánovich Ostermann. ¡Yo lo vi con mis propios ojos! El primer ministro subió al patíbulo sin decir palabra. Después de quitarse la peluca, puso la cabeza sobre el cadalso. En el momento en que el verdugo levantaba el hacha, un mensajero detuvo la ejecución por orden de la emperatriz Ana Ivanovna. De pie, Ostermann frotó su cuello, recogió su peluca, abotonó su camisa, descendió los tres escalones que lo separaban de la guillotina y declaró que no volvería a prestarse al antojo de emperatriz alguna.

¡Cuánta razón tenía Konstancja! Los rusos son unos salvajes, pero gracias a Ostermann, la emperatriz eliminó la pena de muerte en Rusia, aunque persiguió a quienes la contrariaban. Incapaz de soportar la competencia, cuando intentó pintarse el cabello con un resultado deplorable, obligó a sus damas de compañía a raparse y les ordenó usar peluca hasta que su cabello creciera de nuevo.

Obsesionado por la política, ni en sueños puede entregarse Stanisław a una vida imaginaria. Antes dormía pensando en la bóveda celeste o en Saturno, su caballo, cruzando sembradíos de betabeles o en su niñez al lado de su prima Elżbieta; ahora despierta con el filo de una daga a punto de cortarle el cuello. Cada puerta del palacio se abre a un suceso inesperado, un interrogatorio de difíciles respuestas. Ante todo, los cortesanos, a imitación de su soberano, buscan el poder, pero también viven deslumbrados por el siglo que les ha tocado vivir, el de Luis XV, el del emperador Pedro el Grande, ese gigante de más de dos metros que lanzó a Rusia al mar y la convirtió en ciudadana del mundo. Sí, el siglo XVIII es una explosión de energías creadoras. Desencadena fuerzas nunca imaginadas, el descubrimiento que cada hombre y cada mujer hace de sí mismo, la magnificencia, la grandeza de la moral. Para Stanisław, la gran duquesa Catalina es tan inteligente que la siente capaz de cambiar no solo su destino, sino el de toda Europa.

—Venga a verla vestida de amazona con un traje azul celeste rematado con orillas de plata. —Entusiasma sir Charles a su protegido.

Stanisław le tiende a la gran duquesa su casco de terciopelo negro y, cuando amarra bajo su mentón los dos cordones que lo mantienen en su cabeza, centellean al sol.

—¿Son diamantes, sir Charles? —pregunta incrédulo.

—Claro que lo son. Toda Rusia es un diamante.

—Antes de nuestra llegada, me aseguró que Rusia era un país de bárbaros y salvajes…

—Sí, pero no me refería a los diamantes, sino a sus dueños.

———◆———

Soy ingenua, creo hasta en el mensaje escondido en las galletas de los restaurantes de chinos y guardo la tirita de papel de china tan delgadita como mi vida. En las *Guides* de Francia, cuando las *cheftaines* preguntan cuál es el camino a seguir, respondo que el de Saint Exupéry. Leemos a los escritores católicos, a Jacques y a Raïssa Maritain, a Léon Bloy, a Bernanos, a Claudel, que los *scouts* admiran como un hermano mayor por su *L'Annonce faite à Marie*. Quien más me impacta es Bernanos en su *Journal d'un curé de campagne* porque me espanta que una madrugada, al poner sus pies desnudos sobre el piso de su celda, el joven cura descubra lo peor que puede sucederle: «Ya no tengo fe».

Charles Péguy conmueve cuando habla de los de a pie y le tengo miedo a François Mauriac. Mi madre lee su columna en *Le Figaro*, a pesar de que le disgustó su novela *Noeud de vipères*. Dice que es mejor no saber nada de Bordeaux, esa oscura y aislada provincia francesa en la que todo es pecado.

Si me dijeran que tengo que dar mi vida por Saint Exupéry, moriría abrazada a sus libros. Los conservo bajo la cama y le pido a Magda que no los saque ni para barrer. Son un secreto entre ella y yo.

Me cuelgo de Saint Exupéry. En las *Guides de France*, confirmé que el camino a seguir es el del aviador de la Aéropostale. St. Ex. sobrevoló el océano, se distrajo y cayó en el desierto del Senegal. En la arena, tras el ala averiada de su avión, apareció el Principito y lo acompañó mientras reparaba su motor. «*S'il te plait, dessine moi un mouton*». Como St. Ex. no pudo dibujárselo, se conformó con una caja rectangular con ventanas como tragaluces que el piloto trazó a las volandas. «Es exactamente lo que necesitaba para mi borrego». Entonces, le contó de su planeta y su flor. St. Ex. también tenía una en El Salvador, ese país con nombre de hospital, como aclaró Roque Dalton. Consuelo Sunsín, salvadoreña y caprichosa, lo hizo infeliz.

El piloto le enseñó al niño a amar a su rosa a través de sus espinas. A Octavio Paz también lo espinaba

Elena Garro, pero entonces yo no me daba cuenta hasta qué grado. Elena lo hizo infeliz, pero su transgresión cotidiana también lo hizo poeta. ¿O lo hizo poeta la rama de árbol que se metió a su cuarto?

Retrato ecuestre de Sophie Figchen Anhalt-Zerbst,
gran duquesa.

Capítulo 11
¡Ver un minueto tan bien ejecutado
es un privilegio!

La zarina Isabel Petrovna es la dueña absoluta del pueblo que se postra a sus pies con tal de besar el borde de su vestido. Aunque ella se mantiene lejos de cabellos piojosos y ojos empañados, ante tanta adoración, también se idolatra a sí misma y decide hacer el milagro. Toca tierra con su frente soberana, encomienda a sus siervos al beato San Basilio Necio por Cristo, a la Equiapostólica princesa Santa Olga, a la bienaventurada Xenia de San Petersburgo, a San Cirilo, a San Vladimiro, y el concierto de sus sollozos se eleva hasta las cinco cúpulas doradas del convento Smolny. La misma noche en que Isabel Petrovna pide perdón, vuelve a caer en tentación y cubre con chales y sábanas a sus ídolos para que no vean al nuevo amante que espera en su lecho.

La primera impresión que la emperatriz Isabel Petrovna le causa a Poniatowski es la de una mujer enorme: «Es fácil reconocer en su fisonomía, la de su padre, Pedro el Grande —tal y como lo vi modelado en cera en la Academia de San Petersburgo—, con la diferencia de que los rasgos de Pedro I se adecuaban a su rostro, mientras que los de su hija se pierden dentro de una faz demasiado ancha [...] Tiene la frente tan alta que la raíz de su copete empieza a la mitad de su cráneo. Sus cabellos tienden al rojo. La distancia entre sus hombros y su cintura es prodigiosamente larga, pero a pesar de todos sus defectos, es una mujer que puede gustar y ha gustado mucho.

»Tiene ojos grandes y bellos, la nariz pequeña, la boca llena y encendida. Es fácil adivinar que sus carnes son firmes y muy blancas. De tan delicadas y perfectas, sus manos no parecen pertenecer a un cuerpo de esa amplitud.

»Además de ser la única descendiente de Pedro el Grande, Isabel Petrovna resulta bella y acariciadora para los rusos de cualquier clase social, y generosa para los numerosos amantes que provienen del ejército y de la iglesia. Muy ágil a pie y a caballo, me tocó verla bailar con mucha gracia y nobleza. Se viste y peina —sobre todo en las grandes ocasiones— de un modo tan particular que su magia física y moral la convierten en el objeto más imponente de la corte rusa.

»Con razón pidió su mano Tasp Kuli Khan, el rey de Persia. Ella lo rechazó, pero su rechazo no amedrentó a otros muchos que mueren de deseo por ella».

La llamada *joven corte*, la del gran duque Pedro, heredero al trono, y la de su mujer Sophie, princesa de Anhalt-Zerbst, ahora Catalina, hace vida aparte de la *vieja corte* de la emperatriz Isabel Petrovna y su amante Alekséi Razumovski. En la vieja se come mucho y se habla de la muerte. En la joven jamás se habla de condenados a muerte, abundan las críticas a la zarina y se planean bailes, cacerías y divertimentos para todo el año.

La joven corte se reúne en Oranienbaum; la vieja, en San Petersburgo. Es tan evidente la separación de los esposos Pedro y Catalina que mientras Pedro perora frente a su séquito en la terraza, Catalina confina a sus amigos a uno de los salones iluminados por cientos de velas.

El ruidoso círculo de cortesanos en torno a Pedro Ulrich, quien viste el uniforme de granadero prusiano, se distingue por las carcajadas que hienden el aire, mientras que la gran duquesa congrega a diplomáticos cuyos modales provienen de Versalles. Catalina, escotada y con el pecho cubierto de joyas, pero con la misma mirada del primer encuentro, tiende su brazo al embajador de Inglaterra, Charles Hanbury Williams: «Sir Charles, le ruego sentarse a mi derecha».

Durante la cena, Poniatowski se pregunta qué hace una mujer tan bien educada con un marido que la interpela, cuando no vocifera, o simplemente la ignora. Los desplantes de Pedro Ulrich, los tics y espasmos que recorren su rostro picado de viruela, su uniforme, lo ridiculizan. Sus galgos de largo hocico bostezan y entorpecen el paso de sirvientes e invitados, y nadie puede llamarles la atención. Durante toda su vida, Stanisław se preguntará por la afición perruna de los aristócratas. ¿Por qué se dirigen a ellos como si fueran sus hijos? ¿Por qué los sientan en su regazo? ¿Por qué los suben a su cama? ¿Por qué besan sus hocicos?

En cuanto a Catalina y Pedro Ulrich, ¡qué pareja tan dispareja!

Su vecina en la mesa, la princesa Catalina Dashkova, le confía que la gran duquesa guarda las apariencias, pero que los esposos no duermen juntos. Pedro tiene una amante, la Vorontsova, fea y mal hablada, quien bebe y grita como cantinera, pero tiene el don de hacerlo reír y acompañarlo en todos sus simulacros de guerra y asaltos a castillos de puentes levadizos.

—¡Mírela allá, ahora mismo se ha puesto de pie y levanta su copa!

—¿Aquella es la Vorontsova? ¿De dónde salió?

—Es mi hermana.

—¿Su hermana? ¿Cómo es posible? ¡No se le parece en nada, princesa Dashkova!

—Es mi hermana, pero no mi amiga. Somos tan distintas como el día y la noche, pero por desgracia tenemos los mismos padres. A ella le gusta alzar su espada al lado de Pedro Ulrich y gritar más fuerte que él: «¡Al asalto!». No lo suelta ni a sol ni a sombra. Guerrea como sardo, bebe como sardo, grita como sardo. Así como la ve de hombruna y sin cintura, es una de las damas de compañía de la gran duquesa.

—Pero ¿por qué la tolera la gran duquesa?

—Porque se la impuso Pedro Ulrich y, por el momento, Catalina no puede rechazarle nada a él.

—¿Y eso?

—Su situación es de absoluta inferioridad.

Entre un baile y otro, Pedro Ulrich, el futuro emperador de Rusia, se acerca a Poniatowski, quien consigna en su diario: «Yo era todo menos prusiano, pero hablaba alemán, y esa noche le respondí en su idioma al gran duque. Me adapté al tono de su conversación y seguramente logré interesarlo, porque de inmediato me invitó a Oranienbaum con el conde Adam Horn».

—¿Conoce al emperador de Prusia? —pregunta Pedro Ulrich al polaco.

—¿Fryderyk?

—Sí, el mismo, supongo que concuerda conmigo en decir que es el militar más grande de toda Europa.

Para Pedro Ulrich, ser militar es ser un santo y sentarse a la diestra de Dios, ser militar es abrirse las puertas de la gloria eterna; nada mejor puede sucederle a un hombre que salir a combate. Europa entera fija su futuro en ganar sus guerras. Cualquier proeza en el campo de batalla se convierte en el acontecimiento más celebrado del reino. El hombre que rechaza salir a combate es tan despreciable como María Magdalena, quien mereció ser apedreada. Morir con un arma en la mano, derrotar al enemigo, es un acto que la patria reverencia.

Exaltado, Pedro se lanza a disertar ante Stanisław sobre su tema favorito: Fryderyk II, el prusiano, el héroe de grandes batallas, el estratega, el forjador del mejor ejército de Europa. Esa misma noche, el polaco consignará en su diario: «Desde niño, Pedro II abrigó un sentimiento de veneración y de amor tan fuerte y al mismo tiempo tan cómico por Fryderyk, que el mismo rey de Prusia calificó su pasión en voz alta (porque era una verdadera pasión): "Yo soy su Dulcinea. Jamás me ha visto, no me conoce; se enamoró de mí como don Quijote de Dulcinea"».

Gracias a la princesa Dashkova, Stanisław comprende que, para Catalina, ser la nuera de la zarina tampoco es un privilegio:

—La gran duquesa Catalina vive separada de su hijo Pablo. A unas cuantas horas de nacido, la emperatriz le quitó al *zarévich*; solo lo ve cuando Isabel Petrovna lo permite.

Catalina observa al conde Poniatowski bailar en medio del salón. Una reverencia, la pierna izquierda hacia atrás, la otra hacia delante, un brazo en el aire y otro a la cintura, la cadera resalta y el bailarín avienta su sombrero a tierra con un movimiento redondo y exacto. Estira el brazo derecho para recogerlo. Ya de pie, sombrero en mano, mece su cuerpo y se balancea con gracia antes de tendérselo, espléndido, a la corte entera.

—¡Ver un minueto tan bien ejecutado es algo raro! ¡Con cuánta galantería ofreció su sombrero a su audiencia!

Los aplausos dejan tan confuso al polaco que, al agradecerlos, se ruboriza. Nada en él es fatuo, mira en torno suyo con ojos de quien intenta descifrar un misterio.

—Me gusta mucho su polaco —confía la gran duquesa a sir Charles—, ¿cuántos años tiene?

—Veinticinco.

—Encuentro en él una gracia natural que me llega al corazón.

Stanisław guarda su distancia. Konstancja, su madre, le inculcó que solo los que quieren vender algo buscan llamar la atención.

—Vuelvan pronto. —Sonríe Catalina.

Hanbury Williams enumera a la gran duquesa sus triunfos como canciller: «Estas son las escenas escritas a las volandas que se convertirán en deliciosas anécdotas en el próximo siglo… Solo usted es dueña de mi secreto: mi corazón, mi vida, mi alma son suyos… La considero una criatura totalmente superior a mí mismo… Cuando usted llegue al trono, acudiré de inmediato…». Después de tantas declaraciones de amor, le asegura que siempre la amará más que a la emperatriz.

Leo a Virginia Woolf, primero *A room of one's own*, *Mrs. Dalloway*, luego *To the Lighthouse*, pero me quedo prendida de *Orlando* más que de ningún otro libro. Al convertir a Orlando en mujer, Woolf se adelanta a los grandes cambios de mi siglo, a caballo entre el xx y el xxi. Orlando, ese joven sensible, hermoso y culto —me hace pensar en mi hermano Jan— duerme durante siete días y despierta mujer. (Jan nunca despertó sino como Jan). Si como hombre Orlando fue atractivo, al salir de la cama para orinar, se da cuenta de que ya no tiene con qué y, al inclinarse, caen dos frutos redondos y suaves entre pera y manzana que ejercen el más poderoso de los encantos sobre él. Estira su mano para sopesarlos mientras su orina, como líquido de oro, cae entre sus piernas. «Tengo que sentarme para acortar la distancia y no mancharme». Al verse en el espejo percibe sus labios más rojos, sus ojos más grandes, sus pestañas, un bosque que rivaliza con otro aún más frondoso entre sus piernas. «¿Dónde está el cetro de mi gracia?, ¿dónde la señal de mi hombría?», se pregunta, menos aterrado que curioso.

En la época Isabelina, hombres y mujeres se visten igual: camisa de manga ancha, cuello de encajes, capa mosquetera, sombrero de ala ancha y su cabeza de largos cabellos cubre ideas de largo alcance. Comparten adornos, plumas, tocados y joyas. Poco los diferencia. Aman al otro o a la otra no por ser hombre o mujer, sino por su gracia. La inteligencia y la belleza no tienen sexo, simplemente están ahí para quien quiera tomarlas. Para mí, la de Oscar Wilde es la mayor de todas las sexualidades, lástima haberse enamorado del imbécil de Bosie, ese noveno marqués de Queensberry, al que aniquiló la vanidad de la época. A Oscar Wilde hay que merecerlo, a Virginia Woolf también. Wilde aguantó la difamación, la cárcel, los trabajos forzados, la pobreza, la enfermedad, la muerte, y hubiera yo querido estar a su lado para que no muriera tan solo.

El gran duque Pedro Ulrich y Catalina, la gran duquesa.

Capítulo 12
Mejor que amante, Stanisław es una
página en blanco

Ana, la hermana mayor de Lev Naryszkin, propicia un nuevo encuentro entre Catalina y Stanisław. Reúne en San Petersburgo a amigos en su casa cercana al Palacio de Invierno en las orillas del Neva.

Catalina aparece vestida de hombre, con botas, gorro de piel y guantes que protegen sus manos ágiles y su cerebro aún más ágil. Ríe con facilidad. Los invitados juegan a las charadas y las de Catalina son las más aplaudidas. «Gracias a ella, las largas noches de invierno son menos tediosas», alega Lev Naryszkin ante Stanisław, quien intenta ignorar los avances de Catalina y se empeña en discurrir acerca del retraso de las sociedades eslavas. La gran duquesa no tiene el menor deseo de deslumbrarlo con su sabiduría ni tampoco reflejar su propia alma, pero Stanisław añade un parlamento a otro, cada vez más nervioso. En cambio, lo único que desea Catalina es que el polaco la bese.

A pesar de la intención en su mirada, Poniatowski no ve nada, o finge no verlo, hasta que Naryszkin exclama fastidiado: «¿No te has dado cuenta de cómo te mira? ¿A qué horas piensas enviarle un *billet doux*?».

Como a todos los tímidos, a Poniatowski le da por pensar en Catalina cuando ya no tiene que comprometerse a nada. Repasa sus ademanes, su risa resuena en sus oídos, le tiende una mano que él besa, baila el minueto con ella.

Cuando Catalina manda llamar a Stanisław al Palacio de Invierno, Naryszkin exulta: «Ya lo sabía, la conozco porque la recibí cuando llegó a la frontera y la acompañé parte del viaje a Moscú. Desde niña fue una seductora, recuerdo cómo se le hincharon los tobillos, pobrecita. Cuando la saqué del carruaje, me echó los brazos al cuello y tuve que cargarla para que no la mojara la nieve. Todavía era infantil; nada le gustó tanto como descubrir en la plaza a catorce elefantes que el rey de Persia había regalado a la emperatriz. Al día siguiente, emprendimos el viaje a San Petersburgo, donde tú la ves ahora y no pareces darte cuenta de cómo te mira».

La respuesta inmediata al *billet doux* atemoriza a Stanisław.

Después de maullar como gato fuera del palacio y escuchar otro maullido en respuesta, Naryszkin conduce al polaco por una escalera de servicio a la recámara de Catalina. Una vez adentro, sentado a su lado, no se atreve sino a aventurar que la corte en Oranienbaum es «un poco bárbara».

—Tienes razón. —Sonríe Catalina—. Los rusos, hombres y mujeres, son imprevisibles como los osos.

La gran duquesa le cuenta que la vida de las damas de honor y de los cortesanos depende de los caprichos de la zarina, quien atemoriza a todos porque los años la han agriado como el vinagre.

—Sí —concuerda Poniatowski—, la vejez es terrible. También a mi tío August Czartoryski las ambiciones le salen como gusanos de la boca.

Catalina es mayor que Stanisław. Su piel es de porcelana, y para el joven, sus ojos ríen.

Sentir su admiración la exalta. ¿Por qué no se atreve? Saltykov, su primer amante, ya se habría lanzado. ¿Qué no se da cuenta de lo que está sucediéndole? Abandona su mano a unos centímetros de la suya y Stanisław no la toca, al contrario, la retira, pero su respiración lo delata, su boca ha enrojecido, es una rosa roja, sus ojos brillan; ahora sí, la mano de Catalina sobre la suya, hechizada, lo aprisiona.

Lo que Catalina no imagina es que ese joven, pendiente de cada uno de sus movimientos, nunca ha estado con una mujer. Sus ojos la devoran, pero no da un solo paso. Ella toma la iniciativa. Stanisław, cordero de Dios, se deja guiar y desvestir. Iniciar a un mancebo es igual a ganar una batalla y a ella, Figchen, Sophie, Catalina, le sientan bien las victorias.

La respiración del polaquito se acelera, su pecho es un fuelle, todo su cuerpo se expande y sus músculos son un solo impulso hacia ella. Al mismo tiempo que lo abraza, ella tiene que guiarlo. A punto de decirle que nunca antes le había sucedido nada igual, la gran duquesa se muerde la lengua.

Él solloza.

Esa noche, Stanisław, marcado a sangre y fuego, dice en voz baja:

—No sabía quién era yo antes de ti.

—Si yo me lo permitiera, haría del placer el centro de mi vida, pero tu corazón late demasiado aprisa —responde la gran duquesa.

Al amanecer, Lev Naryszkin, quien conoce los recovecos del palacio, conduce a Stanisław a la salida. Hasta a él le impresiona la condición en que Catalina dejó al polaquito.

—¿Te sientes bien?

—He descubierto mi alma —le confía Poniatowski en un sollozo.

—¡Dios! Supongo que el alma puede conocerse por medio de los sentidos —responde Lev con cierta admiración por el evidente trastorno del joven.

—No sé si morí o si vivo, Lev.

—Creo que ahora debes dormir.

Stanisław es un inocente; Catalina, en cambio, es ya una mujer avezada. Ha parido y para ella no hay nada nuevo bajo las sábanas, aunque conocer a este mancebo torpe que le profesa tanto agradecimiento, le confiere un poder desconocido. ¡Cuánta confianza en su mirada! ¡Cuánta entrega en cada una de sus palabras! «Te quiero hasta la punta de mi última pestaña». Ahora sí, la joven Catalina tendrá un confidente; ahora sí, caminará por el palacio con un aliado; ahora sí, terminó su soledad.

¿Así es que el nuevo amante de Catalina conoció a Luis XV y conversó con la reina María Leszczyńska en Versalles? Stanisław disfrutó la compañía de Mademoiselle de Charolais, la hija del duque de Borbón. Así como la alta nobleza de Francia lo elevó por su buena conversación, Poniatowski hace reír a Catalina al imitar la voz cascada de la princesa solterona Charolais pidiéndole su culo para poder sentarse. Poniatowski añade: «Olvidaba su culo en cualquier parte», y le explica la forma y el tamaño del cojincito.

Enterarse de lo que sucede en otras cortes a través de Poniatowski es acceder a ellas por la puerta grande.

El polaco, quien pasó semanas en la de Luis XV, se explaya en intimidades a las que solo él tuvo acceso, y su sentido crítico y sus imitaciones deleitan a Catalina y lo cubren de gloria. Más que su amante, Stanisław es su página en blanco, sobre él escribirá su futuro y se lo anuncia en tono de superioridad:

—Las mujeres sabemos más que los hombres.

—No lo dudo ni un segundo —acepta Staś.

Todo lo que Catalina creyó encontrar al llegar a Moscú y le fue negado, ahora la glorifica. Al ser su cómplice, Poniatowski la resarce de ofensas, humillaciones e íntimas catástrofes. Olvida los desaires de la emperatriz, el frío y la hostilidad de su habitación sin muebles, la envidia de la corte, las intrigas de su madre Juana de Holstein-Gottorp al servicio de su primo, el rey de Prusia. Con Staś, Catalina puede rememorar lo que ha vivido, analizarlo e intentar comprenderlo. «Tienes que saberlo todo, quiero que conozcas hasta mi último cabello; para ti voy a revivir mi vida entera». Frente a él, Catalina es libre. Se expresa en voz alta y su cuerpo es capaz de darle forma a cada sentimiento; su falta de pudor anonada a Stasiu. ¿Es este tornado impúdico una mujer?

Konstancja, ¿dónde estás? ¿Todo esto lo hiciste con mi padre? Imposible esconder nada; imposible cerrar los ojos, taparse los oídos ante esta Catalina desatada que vierte en Stanisław toda su rabia por la traición de su primer amante Saltykov; imposible no visualizar la impotencia de Pedro Ulrich que jugaba con sus soldaditos sobre la colcha de la cama en vez de poseerla; imposible no asegurarle a su amada que todos sus sufrimientos han terminado.

Los días del amor son días muy cortos.

¡Muy pronto nos acostumbramos unos a otros!

«¡Qué fresco su impulso de felicidad!, ¡cuánta energía le brinda este nuevo amor a Catalina!», se dice el polaco después de varias noches de abrazarla. ¡Ahora sí, los arrebatos de la gran duquesa encuentran respuesta! La única forma de liberarse es la de la entrega, y la prusiana desaforada se avienta: «¡Ay, Stanisław, te voy a hacer a mi modo! ¡Jamás volveré a prohibirme algo!».

Después de una noche de amor que mataría a un bisonte, Catalina le ordena acompañarla a montar a caballo. ¡Ah, cómo ama el riesgo! Stanisław se pregunta si la cabalgata no será una continuación de la noche anterior.

El atuendo masculino le confiere a la gran duquesa una gallardía que supera la de Stanisław, sobre todo porque se lanza a campo traviesa como si embistiera la faz de la tierra. En el momento en que se abre la caballeriza y aparece su caballo blanco, Brillante, perfectamente aseado, sus ancas cepilladas en el mismo sentido, cada pelo de su crin relumbrando al sol, Catalina lo mira con arrobo. Brillante solo se deja montar por ella y, de un salto, la gran duquesa ya está en la silla. «¡Qué pareja notable!», piensa Stanisław. «¡Es una centáuride!, ¡no sé quién monta a quién!». Tan es verdad que Catalina parte al galope y no hay quien la alcance. Solo faltaría que sus cabellos volaran, pero lleva un tricornio hundido hasta las cejas. «Tu caballo es de concurso», reconoció alguna vez Pedro Ulrich con tal de no aceptar que era una excelente amazona.

En la corte, Poniatowski se mueve como pez en el agua y su *savoir faire* subraya su elegancia. No solo es su amante, tiene el don, por ahora, de reírse de sí mismo y de los demás.

A Catalina el amor la embellece; en cambio, el gran duque Pedro se afea cada día. Ofende a la corte rusa no solo por ostentar el uniforme prusiano en San Petersburgo, sino porque da órdenes militares en alemán. «Yo no nací para Rusia —país de mierda—, soy heredero del trono de Holstein, no quiero morir aquí. Mi tía Isabel Petrovna frustró mi destino. Mi rey es Fryderyk de Prusia».

El rey de Prusia se mofa: «*Je suis sa Dulcinée*».

«¿Sabes?», sorprende Catalina a Stanisław. «Sus tutores prusianos lo golpearon como perro para hacer de él un soldado. Por eso todo le queda grande: su uniforme de Holstein, su tricornio y, sobre todo, *yo*. Cuando llegué, quiso confiar en mí como en sus galgos o en sus soldaditos de plomo, y yo lo vi pequeño en todo... Amo lo grande, voy a ser grande».

Lev Naryszkin es un hombre de mundo. Alto y lleno de gracia, su garbo y su costumbre de vivir en la corte lo hacen indispensable. Ninguna escena tendría validez sin su presencia. Sus respuestas cuando se le interroga sobre historia o política son extraordinarias en precisión y comedimiento. Si emite las dos palabras «Su Majestad», cosa frecuente, los oyentes agudizan su oído por la reverencia en su pronunciación. Naryszkin no suelta a Poniatowski porque intuye que su futuro será prometedor.

Poniatowski anota en su diario que el primer ministro, Bestúzhev, no puede hilar cuatro palabras, pero cuando algo le apasiona, su mirada se afila y, de entre sus dientes rotos, salen frases de fuego. Entiende francés, pero prefiere hablar alemán. Su instinto es excelente y, aunque no sabe de arte, siempre elige lo más bello, y su colección de pintura deslumbra a los conocedores. Insaciable, elimina todo lo que se atraviesa en su camino.

«Staś», le confía Catalina, «el personaje más importante de la corte es Bestúzhev, fíjate en él, se ha enamorado de mí y le doy las esperanzas que me convienen... Desde que llegué tuve miedo de desagradar, me hice rusa y ahora he conseguido que todos me quieran».

Catalina es una fuente de información tan inagotable como su inteligencia. Deslumbra a Staś con cada propósito y hasta su conversación más frívola adquiere proporciones insospechadas.

«¿Sabes?, en los armarios de Isabel Petrovna cuelgan cientos de vestidos que usa una sola noche», cuenta a su amante.

Aunque no hay pie izquierdo ni pie derecho, zapatillas de todos los colores bailan dentro de baúles y cajones forrados de seda. También las medias blancas dispensan su alegría. Isabel Petrovna jamás vuelve a ponerse el mismo traje y se cambia varias veces al día porque la ingestión de patés del Périgord y el tanino de los vinos europeos la hacen sudar. A la corte le enorgullece preferir el vino de Ereván, Armenia, que proviene de viñedos al pie del monte Ararat, que los de Hungría y de Chipre, más densos y menos fáciles de digerir, pero nada más festivo que el *champagne* que Francia exporta a los cuatro vientos como parte de una cultura y una *joie de vivre* que todos quieren alcanzar.

Numerosos mercaderes pasan al palacio con sus telas francesas antes que a cualquier otro palacio porque alguna vez Isabel Petrovna se enojó cuando supo que una de sus damas de honor había escogido antes las mejores.

¡Qué refinamiento en la seda de China y de India, en el lino de España, en el casimir de Francia! En este momento, a Catalina le fascinan los brocados, los rasos pintados y la suavidad de los terciopelos de Venecia. También son mágicos los nombres de los colores: azul de Prusia, azul cobalto, añil asiático, gris de paloma torcaz, que rivalizan con el sangre de toro de la India, el color que más complace a la emperatriz. Oriente erotiza las vestimentas occidentales que brillan a la luz de la luna y vuelven apetecible a la más timorata. Los caballeros guardan su espada en una vaina de cuero grabada en oro, pero a la menor provocación, se levanta el cetro de su gracia y de su sexo. El Imperio otomano contagia con su derroche a los países escandinavos a punto de adueñarse de Estambul, Persia y Samarkanda.

—Aunque los turcos sean tan distintos...

—No sigas por ahí —lo interrumpe—, yo te hablaba de *trousseaus* no de turcos.

—Creo que la princesa Dashkova estrena un atuendo cada semana —le informa Stanisław.

—¿Estás loco? La única que lo hace es la emperatriz. Lo que pasa es que las costureras remodelan los atavíos, un pliegue por aquí, un moño por allá ¡y listo el traje nuevo que devorará la noche!

A Catalina le dan risa las pelucas.

Ni ella ni Stanisław imaginan que años más tarde Catalina superará la desmesura de Isabel Petrovna.

No leí ni la *Ilíada* ni la *Odisea* que conocí a los diez años en una versión para niños. No sé nada de Platón, tampoco de Aristóteles, solo retengo que Sócrates tomó cicuta. Tiempo después, el astrónomo Guillermo Haro me hablará de Esquilo y de Pitágoras, y me traducirá del griego una frase que su antecesor, Luis Enrique Erro, mandó imprimir en lo alto de la puerta del edificio principal del Observatorio de Tonantzintla: «Dios liberó a los hombres del temor a la muerte». «¿Cómo?», pregunta el coro: «Dándole quiméricas esperanzas».

La UNAM está ahora en el sur, y Carito y Raoul Fournier, amigos de Juan O'Gorman, canjean su casa de la calle de Durango por la que antes fue su huerta de tejocotes en San Jerónimo, para llegar más pronto al campus: Raoul a la Facultad de Medicina, Carito a la Prensa Médica Mexicana. Nunca ha habido un campus más bello que el de la UNAM. Maestros y estudiantes universitarios se mudan al sur de la ciudad. «¿No va a tener ventanas la biblioteca?», pregunto asombrada ante la dimensión de los muros del edificio que Juan O'Gorman cubrirá de piedritas. La emoción es enorme. A diferencia de los lluviosos edificios de Oxford, Cambridge y Essex, la UNAM es el huevo de oro de la creación del mundo acunado entre los dos volcanes que la parieron: el Popo y la Izta.

De todos mis deseos, el principal es estudiar Medicina.

«Quiero entrar a la UNAM», anuncio en la mesa a la hora de comer.

Más tarde, al regresar del convento presentaré mis boletas de calificaciones y diplomas de Eden Hall.

«Eso no sirve», responderá la señorita.

«No sirvo», ni siquiera lo pongo en duda, imposible la revalidación, faltan demasiadas materias, ni siquiera busco frente a quién llorar. Tía Carito pregunta si estoy dispuesta a cursar de nuevo los cuatro años de la prepa.

—Claro que lo estoy.

—Vas a aprender lo mismo con tus entrevistas y jamás tendrás un maestro de la talla de Alfonso Reyes.

En la casa, papá me consuela; estudiar Medicina es matado.

¿Qué hacer conmigo misma?

—Puedes ser mi secretaria en español, inglés, francés. —Papá intenta consolarme.

Stanisław Poniatowski.

Capítulo 13
En las cortes europeas, nada más importante
que guardar las apariencias

Que el espejo devuelva una imagen halagadora da certezas que permiten salir a pisar el día con la marcialidad de un soldado, aunque Stanisław rechace todo lo militar.

A Stanisław le sienta su camisa con cuello de encaje de Brujas, la seda sobre sus brazos y puños de la que emergen dos manos delicadas rodeadas de holanes espumosos.

«Con solo mirarme al espejo, sé que hoy nada malo va a sucederme».

En el palacio de Oranienbaum, la concurrencia centra su atención en los diamantes convertidos en botones de chaleco, el corte y la calidad del paño, la gracia de la pierna. El énfasis en la apariencia es enorme y la corte enaltece o condena a su antojo. La *toilette* cotidiana del polaco atendida por ayudas de cámara que traen jarras de agua caliente es lenta y laboriosa. Una esponja húmeda pasa por hombros, axilas, pecho, vientre, muslos en orden descendente hasta llegar a los pies. El ritual se inicia a las seis de la mañana porque el arreglo personal es un viaje en el tiempo y peinarse puede tomar una eternidad; cada uno de los bucles tiene que quedar en su lugar; un cabello extraviado debilita cualquier elocuencia.

Alguna vez, en París, la duquesa de Brancas contó que su hija tardaba una hora en colocarse una *mouche* en la mejilla derecha: «¿Más arriba? ¿Un poco más cerca del ojo?». Salir de su vestidor tomaba el tiempo de ir y volver en un buen carruaje de Versalles a París.

El primero de los tres criados de Poniatowski es el más hábil. Le tiende cada prenda en el momento exacto. «¡No, no me polvees el cabello!». «Estas medias se ciñen mal a mis pantorrillas, quiero otras». Muy pronto, Stanisław aprende a mirarse en el espejo. Las cejas no están lo suficientemente levantadas, la boca podría ser más roja, es necesario acentuar el borde de los párpados para que resalten sus ojos. Algunas mujeres le dicen que son hermosos, así como sus pequeñas orejas.

De Asia provienen los pigmentos con los que se ennegrecen las pestañas. De adolescente, Staś solo se pellizcaba las mejillas para enrojecerlas, pero ahora se maquilla menos que su hermano Michał, el eclesiástico, tan vanidoso que, además de afeites, anillos y collares, se manda hacer casullas bordadas de pedrería.

Ser apuesto toma tiempo, ningún hombre de clase alta escatima esfuerzo; que un amigo se acerque a decir: «Tu chaqueta no cubre bien tus nalgas» es una deshonra.

Al día siguiente del baile de disfraces, Poniatowski vuelve a sus camisas de uso diario. Las ligas de cuero permiten que no resbalen las medias blancas. Lo más incómodo son las pelucas: calientan la cabeza y se ladean cuando no salen disparadas. Confeccionadas en París, las de pelo natural se adhieren a la cabeza, pero las de origen moscovita parecen crines de burro.

—No voy a usar peluca —alega Stanisław.

—Ver a un hombre sin peluca es verlo desnudo —responde la princesa Dashkova.

—¡Tanto mejor! —Ríe Poniatowski.

A Poniatowski y a sir Charles Hanbury Williams los visten y desvisten sirvientes, quienes se turnan para mal dormir en la antecámara a la espera del llamado de su amo y señor. El caballero inglés no es agraciado, pero su conversación y las condecoraciones prendidas a su pecho lo hacen apetecible. Incrustadas de diamantes, esmeraldas y rubíes, las condecoraciones son auténticas joyas de Alí Babá y, muy pronto, Stanisław se da cuenta de que el dinero embellece hasta a un chimpancé.

Las damas de honor deben su nombramiento a su estirpe. Si no tienen fortuna, su rango nobiliario la suple. A ellas no se les dan órdenes porque son damas de compañía, no mucamas, a ellas se les habla bien. Una se responsabiliza de los guantes de la emperatriz; la otra, de las *mouches*; una más, de las joyas; la cuarta, de los abrigos de armiño o astracán. Cuando Stanisław lleva puesta su capa de zorros plateados, les habla en voz baja y se hace la ilusión de que le responden.

En la noche, Poniatowski escribe en su diario, al que volverá años más tarde: «Bestúzhev, canciller de Rusia, intentó darle amantes a la gran duquesa y, entre otros, le presentó al conde Lehandorf, el mismo día que a mí. Elogió su apostura:

»—De los dos, prefiero al polaco —respondió la gran duquesa.

»Lev Naryszkin atesoró la respuesta y me la comunicó como un triunfo. Durante mucho tiempo, evité escucharlo.

»Me habían mecido en la cuna con los relatos del reino de la emperatriz Ana Ivanovna, la hermana y antecesora de Ana Petrovna. El solo nombre de Ana provocaba el espanto de sus siervos y de los cortesanos que la habían tratado. También sabía yo que un Saltykov era mi predecesor.

»—Saltykov cayó en desgracia con la gran duquesa; ahora vive en Hamburgo —me informó Naryszkin.

»—¡Ah, eso lo ignoraba yo!

»A ella la creía yo prusiana y como me educaron en la aversión a todo lo prusiano, decidí mantenerme lo más lejos posible. Creía, además, que ella desdeñaba todo lo que no proviniera de Francia, todo lo que no fuera Voltaire. Los cortesanos no hablaban más que de él. La suponía tan distinta a lo que era realmente, que evadí todas las trampas que me tendió Naryszkin. Durante más de tres meses me mantuve lo más lejos posible. Cuando Hambury Williams me urgía a acompañarlo ponía yo un pretexto tras otro y lo hice no solo por prudencia, sino porque nunca me pasó por la cabeza desear a Catalina.

»Mi falta de deseo hizo que Hambury Williams la cortejara sin ganar terreno alguno.

»Naryszkin se tomó atribuciones que nadie le había conferido. Caballero sirviente de la gran duquesa, intentaba empujarla a algo que ella aún no decidía.

»—Es imposible, conde Poniatowski, que no se dé cuenta de cómo lo mira la gran duquesa.

»Naryszkin fue tan insistente, que por fin di el paso, sobre todo porque la gran duquesa festejó un comentario que hice sobre la inteligencia superior de la princesa Dashkova comparada a la de su hermana Catalina Vorontsova. "Por lo que veo, es usted un buen fisonomista", exclamó sonriente.

»Su risa y su sonrisa me alentaron a correr el riesgo de enviarle un mensaje. La respuesta fue inmediata y Naryszkin me tendió el mensaje con una sonrisa de triunfo. Entonces olvidé que Siberia existía.

»Pocos días más tarde, Lev Naryszkin me acompañó a su puerta por un estrecho pasillo y, de pronto, frente a una puerta, me miró con el rostro descompuesto. "Creo que oí la voz del gran duque y que está viniendo para acá". A Catalina, tras la puerta, no le quedó más remedio que jalarme dentro de su recámara para no exponernos a mayor peligro.

»Tenía veinticinco años. Apenas se recuperaba de su primer embarazo. Estaba en la belleza más alta que puede serle concedida a una mujer. Con sus cabellos negros, su cuerpo entero de una blancura deslumbrante, el vivo color de sus mejillas, grandes ojos azules a flor de piel, comunicativos y elocuentes, cejas negras y pestañas muy largas, nariz griega, una boca que invita al beso, manos y brazos perfectos, el talle flexible, alta, extremadamente ágil y de la mayor nobleza en sus ademanes y forma de caminar, su voz muy agradable y su risa tan alegre que la inclinaba con facilidad a pesar del tema más difícil y laborioso frente a su escritorio a los juegos más locos e infantiles. El rechazo que vivió su matrimonio, la privación de toda compañía afín a su espíritu hizo que se refugiara en la lectura. Muy cariñosa, sabía ignorar el punto débil de cada quien. Catalina adquirió conciencia de que el amor de los rusos la sentaría en el trono que ocuparía con tanta gloria. Tal fue la amante que se convirtió en el árbitro de mi destino. Le entregué mi existencia mucho más sinceramente que cualquier otro cortesano. Por una singularidad notable, pude ofrecerle, a mis veintidós años, lo que nadie había tenido antes... Primero, porque una educación severa me alejó de todo comercio crapuloso. Luego, porque la ambición de abrirme camino y cultivar buenas compañías en mis viajes y en la misma Rusia me preservó de cualquier contacto. Así me reservé todo entero para la que más tarde dispondría de mí.

»No puedo dejar de anotar aquí hasta el traje en el que la vi ese día. Era un vestidito de satín blanco, ligero de encajes, entretejidos con listones rosas como único adorno. Me resultaba difícil creer que estaba en su alcoba y, en verdad, me visualicé muchas veces en medio de una nube de guardias...

»Nunca antes había tenido tanta facilidad para abordar a Catalina y disfrutar frente a todos de los encantos de su conversación que giró, entre otros temas, sobre los personajes de otras cortes, la Grande Mademoiselle y los retratos hablados de miembros de la corte, tal y como los describió en sus *Memorias*. "¿Por qué no hace su retrato?", me pidió la gran duquesa, "yo voy a hacer el mío y los comparamos. Tenga la absoluta certeza de que atesoraré el suyo".

En la soledad de su alcoba, Stanisław se examina: »Lo escribo tal y como lo hice en 1756. Lo releí en 1760 y le añadí las pocas líneas que llevan esa fecha».

«Hace daño pensar demasiado en sí mismo», le inculcó su madre, pero él gira en torno a un solo tema: su futuro. Conocerse puede ayudarlo a paliar la melancolía que lo aquejó desde niño y el nerviosismo que lo atenaza. ¿Cómo definirse sin examinarse primero?

Catalina diserta acerca de sí misma a lo largo del día, ningún tema supera al de su persona, que detalla con un interés que tensa su voz y la agudiza. «Yo». «Yooooo». «Yo». Cada *yo* tiene una entonación de días, semanas, meses; al analizarse, la gran duquesa se da a luz a sí misma. «Me explico» y se lanza a hacer su propio panegírico sin pensar que puede fastidiar a su audiencia. Tiene razón pues lo que brilla es su inteligencia. Sus ambiciones van más allá de Rusia, abarcan la tierra entera. A su lado, hasta Pedro El Grande deja de existir. Una mañana, le sugiere a Stanisław: «¿Por qué no haces tú tu autorretrato, como hago el mío frente a ti?». Obediente, Stanisław se lanza a la tarea.

«De tanto leer autorretratos, se me antoja hacer el mío: sería más feliz con mi figura si fuera yo una pulgada más alto, si mi pierna estuviera mejor torneada, si mi nariz fuera menos aguileña, si tuviera menos boca y mejor vista y si mis dientes se vieran más. No es que me creería muy guapo con todas esas correcciones, pero no desearía serlo más porque creo que tengo una fisonomía noble y significativa, cierta calidad en el gesto y distinción en el porte que hacen que destaque en todas partes. Mi miopía a veces me hace parecer sombrío y preocupado, pero esto no dura y, pasado el momento, mi semblante da la sensación de soberbia. La excelente educación que recibí me ayudó a paliar los defectos de mi figura y de mi mente, y me enseñó a sacar provecho de una y otra más allá de su valor real.

»Tengo suficiente ingenio para no quedarme atrás en cualquier conversación, pero no soy tan fecundo como para dirigir una con frecuencia y durante mucho tiempo, a menos de que el sentimiento o el gusto que la naturaleza me dio por todas las artes me estimule. Percibo con prontitud el ridículo, la falsedad, los defectos de la gente y, en muchas ocasiones, he sido demasiado diligente en señalárselos. Odio las malas compañías por naturaleza. Un gran fondo de

pereza me impide llevar mis talentos y mis conocimientos tan lejos como podría. Cuando trabajo es por
inspiración. Hago todo en demasía, de un solo impulso o no hago nada. No me comprometo fácilmente y
eso me hace parecer más hábil de lo que soy.

»Por lo que se refiere a la conducción de negocios,
soy demasiado candoroso y entusiasta y, como resultado, cometo errores con frecuencia. Puedo valorar y
detectar el error en un proyecto o en quien lo ejecuta,
pero necesito un consejo y un freno para no come-
terlo también. Soy extremadamente sensible, mucho
más proclive a la tristeza que a la alegría, y la melancolía ganaría la partida si no tuviera en lo profundo
de mi corazón el presentimiento de una gran dicha
futura.

»Nacido con una vasta y ardiente ambición, ideas
de reforma, de gloria y de utilidad para mi patria, mis
aspiraciones son la trama de todos mis asuntos y de
toda mi vida. No creía estar hecho para amar a las
mujeres; mis primeras tentativas solo obedecieron
a convenciones, pero encontré por fin la ternura. Amo
con tanta pasión que siento que, si mi amor sufriera
un revés, me volvería el hombre más desdichado de la
tierra y me entregaría al total desaliento.

»Los deberes de la amistad son sagrados para mí
y los llevo hasta su última consecuencia; si un amigo
me daña, nada en el mundo me impediría romper

con él, aunque lo recordaría durante mucho tiempo, y si tengo obligaciones para con él, seguiría cumpliéndolas. Creo que soy muy buen amigo; es verdad que soy íntimo de poca gente, a pesar de que estoy infinitamente agradecido por cualquier bondad que se me haga. Discierno los defectos de mi prójimo y me inclino a perdonarlo. Hago con frecuencia la misma reflexión: si uno se examina con imparcialidad, encuentra en sí mismo afinidades con los más grandes crímenes, los que solo necesitarían una poderosa tentación para aflorar si uno no se mantuviera en guardia. Me gusta dar y detesto la mezquindad, pero como resultado tampoco sé conservar lo mío. No guardo tan bien mis propios secretos, como los de los demás; en eso soy escrupuloso al extremo. Soy muy compasivo. Tengo tantos deseos de que me amen y aprueben que mi vanidad sería excesiva si el temor al ridículo y las costumbres del mundo no me hubieran enseñado a controlarme. No miento por principio tanto como por una natural aversión a la falsedad. No soy lo que se llama piadoso, estoy lejos de eso, pero me atrevo a decir que amo a Dios y me dirijo a Él con frecuencia y tengo la feliz idea de que a Él le gusta hacernos el bien cuando se lo pedimos. Aún conservo la felicidad de amar a mi padre y a mi madre, tanto por inclinación como por deber. Sería incapaz de ejecutar cualquier proyecto de venganza que surgiera al calor del momento: creo que la compasión ganaría siempre la partida. Uno perdona por una suerte de debilidad tanto como por grandeza, y temo que algún día ese sentimiento me lleve a fracasar en la ejecución de muchos de mis proyectos. Tengo una inclinación natural a reflexionar y la suficiente imaginación para entretenerme solo sin un libro, sobre todo desde que estoy enamorado.

»Debo confesar ahora que deseo lo mismo durante años y que, al examinarme, he observado que después de vivir tres años en medio de gente detestable que me hizo sufrir horriblemente, odio menos que antes. No sé si mi dosis de odio se ha consumido o si me enfrentaré más tarde a cosas peores. Si alguna vez soy feliz quisiera que todo el mundo lo fuera para que nadie envidiara mi felicidad».

Williams exulta. El amor del polaco por Catalina es parte de la vida política de la corte rusa. Poniatowski —protagonista de la historia— ama a Catalina cada día más, no la reverencia porque aspire a verla sentada en el trono como le urge a Williams, sino porque ella le muestra su deseo apenas le echa los ojos encima.

—*I love her like a madman* —exclama ante su protector.

—*I love her madly too and the British Empire will love her dearly as soon as we conclude the treaty.*

—*Your mad love will sit her on the throne?* —pregunta Stanisław.

Poniatowski habría de volver a su retrato al escribir más tarde: «En cuanto a lo que se refiere a mi figura, creo que el parecido más exacto es el que Bacciarelli me hizo, vestido para el día de la Coronación, que hoy cuelga en un muro de la cámara de mármol del castillo de Varsovia.

»Mi estancia en Oranienbaum sirvió también para estrechar los lazos entre Catalina y Williams, y probablemente contribuyó a la predilección que ella sintió por Inglaterra, de la que Francia se resintió en muchas ocasiones a pesar de la impresión profunda que la historia de Luis XIV hizo sobre su espíritu. Más tarde, la celebridad del Rey Sol se posesionó de su alma, la envaneció y la hizo perder el verdadero sentido de sus acciones».

Williams, Catalina y Poniatowski son una trinidad y, además de verse, intercambian una infinidad de cartas que casi llegan a cien solo entre 1756 y 1757. «Hazme emperatriz y yo te compensaré en todo», le suplica la joven al embajador de Inglaterra, quien responde: «Sus órdenes son mi ley; protegerla, mi única ambición». Poniatowski comparte el enorme secreto de la futura entronización de Catalina y espía el humor de la corte. Adivina cuando puede serle favorable a su amante y va de un ministro a otro, de Aleksander

Shuválov al mariscal de campo, Aleksander Buturlin, de Naryszkin a Horn. Los embajadores de Francia y de Gran Bretaña se juegan su carrera en Rusia, y Hanbury Williams tiene toda la intención de ganarle al odioso marqués de L'Hôpital. Poniatowski se juega la vida porque del trío es el que más se expone. Distintos mensajeros van y vienen con cartas que tienen que confiarse a manos seguras como las de MacKenzie y Douglas, ambos al servicio de Hanbury Williams. El ministro Bestúzhev Riumin, también cómplice, se mueve hábilmente entre los sentimientos de odio de la corte en contra de la alemana y vigila a nobles que ansían que Isabel Petrovna la expulse. ¡La más mínima falla y la emperatriz es capaz de despachar a Sophie Anhalt-Zerbst al pequeño reino de Holstein de donde la sacó!

Al hablar de Voltaire, Catalina y Stanisław confrontan al embajador de Inglaterra, quien lo escuchó en la corte de Fryderyk II y lo considera «un fatuo parlanchín francés».

—Es el gran hombre de nuestra época. —Se emociona Catalina.

—Acabo de pedirle a mi librero sus *Lettres philosophiques*, pero no me hago grandes ilusiones —asienta Williams.

—Yo lo admiro. —Se extasía de nuevo la gran duquesa.

222

Los libros llegan a los países eslavos como regalo de los dioses, y Stanisław y Catalina los leen como si se inclinaran sobre un devocionario, cada página una revelación. El amor por Williams hizo de Poniatowski un anglófilo y convenció a Catalina de que solo a través del embajador y su secretario logrará sentarse en el trono de Rusia.

———————◆———————

No quisiera reaccionar a partir de mi medio social, pero aún no sé cómo evitarlo, soy demasiado joven y, por lo pronto, voy de descubrimiento en descubrimiento sin ver más allá de mi casa. Todo un potencial distinto a lo que acontece en La Morena 426 me espera en la calle. Tomo clases de Derecho Internacional en un salón en la planta baja de la Secretaría de Relaciones Exteriores, en la avenida Juárez, frente a la estatua de Carlos IV, de la que se adueñan los papeleritos que galopan en sus ancas hacia un futuro incierto. «Nos vemos en El Caballito», nos citamos los alumnos.

Atrás de los ventanales cerrados de esa oscura sala inhóspita de la Secretaría que encabeza José Gorostiza, autor de *Muerte sin fin*, Santiago López escoge el tema «Derecho internacional y el padre Vitoria». ¡Qué emoción con Vitoria! Me conmueve que, en el siglo XVI, un fraile dominico haya escrito que los hombres no nacen esclavos, sino libres, y que por derecho natural nadie es superior a otro. Leo con emoción que «el niño no existe por razón de otros, sino por razón de sí mismo», y tengo la certeza de que toda la vida creeré que es mejor renunciar al propio derecho que violentar el ajeno.

A la hora de comer, mi entusiasmo salta entre platillo y platillo: «Es lícito al hombre la propiedad privada, pero nadie es propietario...». Pienso en la casa de Los Nogales, en Tequisquiapan, con su tupido prado de pasto verde y alego que deberíamos repartirlo. Mamá me mira con ojos de reproche. «¿Cómo puedo decir eso si a papá le costó tanto trabajo hacernos este fabuloso regalo?». Sigo con el padre Vitoria y sus leyes, alego que todos tienen derechos, hasta los loquitos que Vitoria llama *dementes perpetuos*, y mi hermana responde que la demente soy yo, y pregunta hasta cuándo voy a dejar de vivir en Babia. Jan ríe. «Hay que abrir las cárceles, a fin de cuentas, todos estamos condenados a muerte. En la prisión de Lecumberri están los que han robado una naranja, cuando deberían encerrar a los políticos que violan el orden del derecho». Papá también sonríe hasta que explico que el padre Vitoria dice que las guerras son injustas y hay que desertar. Entonces mamá me dice que papá peleó en la Segunda Guerra Mundial, es capitán y tiene la *Croix de Guerre*, la *Légion d'Honneur* a título militar, la *Purple Heart* y la *Legion of Merit*. Capitán en dos ejércitos, por ser hijo de padre francés y madre norteamericana, es dos veces héroe, sus condecoraciones y sus méritos se duplican, y yo respondo que sí, que es un héroe, pero que... Me mandan al diablo y mamá pregunta: «¿No te habrás vuelto bolchevique?».

El maestro Santiago López me invita a acompañarlo a una convención en Acapulco. Me hincho de orgullo, llena de mi propia importancia. «¿Acapulco?». «¿Convención?», preguntan mis padres y ahí se acaba la clase. De todos modos, no puedo ser diplomática, no nací en México, así que el padre Vitoria deja de tenderme los brazos.

¡Cómo amo caminar por San Juan de Letrán entre la quesadillera con su anafre a flor de banqueta y el cieguito, quien, al caer la tarde, recupera la vista y se va a paso seguro haciendo tintinear sus monedas! ¡Cómo disfruto detenerme frente al Sanborns de la Casa de los Azulejos para atravesar el patio con sus mesas redondas y sus meseras disfrazadas de tehuanas! Mamá durmió en Los Azulejos, casa de su tío Francisco Iturbe, quien, además de pedirle a Orozco que pintara el alto muro de la escalera, mandó grabar en el segundo piso —el de las recámaras— los cuatro rostros de Paco, Pipo, Teresa y Elena sobre las puertas de su alcoba. Todavía sonríen disfrazados de angelitos y vuelan hacia la calle Madero. «Ven, mamá, vamos a verlos», le pido, pero ella quiere atravesar la calle de Madero y entrar a la iglesia de San Francisco.

El pasado se hace presente. ¿Qué habrá sentido mamá al descender la alta escalera, atravesar el patio y tomar un taxi en la calle de Madero o en la de 5 de Mayo para ir a Tlalpan, pueblo de monjas y seminaristas, o a Cuernavaca a visitar a Alfonso Reyes en el Hotel Marik?

—Mamá, ¿tuviste la dicha de ver a los zapatistas sentados frente a la barra comiendo las famosas enchiladas suizas de Sanborns?

—No creo haber tenido esa dicha —responde secamente mamá, a quien Cárdenas le quitó la hacienda de La Llave en Querétaro y la de San Gabriel en Morelos.

—¡Mamá no tuvo esa dicha, pero estoy segura de que a ti te habría gustado servirles sus pinches tacos porque estás más loca que una cabra! —Se enoja mi hermana.

Corro desde que amanece, recorro las calles del centro, atravieso el Zócalo, la Alameda, todo quiero hacerlo mío y por eso me apresuro, aunque Magda dice que hay más tiempo que vida. ¿Hacia dónde corro tan ilusionada y tan sin aliento? ¿A qué liberación nacional voy a adherirme? ¿Con quién voy a marchar del brazo por la calle?

San Petersburgo, siglo XVIII.

Capítulo 14
Lo peor que puede sucederle a un político
es ser ingenuo

«Tuve la satisfacción de ser el primero en darle a leer a la gran duquesa *La virgen de Orleans* de Voltaire», escribe Poniatowski en su diario. «El caballero Williams había oído hablar del libro vetado por el cardenal André de Fleury. En el momento en que lo recibí, enviado por mi padre, Williams y yo terminábamos de cenar tristemente, él muy preocupado por unir Inglaterra con Rusia en defensa del pequeño estado de Hannover. Cuando le anuncié el arribo del libro, pegó un grito de alegría. Empecé a leerlo en voz alta y el encanto fue tal que seguí leyéndolo hasta la última página.

»Así divertía, consolaba y servía a mi amigo Williams, quien fue el primero en guiarme; a mí me tocaría serle útil más tarde.

»Durante su enfermedad y las circunstancias que lo confinaron a su habitación, mis conocimientos y mis relaciones dentro de la corte aumentaron día a día. Hablaba yo el ruso como pocos extranjeros y saqué provecho de un comentario suyo cuya justeza comprobé más tarde: los grandes secretos se dicen después de la medianoche. El hombre inaccesible al sol de la mañana se abre al atardecer como la flor de Jericó. Entre una y dos de la mañana, Williams se expandía; al alba volvía a cerrarse.

»Deduje que el sol y el misterio no se llevan. Hoy sé que aprendí mucho más de los rusos durante el invierno —el cual cubre a Rusia más de seis semanas sin noche— que en todos mis encuentros con los cortesanos.

»En esos años podía yo desvelarme porque mi juventud y mi salud lo permitían. Así logré informar a Williams de muchas cosas que sin mí nunca habría sabido. Hasta le insinué ideas que introdujo en las sesiones del Consejo y creyó de su autoría. Mientras lo cuidaba, me dio viruela y él no se contagió, pero la viruela nos separaba del resto de los miembros de la corte, y así pude aislarme y dedicarme durante horas a mis queridos libros».

Stanisław confía a Catalina que —al igual que ella— se sabe destinado a algo superior: una monarquía liberal regida por principios filosóficos, ante todo, por la liberación de los siervos.

—Yo ya no soy prusiana, pertenezco a un país más grande —afirma Catalina con ojos incendiarios—. Tú también puedes ser ruso...

—¡Imposible, los polacos solo somos polacos! —Se enoja Stanisław.

Si el gran duque Pedro Ulrich llama a Catalina *Madame la Ressource,* es porque la gran duquesa conoce la respuesta, pero también porque desde niña tiene la capacidad de dedicarle horas al estudio. Y a las imitaciones. Estallan las carcajadas hasta en la boca de los más severos al oír su «Concierto de gatos». La gran duquesa maúlla, grita, saca las uñas, se lanza con los dedos de las manos extendidas al lado de su rostro, abre la boca y ataca a otro gato imaginario al que termina escupiéndole. Hasta le salen bigotes. Imita a varios pájaros y loros. Los sirvientes de pie no pueden retener su júbilo y todos se entregan al consuelo de la risa. Tienen que calmar a Lev Naryszkin, quien ríe demasiado fuerte y anuncia a los cuatro vientos que San Petersburgo es ahora una fiesta gracias a los gatos de Catalina.

Los rusos que lo conocen le temen al ministro Bestúzhev; tiene años de ser uno de los personajes centrales de la corte —desde que Pedro I lo distinguió— y nunca nadie ha intentado bajarlo de su pedestal. Hanbury Williams le teme y los enviados de Francia le rinden pleitesía como años antes se la rindió la emperatriz Ana Ivanovna, hermana de Ana Petrovna. Muchos grandes señores de San Petersburgo recurren a sus buenos oficios porque lo saben capaz de eliminar a cualquiera que se le oponga. Desde el primer instante, Catalina probó su mano de hierro y se dijo: «A Bestúzhev debo tenerlo cerca». Hombre singular, él mismo se considera el salvador de Rusia y le halaga que la corte lo reconozca. Empieza cada uno de sus parlamentos con las palabras: «Como se lo aconsejé al emperador Pedro I...», y todos paran el oído, impresionados porque la sola mención de Pedro I lanza un escalofrío en la concurrencia.

«Pídele una dosis de sus gotas milagrosas», aconseja Catalina.

Bestúzhev inventó el tónico o tintura toniconervina Bestúzhev, que rejuvenece y vuelve a la vida al agonizante, y cuya fórmula mágica le robó el general de brigada Lamotte, quien hizo fortuna en Versalles al lanzarla como el «Elixir de oro». Esas gotas con su gotero se hicieron tan célebres en Europa como la infinita capacidad de venganza del ministro ruso. El plagio es una de las razones por las que Bestúzhev odia a Francia. En cambio, adora a Inglaterra.

Cuando sir Charles Hanbury Williams ríe, su risa contagia, tan grande es su poder sobre los demás. Su capacidad crítica sustituye la rabia de la espera por la firma del tratado entre Rusia e Inglaterra, mientras tanto, seduce a sus oyentes. Aunque su discípulo Staś no bebe, le aconseja mantener una copa en la mano: un *gentleman* provoca desconfianza si se niega a brindar: «Debes pensar cada acto, cada palabra, porque el instante es tu oportunidad. Atrévete, tu timidez es un lastre». Ambos remiten su vida entera a los libros y, gracias al joven polaco, Williams se apropia de tesoros en las escasas librerías de Moscú. «Si viviéramos en Francia o en Inglaterra, tendríamos todos los libros a la mano, pero como los rusos son salvajes, no llegan hasta aquí».

La fragilidad y el pudor de Poniatowski son parte de su encanto, pero a veces Williams siente ganas de sacudirlo. No es posible ser tan ingenuo. Stanisław nunca busca la revancha y su modestia desespera al inglés de cuarenta y seis años nacido en Worcestershire. Por algo presidió a los whigs en el parlamento inglés y les enseñó a debatir en público, como ahora lo hace con Stanisław. Williams escribe en una pequeña libreta de cuero que a él, inglés, lo definen las cuatro *íes*: «Insolente, impertinente, ingenioso e implacable».

—¿Sabe lo que yo quisiera ser, Staś? Libre e independiente.

—No conozco a nadie más libre ni más temerario, sir Charles, usted se burla de todas las certezas de moda y destaca en cualquiera de sus intervenciones.

—Se equivoca, ser un diletante bien considerado nunca ha sido la finalidad de mi vida.

También Catalina presiona a su amante:

—En política, la ingenuidad es pésima señal. Habla con Williams, averigua hasta dónde llega su poder, porque no quiero que defraude mis expectativas.

En la intimidad, Catalina desconcierta a su amante cuando no lo escandaliza. Es insaciable. Stanisław nunca imaginó que ser humano alguno pudiera ser así de impúdico y demandante: «Cuando quiero algo, lo quiero de una vez por todas. Desde niña soy así; desde que me llamo Figchen galopaba a caballo sobre mi almohada y mi institutriz intentaba calmarme: "No haga eso Sophie, ¿no le da vergüenza? Mire nada más cómo se mueve su cama". Solo caía del caballo cuando había agotado toda mi energía. "De ahora en adelante va a agotarse leyendo a Corneille, a Racine, a Molière y a La Fontaine", sentenciaba mademoiselle Cardel. Todas mis aspiraciones, mis cinco sentidos, mis células, mis cien mil pelos —los de mi cabeza y los de mi sexo— dependían de ese galope con la almohada entre mis piernas».

Al enviarle una carta tras otra, Stanisław la llama *Sophie*, pero cuando están solos le dice *Figchen* y

234

adquiere los mismos derechos que la almohada de su infancia: «Te lo enseñaré todo, Staś, no solo del amor, sino de esta corte en la que he aprendido a descifrar lo incomprensible y a moverme entre seres de una ambición ilimitada».

A la princesa Dashkova, Catalina le comenta: «Poniatowski es incapaz de mentir. Su honestidad me perturba, nadie es así y no tolero a los ingenuos. A mí me visitan pensamientos de envidia, de deseo, de orgullo; a él lo único que le importa son los campos de Polonia…».

Poniatowski será siempre para ella un niño desnudo.

A Stanisław, la emperatriz Isabel Petrovna lo sienta a su derecha y diserta acerca del gusto que le causan los placeres de este mundo mientras mastica y deglute sólidos y líquidos que van bajando por su cuello y su espléndido escote de vaca blanca. Cuando la alemana Ana Bestúzheva, esposa del primer ministro, la interrumpe para comunicarle que su libro favorito es el *Diccionario histórico y crítico* de Pierre Bayle, la emperatriz Isabel la calla: «Vieja idiota, solo habla de sus lecturas».

Por el momento, Stanisław tiene como única lectura el cuerpo de Catalina, cuyas demandas son cada noche más urgentes. «¡Me harás el amor como yo quiero!, ¡jamás volveré a prohibirme algo!», lo amartela como si no lo tuviera ya abrazado. A veces, su amante no la entiende, como tampoco logró comprender los bruscos cambios de humor de su prima Elżbieta: sus lágrimas sin que vinieran al caso, que corriera a esconderse y lo espiara mientras él giraba como veleta buscándola. Su madre jamás lo preparó para esos imprevisibles caprichos (las madres no suelen hablarles a sus hijos varones de otras mujeres). El solo hecho de que su prima levantara el brazo y enseñara su axila le causaba escalofríos. Espiaba en su rostro, a lo largo del día, cierta sonrisa que lo sedujo y cuyo recuerdo lo dejó cimbrando. «Mi corazón está a punto de romperse y caer al suelo». Catalina también hace uso de poderes desconocidos. Va mucho más lejos que él. Introduce a Stasiu, falto de malicia, en el horrible túnel de la desconfianza. ¿Con quién lo haría así antes? ¿Con Sergei Saltykov?, ¿con Pedro II? ¿De quién es hijo Pablo? ¿Qué partes de la anatomía de esta mujer hambrienta no han sido tocadas? En cambio, él es una página en blanco, un hombre inédito, ni una sola de sus distintas capas de grasa, sangre y agua se ha deshecho bajo mano alguna, y hasta ahora, le eran desconocidas sus franjas poco visibles. Finalmente, él solo podría venirse en cascada y esa mujer, al estrenarlo, le provoca fiebres altísimas. Jamás se le habría ocurrido mirarse desnudo en el espejo, pero ahora se espía, inquieto.

Catalina camina desvestida por la habitación como si él no existiera. Stanisław, en cambio, cuestiona sus propios recursos, agranda sus limitaciones, sabe que sus circunstancias son inferiores y esa conciencia disminuye sus certezas.

«Todo amor es un pacto sellado, Figchen».

Si en el acto amoroso dista de ser igual a ella, en cultura la domina gracias a Konstancja y a los sucesivos abates que resultaron más cultos que mademoiselle Cardel. Staś conoce a Montesquieu mejor que ella y es él quien le abre los ojos a Locke y a Hume, como el embajador Williams hizo con él.

Los amantes toman menos precauciones. Aunque Stanisław esconde su cabello negro bajo una peluca y la gran duquesa se viste de hombre, corren el peligro de ser reconocidos. Sus encuentros nocturnos cubren a Stanisław de huellas digitales. Con qué va a quitarse su saliva, sus lágrimas, su jadeo; con qué sus labios, su vientre y sus muslos estrujando los suyos; con qué la tibieza de sus pechos; con qué el temblor que sube desde sus tobillos.

Huyen en trineo, esperan tensos el momento del abrazo, los caballos galopan con sus crines al viento, la nieve rechina bajo sus cascos, los amantes sonríen en anticipación bajo el ala de su disfraz que se cubre de escarcha.

Una noche, la gran velocidad de los dos caballos vuelca el trineo y lanza a Catalina a tierra. Su amante corre a levantarla: «Solo fueron algunos rasguños, no me he muerto», ríe ella y vuelve a ser niña y Stanisław la ama como nunca porque, por vez primera, la descubre más débil que él.

Catalina le confía que, todos los días durante su primer año en Rusia, se obligó a levantarse en la madrugada a aprender ruso con su maestro, el fraile Dudadov, quien le pedía: «Descanse un momento», y ella se negaba: «No, no, vamos a seguir».

—Me obligué no solo a aprender ruso, sino a hacerle buena cara a la emperatriz, a Pedro Ulrich, a los Shuválov, que parecían querer escarbar en mis entrañas, y ahora sé que la disciplina sin compasión que ejercí sobre mí misma dio óptimos resultados.

—También yo tuve que estudiar duro.

—Sí, pero tú contabas con tu madre.

Más que escuchar a su amante, a Catalina le importa hablar de sí misma.

—Lo que más me dolió fue traicionar a mi padre, Staś; desde el 28 de junio de 1744 soy ortodoxa. Leí en voz alta y en ruso, sin que la voz se me quebrara, cincuenta páginas y recité de memoria la consagración a mi nueva fe. En cada palabra recordaba el juramento a mi padre, de serle fiel al luteranismo, pero seguí leyendo y, a medida que avanzaba, fui dejando de ser

Sophie, Friederike, Auguste Anhalt-Zerbst para convertirme en Catalina Alekséievna, gran duquesa de Rusia.

Es tal la pasión de Poniatowski que se levanta en la madrugada decidido a morir por ella. Sin Catalina nada tiene sentido. No verla lo tortura, camina como tigre en su jaula de semen. Pensar en Catalina antes de dormir y al alba, sin la perspectiva de un nuevo encuentro, lo deprime al grado de quitarle todo deseo de vivir. «Contrólate, no te dejes ir de esa manera», reprocha el caballero inglés. «La amo, es mi razón de vida». Cada dos minutos, Stanisław repasa las palabras y los gestos de su amada; recuerda cómo se aventó hacia él, cómo lo miró y le arrancó la camisa. Creía sabérsela de memoria y de pronto Catalina lo sorprende como un gato que salta encima de su presa. Desear con esa fuerza, ¡qué tortura! Una tarde en que cree que saldrá a pasear al parque, la espera yendo de una avenida a otra hasta perder el aliento. Otra en que un mensajero le dice que Catalina pasará todo el día en Oranienbaum, galopa hasta perder el aliento solo para encontrarse con la noticia de que Catalina no ha abandonado su habitación. Gira fuera de sí sobre sí mismo. «¿Qué hago, cómo llego a la noche?». «*You're not an animal*», lo recrimina Williams. «*You're a Polish poet even if you don't know it*».

Una mañana en que Staś compadece a uno de los cocheros por un desmesurado castigo, Catalina responde airada que reinar no significa convertirse en refugio de indigentes.

—Todos somos indigentes.

—Por favor, Staś, ni siquiera mi institutriz francesa coincidiría contigo. Los siervos lo son por decisión divina. Así nacieron.

Catalina le lleva diez años a la joven duquesa Ekaterina Romanovna Dashkova, née Vorontsova, pero la incluye en todos sus paseos porque le divierte que la jovencita se precipite a sus brazos, la acaricie a cada momento y la fascine con la espontaneidad de su inteligencia. La invita con frecuencia a la recámara llamada *Bijoutier*, la de las joyas en la que la peinan. Como es un proceso largo y tedioso, se entretiene con la joven con quien ha creado una amistad emocional e intelectual, única en la corte. Que la jovencita dé muestras de veneración por Catalina complace a Bestúzhev, porque su hermana Elżbieta Vorontsova, amante de Pedro II, ha adquirido un poder desmesurado sobre el futuro emperador.

¡Qué estimulante el entusiasmo por la lectura de Voltaire y Rousseau de ambas jóvenes! La mano en la mano, sentadas juntas como niñas en un solo taburete, la admiración en los ojos de la Dashkova compensa a Catalina del rechazo de varios cortesanos. Hasta el príncipe Dashkov se alía a su joven esposa para agasajar a Catalina, pero por más que advierte a su *femme enfant*: «¡Ninguna familiaridad, no puedes tratarla como a una igual!», la jovencita corre tras la gran duquesa, se cuelga de su cuello, desata los listones de su cintura, la toma del brazo y la obliga a esconderse tras los múltiples biombos del palacio que los cortesanos usan para espiar la vida de la corte. Para Catalina, la Dashkova es única por su cultura y porque es fácil convertirla en cómplice. Años más tarde, la princesita tendrá un papel fundamental en la derrota del gran duque, pero la nueva emperatriz Catalina la expulsará de Rusia por tomarse atribuciones que no le corresponden en el *coup*. A pesar de su destierro, es difícil para los soldados rusos no recordarla en su uniforme militar cabalgando a la cabeza de las tropas al lado de la futura emperatriz, tan identificada con ella que la tropa preguntaba: «¿Cuál de las dos es la futura zarina?».

━━━◆━━━

Nunca he devorado tanto una novela como *Ana Karenina*. Leída en una noche, en dos pequeños tomos cubiertos de gamuza café, recuerdo con qué emoción daba vuelta a cada delgada lámina y cuánto odié a Vronski por ser tan poquita cosa al lado de Ana, que se juega la vida por él. Atosigué a mamá con preguntas: «¿Por qué se casó Ana con Karenin si no lo amaba?».

«¿Para qué se amarró esa bola de cañón al tobillo?».
«¿Por qué no se llevó a su hijo a fuerzas?». A veces,
mamá sonreía, a veces la cansaba. De todas las escenas, una de las más terribles es la de Vronski —jinete
incomparable— espoleando a su caballo, forzándolo
a que dé más de sí mientras una multitud lo vitorea.
Ese solo acto —reventar su montura— me hace pensar en el vientre de Ana.

También lloré con *Madame Bovary,* pero no por
ella, sino por el médico de pueblo Charles Bovary; me
aterró que aceptara operar al hombre del pie zambo;
fui cómplice de Emma mientras lo azuzaba. «Atrévete, hazlo, no seas tan mediocre», pero cuando tuve
la certeza de que la operación fallaría, el desafío
de Emma, su saña marital, me quitó el aliento. Aunque me dolió que Madame Bovary muriera, la conde-
né como a Flaubert por declarar: «Madame Bovary
soy yo». Admiré a Flaubert, pero por quien siento devoción es por Stendhal.

Princesa Catalina Dashkova.

Capítulo 15
Siempre regalo un perrito a mis amantes
porque las delata

La princesa Dashkova atrae a Stanisław como imán; es más joven y bella que Catalina, aunque quizá menos inteligente. Gran lectora, conoce las hazañas del rey Carlos XII de Suecia y felicita a Stanisław: «Su padre, el conde Stanisław Poniatowski, le salvó la vida al rey de Suecia, ¿verdad? Debe sentirse muy orgulloso. Sin él, los suecos pierden la batalla de Poltava».

Es la primera vez en San Petersburgo que alguien se refiere a su padre, y la princesa Dashkova lo conmueve con su admiración. ¡Qué privilegio para Catalina tener a tan singular amiga! Stanisław procura sentarse a su lado e incitarla a las confidencias. Catalina Dashkova sigue a la gran duquesa, su tocaya, por pasillos y jardines. Ser la dueña de la mayor biblioteca de Moscú y haber leído a Diderot y a Madame de Sévigné antes de cumplir dieciocho años la asemeja a Catalina, y Stanisław la interroga con insaciable curiosidad. Por fin una amiga a la altura de su amada. Entre dos citas de Montesquieu se inclina frente a la gran duquesa: «¿Necesitas una pluma nueva? Nadie en la corte escribe con la rapidez con que tú lo haces». «Entre más te conozco, más te aprecio; por ti haría cualquier cosa», en sus ojos asoma la lealtad del perro.

Distinta en todo a Isabel Vorontsova, amante de Pedro Ulrich, quien actúa como un *garçon manqué*, a la joven Dashkova, el esplendor de su palacio le dice menos que sus amados libros y, gracias a ellos, previene a Catalina contra quienes la adulan. «La vida sin adjetivos es la mejor de todas».

A las dos Catalinas les divierte encontrarles parecido a los cortesanos y a sus esposas con los animales de las fábulas de La Fontaine. Analizan su carácter a partir de su físico como lo haría La Bruyère. «Esta es una marmota; este, un oso; aquel, un cuervo».

—¿Crees que la corte sería mejor si fuera un establo? —pregunta la Dashkova.

—No, le haces poco favor a las vacas. —Ríe Catalina, mucho más cruel que la Dashkova.

—¿Y tu esposo, el gran duque?

—Voy a contarte algo. Jamás ha entrado en mi zoología porque cuando la emperatriz lo trajo desde Holstein a Moscú, tenía doce años de vivir entre soldados. Sus preceptores lo golpearon tanto para civilizarlo que, la verdad, cuando me lo contó, lo vi como a un animalito y sentí lástima por él.

—La gran duquesa y yo nos conocemos desde su llegada a Rusia —le explica la Dashkova a Stanisław—, se me acercó porque mencioné que yo leía a Bayle. Me tomó de la mano y me sugirió que lo leyésemos juntas. Preguntó si conocía a Boileau. ¡Así que imagínese lo que sentí cuando vi que podíamos hablar de nuestras lecturas!

—También el *Tratado de lo sublime* de Boileau me apasionó —murmura Poniatowski.

—¡Y sus sátiras!

La joven rusa es una fuente inagotable de información y, gracias a ella, Stanisław se entera de que Catalina supo ganarse a la emperatriz Isabel Petrovna al decirle al oído mientras bailaban que, si fuera hombre, se enamoraría de ella. «¡Qué inteligente muchachita!, ¡qué bien hice en escogerla para Pedro Ulrich!», reaccionó la emperatriz.

A Isabel Petrovna ciertos bailes la compensan de los contratiempos del mando. Vestirse de hombre la empodera porque el traje masculino le sienta de maravilla, la chaqueta cae a la perfección de sus hombros a la cadera, y sus piernas bien torneadas atraen las miradas. Se metamorfosea en espadachín o en cochero para ofrecer el espectáculo de su pie arqueado y sus célebres pantorrillas. Obliga a sus ministros a disfrazarse de mujer y a usar miriñaques y tacones que los hacen tropezarse y caer. «¿Se dan cuenta de lo difícil que es ser mujer?», pregunta y se desternilla de risa cuando no logran levantarse. La boca pintada del jefe de la policía Iván Shuválov la intriga, alaba las pestañas largas del general Stepán Apraksin y nota que ya maquillado su temible primer ministro Alekséi Bestúzhev pierde ferocidad.

Cuando la zarina ríe, la corte se desgrana en serviles carcajadas; si reposa, todos toman asiento; si baila, se levantan al unísono; si se lleva la cuchara a la boca, cada cortesano enseña su paladar. La lealtad de la Dashkova hacia Catalina impresiona a Poniatowski. De por sí, Staś, sentimental, se emociona con facilidad.

—Cuando la princesa Dashkova asegura que daría su vida por ti, le creo a pie juntillas. ¿Cómo es posible que a ti no te conmueva? —le pregunta a la gran duquesa.

Catalina lo mira con sorna.

—La corte me ha enseñado a desconfiar de todos.

Es a la Dashkova a quien Poniatowski confiesa:

—Los polacos, princesa, desconfiamos de los prusianos y, sobre todo, de su soberano. Fryderyk II imagina que Polonia es su feudo y repite que somos anarquistas... En cuanto al carácter del gran duque, no lo entiendo, es un hombre imprevisible, pero lo que más rechazo de él es su amor a las armas.

—A todos los hombres los educan en el amor a las armas.

—Ese amor me alarma porque a mí ningún fusil me parece bello.

—A Catalina, conde Poniatowski, le atraen las armas y está dispuesta a ganar todas las batallas —informa la Dashkova.

—¿Y qué le dice su director de conciencia?

—No tiene más director de conciencia que ella misma.

Poniatowski olvida que su amante desciende de los caballeros teutones. Cuando están juntos, ella le revela:

—Solo desde el poder puede emprenderse algo grande.

—Te equivocas, Sophie, los cambios vienen de abajo. —Salta Stanisław.

—¿De una masa pobre y envilecida? ¿Crees que de ahí salga algo más que la miseria cotidiana? Por lo visto, el romanticismo polaco no tiene límites...

A Poniatowski le resulta imposible contradecirla. La adora al grado de asfixiar cualquier crítica. Su desventaja es evidente e ignora que Catalina desearía que fuera menos su *chevalier servant*. La aburre y entonces lo besa, y condesciende a contarle de los seis bulldogs mops de la princesa Hedwig Sofía Augusta de Holstein, su tía abuela, priora de un convento, quien tomó a su servicio a una novicia para recoger las cacas de sus perros.

—Es notorio cómo las grandes familias cultivan manías de las que se salvan los pobres —comenta Poniatowski.

—¡De qué hablas! ¡Tú provienes de una gran familia! ¿Acaso te preocupan los subalternos?

—La verdad, sí. Un buen monarca puede cambiar la suerte de su pueblo.

—Y uno malo también. Cuando el rey Fryderyk I de Prusia murió, vi a la gente de Stettin salir de su casa a bailar de gusto de tanto que lo odiaban. Descendí a bailar con ellos acompañada por mademoiselle Cardel.

—Quisiera que conocieras Polonia conmigo, Catalina, cabalgarías feliz en el bosque plateado de hayas al lado de mi casa. Tú sí sabrías domar a un konik porque esos caballitos tienen tu misma vitalidad.

—¡Hablas de Polonia a todas horas!

—Así somos los polacos. —Ríe Staś—. En Wołczyn, entrevisté a campesinos que me impactaron por su sabiduría, aunque para mi tristeza, nunca vi sonreír a uno.

¡Qué gran devoción por Polonia le transmitió Konstancja! También su padre, el *starosta* y paladín de Masovia, Stanisław antes que él; pronuncia la palabra *Polonia* como un encantamiento. Para Konstancja, Polonia es más que su patria, es su fe.

—¿En tu Polonia me sentiría libre? —inquiere Catalina—. Aquí me espían cuando duermo. Tú no sabes lo que es estar bajo constante escrutinio y que aguarden detrás del biombo a que te levantes de la *chaise percée*.

Poniatowski la abraza:

—Conozco ese mundo, lo viví en París y, a pesar de todas las confabulaciones, París es la personificación del triunfo. La corte es la misma en Alemania, en Inglaterra, pero Francia es la que se impone.

Desde que le presentaron a sir Charles Hanbury Williams, Catalina tiene urgencia de mostrar su autoridad. Hace seis meses, el cortesano que se atreviera a contradecirla la habría intrigado, ahora le resulta ofensivo. Poniatowski se lo hace notar. «Anoche, la princesa Dashkova tenía toda la razón y la miraste con tal rabia que por poco y la mandas fusilar».

Además de disfrutar a Catalina, Stanisław escribe cartas que le toman un tiempo infinito. Doblado sobre la hoja en blanco, el cuello tenso, los hombros adoloridos, medita cada palabra, le da vueltas a una línea tras otra y se tortura porque tiene que emplear el lenguaje que Francia ha impuesto al mundo: ceremonioso, lento, sinuoso, cuyo fin tiene que disfrazarse con múltiples circunvalaciones antes de llegar al meollo. «Pídalo sin herir susceptibilidades», le ordena Williams. Es imposible ir al grano, hay que simular, concebir lenta, trabajosamente, una propuesta aceptable para Francia, que ha impuesto el protocolo y lo ha pulido en una forma tan obsesiva que a veces el recipiendario se pregunta qué quiso decir o qué le están pidiendo. Francia desfigura sus intenciones con su ingenio, su infinita capacidad de disimulo y sus imposiciones que los países europeos acatan porque les hace creer que no hay más regla que la suya. Cualquier mala intención puede ocultarse bajo una frase de Voltaire, Rousseau o Montesquieu.

El embajador inglés lanza predicciones a todas horas: «Todo va a salir bien, nuestro triunfo está asegurado». «Fryderyk de Prusia es astuto, su política se basa en tres premisas: no puedo concederte lo que me pides; tengo a cien mil personas que mantener; no cago dinero».

Poniatowski labora hasta altas horas de la noche acompañado solo por Simbad, el pescadito que nada en su acuario y nunca parece tener sueño. Cubre página tras página con su letra delgadita y muy pareja hasta que le lloran los ojos. ¡Cuánto papel, cuántas plumillas, cuántos tinteros! Ser secretario de

Williams es una tarea acuciosa porque le delega misiones casi imposibles y él obedece sin tener la certeza de alcanzar el triunfo. «Sir Charles, decir esto a rajatabla me parece peligroso, hay que matizarlo». Konstancja lo maltrató con su rigor, pero era su madre; el embajador de Inglaterra, maestro insuperable, resulta áspero de tan exigente.

El fárrago insoportable de los memoranda y despachos obedece no solo a reglas del protocolo inalterables, sino a las cláusulas del manual de buenas costumbres recién instauradas en San Petersburgo, porque las ofensas a Su Majestad Imperial Isabel Petrovna son motivo de guerra. Cuatro ministros que le faltaron al respeto tienen que dar satisfacción a Su Majestad Imperial, ya que agraviaron con un pésimo *memorandum* el Tratado de Paz Perpetua entre Rusia y la república de Austria. Lo que Shuválov, su ministro, no entiende es por qué se ofende su soberana si nunca abre un libro y tarda meses en firmar una carta, ya que no sabe leer ni escribir.

María Teresa es la más quisquillosa de las emperatrices. Salvo sus diarias conferencias de trabajo con Kaunitz, prefiere rodearse de gente sin talento que la obedece sin parpadear. Se ha hecho más rígida y virtuosa que su *prie-dieu* y, tras dar a luz a dieciséis hombres y mujeres, su seducción se limita a encarnar la realidad del poder absoluto; es emperatriz-reina, el mayor título que pueda concedérsele a ser humano alguno sobre la tierra. Eso sí, su inteligencia causa admiración en Versalles que, además de llamarla *coneja*, la sabe capaz de pronunciar un magnífico discurso en latín.

A Stanisław le sorprende que la *kaiserin* María Teresa, tan piadosa, compita con Isabel Petrovna por el título de «la mujer más bella de todos los imperios» y le disguste que embajadores y viajeros propaguen que su rival rusa cuenta con un encanto excepcional. De toda Europa es la austriaca la que atrae las miradas. Si no tiene más amante que su *prie-dieu* y condena la desbordada sexualidad de Isabel Petrovna en Moscú, ¿será porque la envidia? ¿Acaso no hizo a sus dieciséis hijos en una noche de amor?

Mientras más grande el odio entre las soberanas, mayor la satisfacción de Fryderyk II, quien detesta a ambas, aunque concentra todas sus baterías en la *kaiserin* austriaca. En cambio, el gran duque Pedro Ulrich, quien acaba de nombrar uno de los barcos de su flota *Federicus Rex*, lo deja totalmente indiferente, a pesar de su adoración y su costumbre de referirse a él como *nuestro amo*, cosa que enfurece no solo a la corte, sino al ejército ruso.

—No es un rey, es un lacayo. —Se enoja Bestúzhev.

El humor del caballero Williams oscila entre su certeza de lograr la alianza entre Inglaterra y Rusia y la posibilidad del fracaso. Es tanta su inquietud que la contagia a Stanisław. Mantiene un pie en Prusia porque Fryderyk II es el enemigo a vencer —y nada más crucial que adivinar sus intenciones—, pero vive en San Petersburgo, y hay días que su secretario desearía que le avisara: «Me han llamado a Londres, mañana emprendo el viaje».

De todos los soberanos, Fryderyk II es, de lejos, el más inteligente. Los historiadores de la corte rusa comentan que sufrió mucho de niño y que por eso es implacable. Cualquier falla de alguno de sus ministros es castigada hasta con la muerte.

El emperador busca cultivar tierras con métodos modernos, se empeña en crear una industria prusiana, y sus súbditos saben que la está desarrollando. Amenaza apropiarse de las minas de Silesia. A Stanisław le preocupa que envíe a tantos prusianos a vivir a Gdańsk, porque se necesita ser muy perspicaz para entender que poblar es conquistar, y Fryderyk codicia ese puerto polaco desde que subió al trono.

En la corte circula la historia del odio que le profesó su padre, el también rey Fryderyk Wilhem I. El rey era un gigante cuya armadura resonaba en el piso de todos los palacios de Europa, pero su hijo nació pequeño, enjuto, y lo único que creció en él fue su inteligencia. Enclenque e insignificante, Fryderyk, a quien de niño llamaban *Fritz*, buscó la compañía de su paje y de cuatro amigos —Von Keith, Von Katte, Von Spaen y Von Ingersleben— en contra de los malos tratos de su padre. Si Fritz tocaba la flauta, su amigo Katte lo acompañaba al clavecín; si Fritz lloraba, Katte lo consolaba; si Fritz caía del caballo, Katte lo recogía. A pesar de tener la misma edad, Katte era el más fuerte. Los dos jóvenes leían juntos y estudiaban tácticas de guerra, juntos admiraban los últimos sables y las pistolas de chispas y las de dos cañones reunidos en un mismo tiro, juntos traducían a los griegos y escribían en francés. Juntos decidieron escapar y refugiarse en Inglaterra, pero el rey padre los arrestó y von Katte fue condenado a muerte. Fryderyk, hijo del rey, vio desde la ventanilla de su calabozo cómo el verdugo degollaba a su amigo, Hans von Katte, el mejor, el más hermoso de todos los hombres.

A Poniatowski, lo que más le impacta es que el viejo rey Fryderyk Wilhem I, apodado *Soldatenkönig*, el rey soldado, obligara al joven Fryderyk a presenciar la ejecución de su bien amado.

«Dicen que fue tan horrible el grito que dio el pobre Fryderyk cuando rodó la cabeza de Von Katte que se oyó en toda Prusia», afirma Catalina, «pero ahora, Fryderyk es lo mismo que su padre: un tirano».

El amor entre el joven Fryderyk y su íntimo Von Katte no es tan grande como la pasión que el polaco siente por la gran duquesa y, durante todo el verano de 1756, se reúne con ella a escondidas, su única razón de vida.

Catalina y su *aide de camp* Naryszkin reciben al conde sueco Adam Horn acompañado por Poniatowski. Cuando se encaminan al salón particular de la gran duquesa, antesala de su dormitorio, un perrito le mueve la cola y lame las manos de Stanisław, pero le ladra al conde. «Nada es tan revelador como un perrito», comenta Adam Horn. «Lo primero que hago es regalarles un perrito a mis amantes y así descubro si alguien más es favorecido. El perro quería comerme, pero en cuanto lo vio, brincó de alegría. Por lo tanto, no es la primera vez, que usted, Poniatowski, entra a esta habitación. No se preocupe, no lo voy a delatar».

«Mi estancia en Oranienbaum», escribe Stanisław en ese mismo año, «sirvió para estrechar los lazos de la gran duquesa con el caballero Williams, lo que, junto a las pruebas de amistad que le dio el rey de Inglaterra, probablemente contribuyó a la predilección que ella tuvo constantemente por Inglaterra, de la que Francia se resintió pese a la profunda influencia de Luis XV sobre la corte rusa. Por lo tanto, no creo equivocarme al afirmar que el deseo de emular al rey de Francia se posesionó del alma de Catalina, a pesar de que a Luis XV no le gustara leer. Alguna vez la oí decir: "Voy a alcanzar su celebridad y desbancarlo"».

Saber que al abuelo de Dostoyevski lo habían asesinado sus siervos me conmocionó por el crimen, pero también porque ese día, al enterarse de la noticia, Dostoyevski sufrió su primer ataque de epilepsia.

La primera vez que vi un ataque de epilepsia fue en el piso de la cocina de la casa de La Morena. De pronto, una muchacha cayó sacudida por un espasmo entre el fregadero y la mesa de la cocina. Mamá supo exactamente qué hacer y le puso un pañuelo o una servilleta en la boca para que no se mordiera la lengua. «Bájale el vestido, trae una almohada», ordenó mientras yo miraba atónita. Cuando pudimos sentarla, mamá la abrazó como a una niña. No recuerdo su nombre, pero sí su disloque y la infinita compasión materna. Después vi otros ataques semejantes y siempre los relacioné con Dostoyevski. Su padre, médico, vivió con su familia en un hospital para pobres, de ahí que Dostoyevski escribiera con tanto sentimiento y rabia acerca de los que sufren. Pensé que era un mártir a diferencia de Tolstoi, propietario, lleno de hijos, de tierras y de siervos que lo cubrían de bendiciones mientras recogían su cosecha de trigo.

Mamá me hablaba de *le grand mal et le petit mal*; los epilépticos son ángeles, han descendido al infierno antes de nacer. Me contó que las crisis de epilepsia de Dostoyevski se iniciaban con un grito terrible: «No todos los epilépticos lo hacen, solo Dostoyevski».

Catedral de San Basilio, Moscú, 1756.

Capítulo 16
El complot para sentar a Catalina en el trono

Charles Hanbury Williams es un regalo de los dioses para Catalina, y ella misma toma papel y pluma para escribírselo en una carta: «¿Qué no le deberé yo a la providencia que lo envió aquí como un ángel de la guarda para unirme a usted con los lazos de la amistad?». También revela su ambición al asentar: «Si algún día llego a ceñirme la corona, se lo deberé a sus consejos y a su ayuda».

Con Catalina, Poniatowski utiliza un código para comunicarse. El primer ministro Bestúzhev es *el patrón*; Stanisław, el *damoiseau*; Catalina, *monsieur*. Los amantes llaman a Williams: *La Sagesse*, porque es su guía, su padrino, su bienhechor, su cómplice y estratega. Otro complotista es el general Apraksin, quien, al tomar las armas, podría asegurar la defensa de los cuatro.

«El inglés puede procurarnos todo, Staś, y Apraksin con sus tropas es nuestro escudero», afirma Catalina.

Stanisław alega que lo que importa es vivir juntos, dormir juntos, tener dieciséis hijos hermosos y fuertes. Vencer no es un rasgo de su carácter; es ambicioso, pero no a ese grado, y lo intimida la determinación de la gran duquesa por llegar al poder. Al fomentarla, Williams sacia su propia ambición.

Leal a los preceptos de su madre, el polaco es de lento aprendizaje en lo que a trampas y a complots se refiere. Incapaz de sacar ventaja de privilegio alguno, si Naryszkin no interviene, habría seguido contemplando a Catalina de lejos. En cambio, a Hanbury Williams le urge inclinar a la corte rusa por Inglaterra y la gran duquesa es clave para lograrlo. La cubre de regalos: un diamante por aquí, una esmeralda por allá, esta noche un rubí, mañana el collar parecido, pero distinto, al que ayer el joyero Bernardi le entregó con una tarjeta: «A Catalina». Ambiciosa, Catalina se endeuda con enorme frecuencia, pero nada la arredra porque Hanbury Williams paga sus deudas con libras esterlinas.

Que Catalina haya escogido al polaco es el triunfo personal del embajador de Inglaterra y la futura derrota de Fryderyk de Prusia. Si la emperatriz Isabel Petrovna muere, como todos lo desean, el destino de Rusia podría girar a favor de Catalina, a quien también el primer ministro Bestúzhev escribe misivas apasionadas: «Día y noche, toda mi vida solo pienso en la manera de serle útil y agradable. Le seré siempre leal, aunque tenga que arriesgar mi vida. Lo soy, ahora mismo, sin tener en cuenta a nadie».

La Guerra de Siete Años que estalló en 1756 se demora entre dos eternos enemigos, Francia e Inglaterra, que despliegan su ambición colonialista y lanzan sus carabelas abiertas al océano Atlántico. Inglaterra conquista Madras, Calcuta y Bombay. El té de la India es ahora el *five o'clock tea* de Gran Bretaña. Austria se une a Francia porque la Augustísima María Teresa quiere apoderarse de Silesia y despojar a Polonia de sus minas de carbón. En la ciudad de Quebec, Canadá, el reino de Francia impuso su lengua, su cultura y su religión católica. Muchos europeos ambicionan la cantidad de recursos naturales de ese espléndido país. «¿Sabías que, en sus bosques, los árboles escurren miel?».

Las conversaciones giran en torno a la composición y desempeño de los ejércitos, su fuerza, el número de soldados, sus cascos, sus escudos, la bondad y la belleza de espadas y mosquetones, y las mejores tácticas de guerra. Si una comunidad humana no puede presumir héroes de guerra, se mantiene fuera del juego: el calibre de una bala es más importante que la aparición de un gran libro de filosofía como el de Descartes. Morir en la batalla es un honor, casi el único, porque es una vergüenza que un joven en edad de combatir muera en su cama. Ninguna mancha más negra sobre el prestigio de toda una genealogía que la deserción de un miembro de la familia. El que no combate por su patria es un cobarde.

Es tan grande la exaltación que deriva de una victoria que la princesa Catalina Dashkova, a pesar de tener un marido militar, pregunta si todas las voces seguirán disertando en torno a tácticas y columnas de hombres armados, porque su tema favorito es ella y, como es encantadora, muchos la escuchan. Varios exaltados afirman que para cualquier país es indispensable montar un enorme ejército y que no hay mejor recompensa que morir por la patria. Muchos se han persuadido, desde que tienen uso de razón, de que el honor de la patria descansa en el tamaño y la conducta de su ejército.

—Pues yo viviría mejor en un país sin ejército —se atreve a decir la Dashkova—. ¡Basta de tanto heroísmo!

—Sí, vamos a cambiar de tema, ahora voy a contarles lo último sobre la Augustísima María Teresa de Austria… Ya no consagra buena parte de su tiempo a la oración, ahora desconfía de todos y pide que alguien pruebe su potaje antes de que ella se lo lleve a la boca.

Además de su ambición, el deseo de Catalina por su amante polaco crece hasta volverse insaciable. En el momento en que lo mira, sus ojos centellean, sus labios se abren. Poniatowski es su botín y le urge poseerlo tanto como a la corona imperial. Entre más crece su ansia de poder, mejor adiestra en el amor a su amante. «Creo que nunca volveré a ser tan dichosa», lo aprieta entre sus brazos. Su felicidad animal traspasa a Stanisław, pulsa en todos sus miembros, lo desbarata.

Hanbury Williams apuesta a que la triple alianza Austria-Inglaterra-Rusia contra Fryderyk de Prusia nulificará la ambición de Francia y humillará de una vez por todas al odioso marqués de L'Hôpital.

«*L'état c'est moi*», respondió Luis XIV, persuadido de no tener que rendir cuentas a nadie, y mucho menos a sus jardineros; pero a la postre, serán ellos quienes asalten Versalles y tomen el poder. «Usted, Catalina, será emperatriz de todas las Rusias». «Usted, Stanisław, está llamado a ser rey de Polonia». «Isabel Petrovna morirá de indigestión». «En política, el que tú uses también te usará a ti». «No importa el mal que hagas si con ello alcanzas tu meta. Tampoco el bien importa demasiado». «Nadie supera a

Inglaterra, somos los conquistadores del mundo». «Shakespeare es superior a cualquier francés». «Juana de Arco nunca existió».

Williams es el cerebro; Stanisław, el amante; Catalina, la futura emperatriz. Williams, el estratega, eliminará más tarde a dos personajes menores, el desdentado primer ministro Bestúzhev y el obeso general Apraksin, pero por el momento le son útiles. La política consiste en saber hacer uso de los demás. Los franceses tienen el don de mantenerse bien informados y de usar a quienes fingen no tener ambición alguna.

Staś es ya un experto en caminar de puntitas por los corredores del Palacio de Invierno de San Petersburgo, así como en el de Peterhof y en el de Oranienbaum. Si un centinela pregunta: «¿Quién va ahí?», responde: «El músico del gran duque». Regresa con información valiosa para la causa de Catalina y de Williams. A Catalina le confirma que la emperatriz Isabel Petrovna desconfía de ella por su origen prusiano. ¿Acaso no es sobrina de Fryderyk II cuya maledicencia recorre las cortes? Sus conversaciones en Monplaisir se inician con una frase destinada al escarnio. Llama a las soberanas, la de Rusia y la de Austria, *las dos vacas*, vaca María Teresa porque amamantó a dieciséis hijos, y vaca Isabel Petrovna porque dentro de su estéril y abultado vientre ha dormido todo un regimiento. Fryderyk de Prusia, quien presume del mejor ejército, el más disciplinado, el de las armas refulgentes, divulga que la zarina es perezosa e ignorante; apenas puede firmar los documentos que se apilan sobre su escritorio.

El conocimiento de Williams va más allá de Europa; cuenta con informantes en América que le escriben que los franceses han destruido dos fuertes ingleses en Great Lakes, al norte de Canadá, porque a Inglaterra le faltaron soldados, ya que tuvo que mandar varios contingentes a librar otra batalla en India. Bestúzhev alega que no importa lo que suceda en el resto del mundo, que América está muy lejos y probablemente sea una mierda, pero Poniatowski piensa lo contrario. «He's a fool», comenta Williams, «but he is shrewd for his own interests, so let us not lose him». El canciller ruso solo respeta a Holanda, a Francia y a Suecia, donde vivió sus mejores años.

Suspendido en la espera, el embajador inglés va de Berlín a Moscú a lo largo de imposibles travesías que sacuden su esqueleto, merman su salud, atacan sus nervios. Por sus espías se entera de los movimientos de Fryderyk de Prusia, el adversario más peligroso. De todos los soberanos de Europa, Fryderyk alterna con Voltaire, quien acude a Sanssouci. Escucharlo es un privilegio: desde niño, Fryderyk se inclinó por las ideas, y ansía escuchar a quienes saben pensar. Él mismo escribe —cree que muy bien—. Dispuesto siempre a invadir Polonia, su desprecio por los polacos es inherente a su carácter. Según él, la anarquía polaca lastra a toda Europa; los nobles polacos son una lacra, tratan a sus siervos como animales y, mientras el mundo progresa, Polonia sumida en su desorden es un peso muerto. ¿Hasta cuándo van a arrastrarla sus vecinos que sí trabajan y sí son dignos de respeto?

Francia es guía de la humanidad. Si pudiera eliminar a Inglaterra de la faz de la tierra lo haría sin pensarlo dos veces; no hay peor enemigo que esa pérfida isla que proclama su superioridad a los cuatro vientos y lanza sus carabelas asesinas a todos los mares.

Además de lograr que Rusia apoye a Inglaterra contra el rey de Prusia, la obsesión del cónclave anglófilo Hanbury Williams, Poniatowski, Bestúzhev, Apraksin es sentar a la gran duquesa en el trono de Rusia. El futuro de los complotistas gira en torno a la mala salud de la emperatriz Isabel Petrovna, quien tarda en morir. Uno de los obstáculos a eliminar es Pedro Ulrich. Aunque lo desprecia, Williams también se acerca a él y se apresura en tratar los temas militares de su gusto. ¡Armas, cañones, batallas, estrategias, Hanbury Williams halaga al futuro emperador! Estar bien con el enemigo es esencial y el inglés entra en su gracia al referirle batallas.

En Holanda, Alemania, Francia o Inglaterra el culto al arte es razón de vida y una obra maestra colgada en el muro de la casa equivale a ganar una batalla. Los nobles viven para sus posesiones: castillos, mujeres, música, joyas, obras de arte, *chaises percées*.

En su salón de Oranienbaum, Pedro Ulrich llama a Williams y le pregunta en qué momento podría el rey George II de Inglaterra viajar a Rusia a atender el asunto de Hannover.

—Georgie es impredecible. —Se lamenta Pedro Ulrich.

—Sí, Majestad, pero Hannover le pertenece a Inglaterra.

—¿Y qué pasaría si a usted le dijeran que Gales o Escocia no son inglesas? —responde Pedro Ulrich con un gruñido.

La corte de San Petersburgo comenta que la gran duquesa fue vista saliendo apresurada de la habitación de Poniatowski, quien no había aparecido en la corte durante días: «Me curé muy pronto, pero no sin antes recibir la visita más halagadora, de la que temí mucho las consecuencias, ya que hizo más amarga la necesidad de mi partida», escribe Stanisław en su diario a punto de abandonar Rusia porque el embajador de Francia, de L'Hôpital, logró, a punta de intrigas, ponerlo en mal con la emperatriz Isabel Petrovna.

A través de Williams, George II, rey de Inglaterra, se comprometió a entregar a Rusia cincuenta mil libras esterlinas al año, a cambio del apoyo de cincuenta y cinco mil soldados rusos por «si Inglaterra o uno de sus aliados se ven atacados». Si se renueva el tratado de San Petersburgo, firmado el 30 de septiembre de 1746, el rey inglés pondrá cien mil libras en manos de Williams para gratificar al primer ministro ruso.

—Stasiu, habla con Williams, averigua hasta dónde llega su poder porque no quepo en mí misma de la ansiedad —dice la gran duquesa.

—No te preocupes, Sophie. La guerra dejó exhausta a Europa. Por un lado, Francia, Rusia, Austria y Suecia buscaron dominar el mundo; y por el otro, Inglaterra, Prusia, Hannover y Portugal hicieron exactamente lo mismo.

De pronto, estalla la noticia espantosa para Hanbury Williams de que Fryderyk II y George II firmaron el 16 de enero de 1756, sin aviso previo, el Tratado de Westminster.

«Nada peor pudo sucederme», tiembla el embajador de Inglaterra.

¿Para qué le encargó George II aliarse a Rusia y hacerle la guerra a Fryderyk si ahora se abraza a su primo, el prusiano?

¿Es traición? ¿Es imbecilidad? ¡Lo que sí, para sir Charles es un desastre!

La caída de Hanbury Williams es una tragedia. Catalina le prometió que: «Le levantaría estatuas y el mundo entero sería testigo de lo mucho que aprecia sus méritos». Pero ahora, los dos jóvenes están separados y ya no leen juntos en francés porque en Rusia no hay traducciones al ruso de Plutarco, Virgilio, Ovidio o Cicerón, ni mucho menos de *La Nouvelle Héloïse* de Rousseau o el *Werther* de Goethe; y ya no le comentan sus lecturas al embajador de Inglaterra, quien espera el regreso de Poniatowski, aunque sabe que su joven secretario nada puede hacer para cambiar su destino.

Mientras tanto, el Chevalier d'Éon se presenta en la corte con un mensaje de primer orden para la emperatriz. ¿Es hombre? ¿Es mujer? Por más masculino que parezca, su nombre es Lya de Beaumont y muy pronto se convierte en la lectora preferida de la emperatriz Isabel Petrovna. Suele ir y venir entre París y Moscú. Su llegada es siempre un acontecimiento porque, según los murmullos, es espía de Luis XIV y ninguna dama en Europa maneja la espada como ella. Por lo pronto, coqueta y generosa, enseña cómo mover el abanico y sonreír detrás de él. También a cerrar un ojo. Stanisław volverá a encontrarla convertida en el Chevalier d'Éon y, para su asombro, hasta la vencerá

—creyéndola hombre— en un duelo de espadas porque, a pesar de su odio por las armas, Poniatowski es un ágil mosquetero.

———◆———

Carlos Fuentes me dice que lea *El Príncipe* de Maquiavelo. Me gusta que Maquiavelo se llame Nicolás. En las fiestas, Carlos y yo bailamos valses y polkas, pero también «La bamba» y «La raspa» que, más bien, nos pone a brincar como canguros hasta el agotamiento. «Vamos a bailar una conga», pide Carlos, porque así toma por la cintura a la muchacha frente a él; hacemos una larga cola y avanzamos cual víbora por corredores y escaleras a través de toda la casa. Muchas madres de familia vigilan a sus debutantes desde sillas pegadas a la pared y Carlos se sienta junto a una y le pregunta lo que opina sobre el PRI, las decisiones del presidente de México, el monto de la fortuna de funcionarios y el futuro del régimen. Como es guapo, amable y risueño, contestan halagadas, sin hacerse del rogar.

—Todo lo que me dicen lo escribo al regresar a casa —me explica.

—¿A las cuatro de la mañana?

—Sí, luego duermo hasta la hora de comer.

—Eres un héroe.

Sí, Carlos es un héroe. Escribe a máquina con un solo dedo de cada mano, el índice.

Aún no sabe si va a ser escritor porque estudia Leyes. Todo lo que no sé de política él me lo enseña. Una tarde lo acompaño a conocer a su maestro Manuel Pedroza, refugiado de la Guerra Civil de España, cuyos ojos son la pura bondad. Me conmueve la modestia del departamento de Pedroza en la colonia Cuauhtémoc y los labios pintados de un rojo muy fuerte de su mujer. A partir de ese momento, crecerá mi devoción por el exilio español y, más tarde, por el chileno.

—Todo lo que hago ahora es para mi novela, Poni. ¿Tú qué vas a hacer?

—Creo que reportera...

—No, tírale a algo más, tienes que leer historia... ¿Sabes de Zapata, de Benito Juárez?

—No, pero de Maximiliano y Carlota, sí.

—No es por ahí; si quieres, vamos a ver a don Daniel Cosío Villegas.

El vuelo de Carlos es ilimitado. En un solo año, 1967, cuando todavía se discute *La región más transparente*, publica *Cambio de piel* y *Zona sagrada*. Octavio Paz lo adora, Benítez lo idolatra y lo promueve un día sí y otro también en *México en la cultura*. «¡Ah, cómo lo envidian!», exclama Paz, porque Fuentes aparece vestido de lino blanco y cuenta que bebió una horchata en Mérida ofrecida por Manolo Barbachano.

Según él, ese semen o leche materna o elixir de los dioses lo limpió y gracias a él publicó *Las buenas conciencias*, parte de una trilogía, porque de ahora en adelante publicará de tres en tres, pese a quien le pese.

La verdad, Carlos Fuentes les pesa a los envidiosos.

Años más tarde, a raíz de un triunfo y de otro, en 1988, Carlos inaugura cursos en Harvard y los estudiantes interrumpen con aplausos su discurso cuarenta y cuatro veces, cosa que jamás ha sucedido. En esa alocución, Fuentes dice a Estados Unidos que se abstenga de intervenir en Centroamérica.

Trabajar en un periódico pone a cualquiera en estado de alerta. Mis padres están suscritos a *Excélsior*. Mamá lo lee al atardecer; papá, mientras desayuna. Descubro las entrevistas de Bambi, Ana Cecilia Treviño, que ella misma ilustra en la cursi sección de sociales del periódico. Podría yo hacer algo semejante antes de viajar a Francia, entrevistas, crónicas. «Nos encantaría que te casaras con un francés». Tengo mucha suerte. Llamo por teléfono a Alfonso Reyes y le pido una cita; a Dolores del Río, otra, y la tercera, a Diego Rivera. Ninguno se niega. Mis padres tienen varias aprehensiones; alegan que en *Le Figaro* el nombre de una mujer aparece solo con un *entrefilet*, apenas una línea: una cuando nace, otra cuando se casa y la última cuando muere.

Cuando le pido una entrevista a mi tía abuela Hélène Subervielle, responde ofuscada: «¡Dios me libre!». El apoyo proviene de tía Carito: «Fui secretaria de Carlos Chávez en Bellas Artes y trabajé en *Excélsior*», me regala su credencial y el emblema del periódico: una lechuza.

En 1953, la Ciudad de México todavía se despereza al alcance de la mano. Los panaderos la cruzan con enormes charolas de paja sobre su cabeza y nunca se les cae un bolillo. Las muchachas barren y lavan su pedazo de calle. Las campanas llaman a misa. Tres monjas saltan una cuneta para no mojar su hábito en Bucareli, esquina con Balderas, y los papeleritos les chiflan montados sobre las ancas de El Caballito, Carlos IV, traído de España. En *Excélsior* nunca se hacen reportajes sobre colonias pobres. La página roja consigna asesinatos, pero hablar de la miseria ahuyentaría a los inversionistas. El poeta José Emilio Pacheco, con su rostro blanco, su camisa blanca, su traje negro, su corbata negra, desciende de un taxi y el conductor le ruega: «No me pague padrecito, deme la bendición». Octavio Paz invita a Augusto Lunel al Kiko's y el poeta peruano pide una chilindrina que sopea en su vaso de café con leche. Al terminar, pregunta si puede comerse una concha. «¿Ya se llenó, Lunel?», pregunta Paz con su sonrisa de un dientecito encima de otro.

Recuerdo a Salvador Elizondo diciéndonos enojado: «Somos el país de la garnacha». Aparece en la casa de mis padres en La Morena: «Ayúdame a vengar un crimen en la familia Clemente Jacques. Tenemos que asesinar al agresor».

No sé si olvida su propósito o si Alberto Gironella lo desvía de sus malas intenciones. Un mediodía, cuando me extasío ante un alto lienzo de una espalda femenina, cuyas costillas manan sangre, Gironella me informa: «La pintó Salvador Elizondo. Las heridas son de fuetazos».

Salgo de la casa cada mañana a pisar el día y no quepo en mí de felicidad; en vez de pasos, bailo a lo largo de la acera. En una libreta Scribe apunto las respuestas de los entrevistados. Aprendí taquimecanografía en una academia en los altos del Cinelandia, en la avenida San Juan de Letrán, hoy Eje Central Lázaro Cárdenas, pero desconfío de la Gregg, la buena es la Pittman, y mejor escribo palabras clave.

Los entrevistados ríen; pocas mujeres son periodistas. Alfonso Reyes me llama *m'hijita*; Octavio Paz pregunta si he leído *La Clé des champs* de André Breton, y Dolores del Río me regala un perfume de Guerlain tamaño caguama. El Santo, o el Enmascarado de Plata, dios de la lucha libre, declara que soy su novia. El único que se enoja es Cantinflas porque le pregunto por qué abandonó su carpa y su camiseta.

A fin de mes, nada tan gratificante como escuchar a la cajera decir tras la ventanilla de «Excélsior»: «A ver, páseme su recibo». Pego timbres fiscales en una copia para la empresa y en otra para mí. Gano menos que Victorina, nuestra cocinera en La Morena, pero mi entusiasmo supera al suyo.

Nunca he visto los murales de Diego Rivera, proscrito en la casa porque pintó desnuda a Pita Amor, prima hermana de mamá.

«El escándalo afectó mucho a tu tía Carito. El ambiente en torno a Diego y Frida es poco recomendable. Pita quiere llamar la atención a toda costa. Escribió sus *Décimas a Dios*, al regresar de una parranda a las tres de la mañana, en la bolsa de papel estraza del pan y con el lápiz de las cejas».

Visito a Diego Rivera en su estudio en Altavista. Tres Judas de cartón nos amenazan desde lo alto, pero él sonríe bondadoso: «A ver, criaturita, ¿para qué soy bueno?». Pregunto si sus dientes son de leche y me dice que sí y que con ellos se come a las polaquitas.

Partición de Polonia.

Capítulo 17
La política atrae al más renuente

Cuando Poniatowski le dice a su amada que sus padres lo esperan en Varsovia para ingresar a la Cámara polaca, Catalina se deshace en sollozos.

—¿Qué va a ser de mí? Me dejas sola entre enemigos. Voy a morir sin ti.

A punto de perderlo, nunca lo ha amado tanto y hace lo imposible por conseguirle un cargo honorífico para asegurar su regreso.

—Soy capaz de postrarme ante la emperatriz...

—Te juro, Sophie, que voy a lograr que el rey August III me envíe como embajador de Polonia ante Isabel Petrovna.

Los amantes sufren su separación. Un amor tan amenazado los encadena como Romeo a Julieta, pero no hay fray Lorenzo, el de las hierbas medicinales, ni el filtro mágico de la resurrección como remedio a la vista; un año de desafío al poderoso servicio secreto de Aleksander Shuválov los convierte en héroes de su propio idilio: «El nuestro es un gran amor, el más grande».

—No te preocupes. —Consuela Hanbury Williams a Catalina—. Estoy tan seguro del regreso de Stanisław como de que un día será rey de Polonia.

—¿Rey de Polonia?

—Sí, contigo, porque tú serás emperatriz de todas las Rusias.

«No sabía desobedecer las órdenes de mis padres», escribe Poniatowski en su diario. «Querían que yo fuera diputado en la Cámara polaca de ese año. Participar en la vida política de mi país me resultó un soplo de aire fresco porque ya el entorno de la gran duquesa se había convertido en una cueva de asaltantes, un nido de víboras. Sophie se esforzó en consentir mi partida. Entre más grande nuestro amor, más amarga la necesidad de separarnos. Sophie y yo lloramos, sus cabellos se empaparon con nuestras lágrimas y, al final, aceptó que no había más remedio, pero quería tener la certeza no solo de mi regreso sino la de procurarme una existencia menos precaria en San Petersburgo. Insistiría frente a Shuválov en la posibilidad de tratarnos en público».

«Si soy representante oficial de Polonia, todo será más fácil, podré acompañarte en todo momento».

«Salí de Rusia acompañado por mi amigo y secretario de toda la vida, Jacek Ogrodzki», escribe Poniatowski en su diario. «Con Jacek, recién egresado de la universidad de Cracovia, tenía yo la certeza de un buen consejo».

El frío se cuela bajo las puertas de los hostales, por las costuras de capas y abrigos, los caminos cubiertos de nieve se convierten en taludes que suben de altura día a día. Caminar en la nevisca es correr el riesgo de congelarse. Aunque sus ojos lloren, para Stanisław y para Jacek Ogrodzki es imposible resistir al embrujo del espectáculo blanco que seguro ahoga al planeta. Los caballos no parecen sentir el hielo, sus cascos levantan la nieve, salpican el rostro, la capa y las botas. Anoche una tormenta aumentó el volumen de la nieve que ahora brilla frente al rostro de Stanisław y lo enceguece. «No podemos seguir, es peligroso», advierte Ogrodzki. Deciden detenerse en un albergue y alquilar un carruaje. Ordenan a sus ayudas de cámara devolver los caballos a Varsovia.

Atravesar la estepa rusa es tentar al destino. ¿Cómo esquivar taludes y volver a encontrar el camino? Perderlo es exponerse a la muerte, los viajeros se encomiendan al cochero; los campesinos están acostumbrados a cruzar campos de nieve que los cubren más allá de las rodillas, pero los nobles no, y nada hay peor que una tormenta porque la nieve borra cualquier huella.

Al llegar al hostal, los viajeros descienden de berlinas y carruajes como ánimas en pena, cubiertos de moretones, sus miembros entumecidos y maltrechos. La jornada inflama piernas y tobillos, y a varios pasajeros hay que despegarlos de su asiento y cargarlos fuera de la berlina. Algunos campesinos aconsejan tallar con nieve los pies helados para revivirlos.

Stanisław y Jacek esperan con ansia la hora del relevo; en los patios de mesones ennegrecidos de hollín también aguardan animales famélicos. Toda la noche aúlla el viento sobre ríos y lagos paralizados por una capa de hielo. Antes de aventurarse, el cochero le da unas monedas a algún pordiosero para que compruebe su firmeza. Si se rompe, nadie sobrevivirá al agua negra y helada.

La muerte del pordiosero no le afecta a nadie.

Los cocheros tienen que reponer caballos, que en los pueblos pobres son jamelgos que revientan a medio camino; contar con reparaciones, que a veces duran varios días; y conseguir provisiones y pieles de oso. Entre más largo y accidentado el viaje, mejor la paga, y el cochero se aprovecha de las circunstancias.

—No podemos salir.

—¿Por qué?

—Imposible ofrecer seguridad alguna. Viene una borrasca.

Para Stanisław, familiarizado desde niño con la nieve, nada hay peor que los lobos que bajan de la sierra, los únicos capaces de sobrevivir a la nieve. Ante su aullido, hasta los caballos más agotados paran la oreja y se encabritan.

En Varsovia, Poniatowski se siente bien entre los oradores, los políticos de la *szlachta* que lo reciben con un abrazo. No cabe duda, vale la pena llamarse Poniatowski y ser polaco es un valor inestimable. «¡Qué bueno que no eres ruso!», le dice Konstancja, y él asiente. Ser reconocido por la valentía de su oratoria le da una imagen de sí mismo que no había alcanzado en San Petersburgo. Allá, de tanto esconder su amor, empezó a esconder también su voz, sus intenciones, su fe en Polonia, su indignación ante alguna injusticia. Ardía por hacerse oír. «Rusia no es mi patria», se repetía. Su entusiasmo por participar en la vida de su país le da fuerza pero, sobre todo, una nueva imagen de sí mismo.

Después de vivir juntos, padre e hijo adoptivo, sin separarse un solo día, Williams le escribe a Stanisław, a Varsovia, el 21 de agosto de 1756:

«Ninguno de los deseos que pueda yo tener para su grandeza y prosperidad serán menores, querido Stanisław, que los que deseo para mí mismo. Usted es mi discípulo y ningún maestro ha tenido jamás seguidor tan bueno. Podría yo desear que fuera mi hijo, pero no quiero privar a sus padres de felicidad tan grande. En boca de otra persona, todo lo que ahora digo podría parecer lisonja, pero como me conoce por su propia y larga experiencia, sabe que no puedo ni podré lisonjearlo jamás y que yo amo la verdad».

Stanisław responde: «Mi querido y respetable amigo, mi segundo padre, mi padre adoptivo. Después de Colette (Catalina), no amo a nadie tanto como a usted».

Williams escribe a Konstancja y a Stanisław que su hijo ha superado todas sus esperanzas.

Para los condes Poniatowski, Staś regresa a la casa paterna más sensible, más amable, más instruido, más mundano, menos confiado en la bondad de su prójimo y más capaz de llevar a cabo delicadas misiones diplomáticas. También los exigentes tíos August y Michał Czartoryski reconocen que la conducta del sobrino merece varios elogios.

«En Varsovia fui elegido diputado sin dificultad. Pronuncié varios discursos que la Cámara aplaudió, pero cuando anuncié en mi casa que volvería a

Moscú, encontré grandes dificultades. Mi madre —a pesar del aprecio por mis promociones y mi triunfo— me reprochó, llena de escrúpulos, mi relación con la gran duquesa. Mi padre, en cambio, alegó que en Moscú aprendería yo todavía más sobre cómo mejorar las relaciones entre Polonia y Rusia».

Su único consuelo es que Hanbury Williams le asegure por carta que: «El canciller Bestúzhev no recibirá un solo centavo de su pensión inglesa hasta que logre su retorno. Me pelearé con él, haré lo que sea, lo haré todo por usted, mi amigo».

También para las ambiciones de Bestúzhev es indispensable que Poniatowski regrese.

Williams se desvive por Catalina sin prevenir posibles reveses. Escribe que le halaga pensar que: «Un día Poniatowski será rey de Polonia». En sus conversaciones, une el destino de su protegido al de Catalina, quien, al escucharlo, consiente con una cierta sonrisa de superioridad.

El 16 de octubre 1756, Stanisław responde a la carta de Williams que lo insta a regresar: «El amor de mi madre le hace desear ardientemente lo mismo que deseo, pero sus escrúpulos religiosos, cada vez mayores, le exigen decirme: *non consentio*».

Para Konstancja, permitir el regreso de su hijo más amado significa lanzarlo a la peor depravación. «Me puso ante el predicamento más horrible de mi vida», escribe el joven enamorado. «Más que llorar, golpeé mi cabeza contra la pared».

Williams extraña a Stanisław con más urgencia aún que Catalina, a pesar de que suele encontrar a la gran duquesa a solas hecha un mar de lágrimas: «Un amigo tan cercano, un confidente tan sabio y discreto resulta invaluable». El inglés le ruega a Staś en una encendida misiva: «¡Qué útil me sería en este momento el que compartió todas mis tristezas y mis alegrías, el que me ama desinteresadamente, el que está ligado a mí no por una razón, sino porque me estima y me conoce! ¡Es verdad que siento una ternura de padre por él porque lo elegí y lo adopté! ¡Y me felicito todos los días porque veo que compartimos el mismo juicio y reprobamos las mismas acciones!».

Un tratado es un abrazo entre amigos, una promesa de apoyo, pero el Tratado de Westminster, tan arteramente firmado por George II con Fryderyk de Prusia, es una bofetada en el rostro de Hanbury Williams, quien se esconde con tal de que nadie en la corte atestigüe su vergüenza. Ese hombre, antes tan soberbio y tan seguro de sí mismo, no sabe ya dónde meterse y pierde peso a ojos vistas.

Para Catalina, el fracaso de Williams, además de la partida de Poniatowski, es una tragedia, y todos los días le escribe a pesar de que es difícil encontrar mensajeros confiables: Harry Douglas, el secretario de Hanbury Williams, Mackenzie, el inglés Swallow, más tarde cónsul en San Petersburgo, quienes se turnan para hacerle llegar al polaco misivas de la gran duquesa. Fuera de sí, Catalina aborda al policía Shuválov, con su cara retorcida, y a la culta esposa de Bestúzhev en la corte para rogarles que intervengan y apresuren el regreso de Poniatowski.

Es una corte llena de espías porque cumplen al pie de la letra la orden de Pedro el Grande: «Espíen, espíen, no hay mejor modo de triunfar en política que espiar y adelantarse así a las intenciones del enemigo», Catalina camina sobre carbones ardientes hasta que, por fin, su amante polaco regresa a Rusia, harto también de la política de su país, que para él se reduce a la rivalidad entre los Sapieha, los Radziwiłł, los insoportables celos de sus tíos Czartoryski y la envidia de su primo Adam.

Para Stanisław, sentarse con su padre en la biblioteca es un aprendizaje. De tanto cultivar a Voltaire, el viejo Poniatowski ha perdido el excesivo respeto por la religión que constriñe a Konstancja, su mujer. Critica la desmesurada religiosidad de Polonia y festina que la Pascua se inicie con seis misas; se ufana de no haberlas escuchado ni en seis años, y sonríe al exclamar que su presencia en la iglesia seguramente sorprendió a Dios. Cuenta que, en la corte, la vida se desparrama en rezos, jaculatorias, alabanzas.

No solo las beatas invocan a Dios y se arrodillan frente a la corte celestial, el pueblo centra su vida entera en la religión.

Tanto sus cartas como sus discursos se tiñen con el pensamiento de Voltaire y regresa al antiguo anticlericalismo de la *szlachta*. «No cabe duda, mi padre es un hombre moderno», se dice Stanisław al oírlo despotricar contra indulgencias y supersticiones. El viejo Poniatowski se adelanta a su época. Sin ninguna precaución, señala los abusos de la beatería. ¿Por qué no se prohíbe a los jóvenes entrar al seminario antes de los veinticinco años? ¿Por qué se impulsa a tantos monjes cuando existen profesiones infinitamente más útiles: la guerra, el comercio, el artesanado, las manufacturas, la tierra, el matrimonio? La fe del labriego y la del soldado es mucho más valiosa que la del monje. ¿Quién quiere ver a un sacerdote en cada esquina? Sería muy ventajoso para Polonia reemplazar los conventos por obras de asistencia pública y habría menos pereza y desorden si se redujera el número de días de guardar. Sobre todo, ya es hora de dejar de fastidiar a los trabajadores con cuestiones religiosas. ¿No es la tolerancia la más maltratada y la más bella de las virtudes cristianas?

Stanisław lo escucha con los ojos brillantes, admira su osadía y que le confíe pensamientos que ofenderían a Konstancja. Le parece el más original de los

hombres y, al sentir su admiración, el viejo Poniatowski se expande ante el menor de sus hijos.

—¡Nunca hablarías así frente a mi madre! —exclama Stanisław.

—¡Nunca! ¡La amo demasiado! ¡Esta conversación es nuestro secreto!

El padre de familia persiste en temas que solo
destina a Stanisław. Ni siquiera se sentiría así de libre
frente a sus demás hijos porque Kazimierz no necesita
consejo alguno para rodar por la cuesta del libera-
lismo, Michał es eclesiástico y las dos mujeres, Luiza
e Izabella, son eso: mujeres; su matrimonio cubre su
vida entera. El caso de la gran duquesa, amante de
Stanisław, es distinto.

—¿Qué la hace distinta? —se pregunta el conde.

—Mi amor por ella. —Sonríe Stanisław.

—¡No vayas a dejarla ir!

Muchos rasgos de carácter del viejo conde Poniatowski revelan un espíritu singularmente ajeno a tradiciones y escrúpulos religiosos. A él no le ofende que
su hijo Stanisław sea amante de Catalina, a diferencia de a Konstancja, quien pone el grito en el cielo. Al
contrario, él quiere ser cómplice de un amor que be-
neficiaría a Polonia. Frente a su mujer, el palatino de
Mazovia expresa con fuerza su desesperación por la
debilidad de su patria y termina su alocución asegu-
rándoles a madre e hijo que el único enemigo a vencer

es el rey de Prusia. Rusia, en cambio, puede llegar a ser una buena aliada.

————◆————

Ojalá y en el Convento del Sagrado Corazón, Eden Hall, me hubieran hecho leer a Goethe, Thomas Mann, Montesquieu o Rousseau. Obviamente, Voltaire estaba condenado. Claro, pude leerlos sola, pero a las jóvenes alumnas hay que abrirles los ojos, no solo hincarlas a rezar y pedir perdón. De seguir en el Liceo Franco Mexicano, mi formación hubiera sido menos deficiente. También yo tengo la culpa por creer que los mayores tienen razón en todo. Muchas chicas de mi edad demuestran su carácter y no se someten al grado de que las nulifiquen. Lo que más anhelé era ir a la UNAM y nunca tuve la energía para lograrlo. ¿Cómo revalidar los estudios de Eden Hall? Aunque su nulidad me cerraba la puerta, si me hubiera empeñado habría podido subir la cuesta de Copilco, la de Insurgentes, la de la avenida Universidad y entrar a la Facultad de Ciencias Políticas y Sociales o a la de Filosofía y Letras.

Leo el *Fausto* de Goethe y, ahora que reviso mis notas, veo que jamás podría haberle vendido mi alma al diablo, no tengo los tamaños. Tampoco tuve la fuerza de carácter para imponerme en la circunstancia más grave de todas.

Mamá dice que el diablo existe, que de niña lo vio debajo de su cama.

—Mamá, ¿qué viste?

—Una sombra negra rampante, peluda.

Solo habré de conocerlo más tarde en la figura de un sacerdote francés trajeado de santo con un saco lustroso y zapatos sin bolear, quien creía saberlo todo. También el Maestro ejerció su supremacía con su espléndida cauda de palabras.

Rey George II de Inglaterra.

Capítulo 18
Sospeché que la violencia de sus pasiones conduciría
a Hanbury Williams a mayores desatinos

La firma del Tratado de Westminster, el 19 de enero de 1756, entre Fryderyk II de Prusia y George II de Inglaterra destruye a sir Charles Hanbury Williams, y Stanisław escribe en su diario: «Williams se hizo enfermizo, malhumorado y tan extrañamente afectado por cualquier incidente que —este hombre cuyo espíritu superior admiré durante tanto tiempo— se volvió tan débil que no podía retener sus lágrimas ante el menor contratiempo y lo vi mal en varias ocasiones. Parecía estar cosido con alfileres. En otros momentos, se entregaba sin razón alguna a vergonzosos excesos de cólera antes impensables.

»Una tarde, tras conversar durante largo tiempo conmigo, con Daniel Dumaresq, capellán de la colonia inglesa en Moscú, y con otros dos ingleses, Woodward y Comb, la plática cayó por azar en las interminables cuestiones del libre albedrío y la predestinación: Williams sostenía que no hay un solo acontecimiento en la vida humana cuyo éxito o fracaso pueda atribuirse a alguna falla o mérito del hombre. A mí me parecía que un rayo en un día sereno o un terremoto en un país en el que jamás ha temblado podrían contarse entre las fatalidades que ninguna prudencia humana es capaz de prever y bastan para cambiar el porvenir mejor planeado. Cada uno de los presentes coincidió conmigo excepto Williams, cuyo humor se agrió cuando nos quedamos solos. Se hizo un silencio que tuve la imprudencia de romper para producir no sé qué nuevo argumento. Williams no se contuvo y, levantándose furioso, me ordenó: "No puedo sufrir que me contradigan en mi propia casa, le pido que salga y le declaro que no quiero volver a verlo en mi vida". Salió dando un portazo.

»Me quedé solo, entregado a las más tristes y embarazosas reflexiones. Me preguntaba: "¿Cómo tolerar semejante afrenta?", pero por otro lado pensaba: "Él es el embajador de Inglaterra, pero más que eso, es mi bienhechor, mi preceptor. Mis padres me confiaron a él, me ha amado tan tiernamente y durante tanto tiempo que le debo todo lo que soy. No me cabe la menor duda de que está equivocado, pero yo debería haberlo protegido mejor en vez de insistir, sabiendo lo delicado de su salud".

»Con esa confusión de sentimientos, me dirigí maquinalmente a su recámara, toqué y se negó a abrir. Volví a pasar por la sala en la que nos habíamos peleado. Era de noche y me dirigí al balcón —puedo verlo de nuevo como si fuera ayer—, y después de permanecer mucho tiempo acodado en el barandal, sentí la desesperación apoderarse de mí. Mi pierna se levantaba para pasar encima del barandal y me disponía a saltar cuando, de pronto, me sentí jalado con fuerza hacia atrás por dos brazos asidos a mi cintura. Era Williams. Le había preguntado a su gente qué hacía yo y dónde estaba; le dijeron que llevaba un tiempo considerable en el balcón. Permanecimos sin poder hablar. Por fin, me llevó a su recámara. Cuando recuperé la voz, le pedí: "Máteme, antes de decirme que ya no quiere verme". Me abrazó con los ojos llenos de lágrimas y me mantuvo contra su pecho para luego rogarme que jamás mencionara lo que acababa de suceder. Estaba yo más que feliz de prometérselo.

»Lo que hizo más terrible mi presencia en ese balcón fue que mi corazón estaba comprometido con Catalina de la manera más contundente. El gusto, la ternura y la estima que lindaba en la adoración se posesionaron de mis sentidos y de mi espíritu. Williams era mi confidente, mi consejero, mi único cómplice. Su carácter de embajador le permitía acercarse a personas a las que sin él yo no tendría acceso, y me procuraba mil relaciones. Su casa, en la que yo vivía, me daba una seguridad que no tendría en ningún otro lugar. Si rompía yo con él, lo perdería todo. Después de una ruptura escandalosa, ¿tendría yo la certeza de que guardaría mi secreto y el de La Persona cuyo bienestar ponía yo por encima del mío? [...] En cualquier otro momento habría rechazado la agresión de Williams, pero lo que acababa de suceder me hacía sospechar que su trastorno y la violencia de sus pasiones lo conducirían a mayores desatinos sin que él fuera verdaderamente culpable.

»Apenas nos reconciliamos, mis temores se desvanecieron porque tenía yo esa necesidad esencial de figuras paternas que son el mayor apoyo en nuestra vida, sobre todo cuando somos jóvenes».

Un año más tarde, al volver de Polonia a San Petersburgo, Poniatowski recibe del mismo Williams la orden de no verlo, «es peligroso, estoy proscrito», pero el polaco desobedece.

«Entre las visitas que tenía que hacer a mi regreso a Rusia, le debía una al caballero Williams, encerrado en sus habitaciones a raíz de su fracaso», consigna en su diario. «Imposible recordar sin emoción las palabras que me dijo: "A usted lo amo y me es valioso como un hijo que he formado. Si la amistad que me profesa lo hiciera cometer la menor imprudencia contra quienes lo emplean en la actualidad, yo lo negaré como mi discípulo para protegerlo y hacerlo cumplir su deber"».

«Fui leal a su lección», asienta Poniatowski. «Le costó a mi corazón, pero solo lo vi una vez en privado antes de que lo expulsaran de Rusia».

Apestado, Hanbury Williams apresura su salida de Moscú. Decide viajar a Finlandia y a Suecia, en cuyas embajadas todavía le quedan algunos asuntos que resolver. Emprende el viaje, pero en otoño de 1757 regresa de Finlandia a Moscú: «Los caballos resultaron malos, no hubo manera de relevarlos, el viaje se me hizo imposible. Estoy enfermo, regresaré a mi país por mar, tomaré un barco británico en Kronstadt», comunica al jefe de policía, Shuválov.

Consigue caballos de relevo y, ahora sí, en el puerto de Kronstadt, Williams alquila un camarote. La ruta del barco es Estocolmo, Copenhague y Hamburgo. El inglés escoge el camino más largo porque si la emperatriz Isabel Petrovna fallece durante su trayecto al destierro, él podría dar la media vuelta y reunirse en San Petersburgo con Catalina, quien tiene todo que agradecerle.

Dos veces durante el viaje, un miembro de la tripulación lo ve inclinarse peligrosamente sobre la borda: camina en cubierta, la camisa abierta y sin sombrero; habla solo y se niega a comer. De Rusia no hay noticias y Williams desembarca en Hamburgo, gravemente enfermo. Un médico a bordo asegura que perdió la cabeza y nadie se le acerca durante la travesía cuando, a lo mejor, vaciar su angustia ante algún oyente compasivo le habría hecho bien. De Hamburgo lo llevan en pésimo estado a su casa en Monmouthshire.

En su casa parece mejorar. Sentado en el sillón principal de su biblioteca, diserta durante horas con cada visitante acerca del tema que lo obsesiona: la firma del Tratado de Westminster, el 16 de enero de 1756, entre George II y Fryderyk I de Prusia.

«Ese tratado acabó conmigo».

El 2 de noviembre de 1759, antes de cumplir cincuentaiún años, sir Charles Hanbury Williams se suicida en Inglaterra y es sepultado en la abadía de Westminster.

Su suicidio devasta a Stanisław. De nadie aprendió como del caballero inglés. ¿Qué sentirá Catalina, quien también recibió de él el mayor de sus apoyos, además de la nada deleznable cantidad de cien mil florines? ¿No le juró hacerlo primer ministro cuando, gracias a él, llegara a sentarse en el trono? ¡Qué inmensa derrota la de Hanbury Williams, empeñado en lograr el tratado de Hannover entre George II y la emperatriz de Rusia mientras el rey de Inglaterra pactaba con su primo Fryderyk de Prusia sin siquiera tomar en cuenta a su embajador! ¡Qué inmensa derrota también este regreso en un barco en el que a medio mar pierde la cabeza sin que nadie le tienda la mano!

Fryderyk II es un pervertidor, un traidor a todas las causas, la Hidra que todos temen.

Para colmo, todo queda en familia porque los monarcas europeos son primos hermanos, pertenecen a la misma estirpe, comparten apellidos, igual forma de vivir, costumbres, linajes, mentiras, hipocresías, títulos, protocolos inútiles y tediosos; los monarcas de Inglaterra son tíos de los de Prusia, Hannover es territorio inglés en pleno bosque prusiano, Catalina es sobrina de Fryderyk de Prusia; la polaca María Leszczyńska, esposa de Luis XIV, sufre en Versalles a madame de Pompadour; María Teresa de Austria pretende casar a María Antonieta, su hija, apenas una niña, con el futuro rey de Francia. Porque son parientes, los monarcas se conocen desde niños, y por eso mismo, se desprecian; sus decisiones responden a un interés político; su vanidad, su egoísmo y sus dispendios los hacen impredecibles; nido de alacranes se acechan: su dardo de veneno es el mismo. Williams sabe mejor que nadie que las familias reales, además de imprudentes, son incapaces, y el polaco Stanisław aún no intuye que los soberanos cambian de bando de un día a otro.

Para Poniatowski todo es novedad y deslumbramiento. Ser el protegido de Heinrich von Brühl, quien suple al rey de Polonia, le permite asistir a cenas faraónicas. A Brühl le encanta el teatro, y a la hora del postre, ocho adolescentes aparecen con una *pièce montée* sobre los hombros que hace que Stanisław exclame: «¡Nunca he visto nada igual ni volveré a verlo jamás!». El pastel de ocho pies de alto representa la fuente de la Piazza Navona, en Roma. Hanbury Williams oyó decir que esta sola pieza costó seis mil *thalers*. En otra ocasión, un ángel con los brazos en alto emerge del pastel. En realidad, es una dulce niña cubierta de merengue que mira a todos con ojos inmensamente azules antes de que pretendan comérsela.

Brühl aprovechó la extrema desidia de Augusto III, rey de Polonia, para convertirse durante veinte años en el hombre más poderoso de Sajonia. Sus títulos son primer ministro, jefe de las cortes y del servicio civil, ministro del consejo real, administrador del Estado, secretario del tesoro y general del ejército, y responde a otros nombramientos menores. Con todo y sus títulos, no desdeña dirigir la fábrica de porcelana de Meissen y tanta porcelana convierte su casa en la más ostentosa de Europa. Dueño de diecisiete vajillas, en su mesa para ochenta invitados se sirven veinticuatro platillos, entre otros, el cisne que el chef resucita, de nuevo envuelto en su plumaje blanco, después de haberlo asado con múltiples especias.

———◆———

Desde lo alto de un edificio de la calle de Ganges bajan a todo volumen «Las cuatro estaciones» de Vivaldi. Subo siguiendo la música que va creciendo piso a piso hasta llegar a los cuartos de azotea. Tras de la puerta, el Maestro pinta en una mesa de pino los cuadros rojos y negros de un tablero de ajedrez. Uno de sus brazos está cubierto de pintura roja hasta el codo. «Pase», dice. En el cuarto, dos catres y dos sillas son el único mobiliario. «La mesa va allá adentro». El Maestro habla mucho. Afuera, algunas antenas perforan el cielo. También las palabras dan en el blanco. «El periodismo es deleznable. ¿Tendrá usted algún otro texto?». A partir de ese momento, acudo a la colonia Cuauhtémoc una vez a la semana. Subo la escalera de dos en dos. Abajo, la vida de todos los días va desvaneciéndose hasta dejar de existir.

El Maestro me mira fijamente y recita: «Que se cierre esa puerta que no me deja estar a solas con tus besos». Luego lee un poema de Neruda sobre un hombre que escucha a una mujer orinar y de nuevo fija en mí sus ojos negros que son dos lápices de punta muy afilada. Me da vergüenza oír lo de la mujer que orina. Le cuento que conozco a Carlos Pellicer porque mi tío Francisco Iturbe, hermano de mi abuela, lo invitó a Jerusalén y caminaron juntos en el desierto, pero mi información no le interesa. Él llena el cuarto de palabras, todo él es un revuelo de palomas que gira sin detenerse nunca; sus oyentes tocan el timbre y suben cinco pisos al cuarto de azotea para ver si alcanzan a escucharlas. «No cabe duda, es un personaje», me dice otra mujer que sube la escalera. Una sube, otra baja.

Entre más pienso en él, más me exalta la idea de servirle, no solo ser su bastón, sino llevarlo y traerlo para que otros tengan la dicha de escucharlo. Con qué exaltación repito yo su respuesta telefónica en la oficina del Colegio de México (él no tiene teléfono): «Si me acompaña Elena, doy la conferencia». ¿Yo? ¿Cómo merecer semejante honor? ¡Qué privilegio! ¡Qué dádiva! Dios mío, gracias. ¿Una muchachita ferviente arrodillada frente al altar recibe ahora el privilegio de ser guardián y chofer? ¡Ay, qué bonito día! ¡Ay, Dios mío!, ¡cómo te quiero! Para todo digo: «¡Ay!». Soy de una ingenuidad tan infinita que, al igual que los *scouts*, me ilusiono; con solo acudir al lugar de los hechos, el *scout* consuela, resuelve, se posiciona: tú puedes, claro que puedes —lema de las *Guides de France*—. ¡Qué puerilidad la nuestra! Leo los evangelios, memorizo cada verso de San Juan.

Ahora que estoy vieja, siento miedo por lo que fui; una hoja de papel de china en una azotea. Creo en todo lo que me dicen, me han persuadido de que Dios me ama y me puso sobre la Tierra para cumplir sus designios. La fe, la esperanza y la caridad no solo son tres virtudes teologales, sino mi familia de puertas abiertas, mi familia parte del cielo de México. «*Qu'il fait beau, quel soleil!*», canta Nana Mouskouri. Soy la de todos los privilegios y a él le da miedo atravesar la calle y yo sí puedo, y hasta tengo un Hillman, gris y dócil como un burro.

Según Poniatowski, Fryderyk II, El Grande,
es una hidra.

Capítulo 19

Según Poniatowski, Fryderyk II, El Grande,
es una Hidra

Arrecia el frío y Stanisław Poniatowski siente que agujas de hielo perforan el techo y las portezuelas del pequeño carruaje que lo regresa a los brazos de su amada. Los copos que giran día y noche ya no le parecen una amenaza. Los caballos resbalan y los cocheros rechazan salir en medio de la tempestad. Stanisław paga sus viajes a precio de oro y maldice la nieve. Incluso en la habitación de Catalina, el frío se cuela bajo la puerta, abre la ventana, saca la desnudez de los amantes a la intemperie.

Convertido en embajador de Polonia por el rey August III, Stanisław espera a que la emperatriz Isabel Petrovna le dé audiencia. Su título de *representant extraordinaire* de August III le confiere una autoridad antes impensable. Sajonia se encuentra en plena guerra con Prusia —que además amenaza a Polonia— y su intervención frente a la emperatriz de Rusia podría resultar providencial.

—No tengo la posibilidad de ofrecerle un solo centavo para su regreso a Moscú —le indicó August III—, mis arcas están vacías.

—Pago mis gastos, Majestad.

Al regreso de Varsovia en 1757, el abrazo de los amantes se prolonga noche tras noche sin importar el peligro.

Stanisław escribe en su diario: «Llegué el 3 de enero de 1757 a San Petersburgo como enviado especial del rey de Polonia y la emperatriz me dio audiencia ocho días más tarde, el 11 de enero de 1757.

»Mi primer discurso como embajador de Polonia impresionó a la zarina. No pensé que *La Gaceta* me citara ni me di cuenta de que inauguraba yo una nueva forma de dirigirse a una Majestad Imperial. Acusé a Fryderyk II de Prusia, aseguré que su ambición amenazaba a Europa. "Nada es imposible a una emperatriz de Rusia y Su Majestad prometió vengarnos de las afrentas del rey de Prusia. No quisiera poner ante los ojos de Su Majestad Imperial el espantoso cuadro de una Polonia invadida —a pesar de los tratados— por un rey que se dice amigo y no ofrece al rey de Polonia más alternativa que la vergüenza o la muerte. [...] Cada día se agravan las desgracias de una Polonia inocente y cada semana aumenta el poder del rey de Prusia. La fuerza que emplea desde 1745 demuestra que es una Hidra a la que hay que rematar tras abatirla [...] Es a usted, señora, a quien toca dar el golpe decisivo porque las demás potencias han tomado su distancia [...] Quiera el cielo concederle a mi voz el don de la persuasión y todos mis deseos se cumplirán si puedo responderle dignamente al rey August III [...] No me resta más que rendirle el homenaje de mi más profunda veneración».

Oír a un extranjero dirigirse a ella con ideas bien formuladas y palabras lúcidas es una grata novedad para Isabel Petrovna, quien da la orden de imprimir la arenga del polaco y distribuirla más allá de la corte. Hasta ahora, la emperatriz ha tenido que resignarse a escuchar discursos banales, a pesar de la inmejorable oratoria de los embajadores de Francia y el de Inglaterra, pero como desconoce sus idiomas y la traducción deja mucho que desear, Isabel Petrovna no acusa recibo. Con Poniatowski se solaza y le tiende los brazos.

«Señor embajador Poniatowski, me emocionaron sus palabras y lo felicito».

A diferencia de Catalina y Stanisław, cuyos cuerpos encuentran su palabra cuando su voz se extravía, la mayor parte de la corte se caracteriza por su ignorancia. Muchos cortesanos apenas logran estampar su firma, pocos leen y aún menos dominan el arte de la conversación; sin embargo, sería un grave error subestimar la capacidad de ministros como Bestúzhev o jefes de policía como Shuválov, aunque sus armas sean las de la ruindad.

«Cuando mi discurso se leyó en Varsovia», escribe Poniatowski, «La Familia criticó la expresión de la Hidra por temor a la reacción del rey de Prusia, pero Fryderyk solo comentó: "Me gustaría que de veras me crecieran nuevas cabezas a medida que me las cortan"».

Stanisław expone hasta el cansancio los daños que Fryderyk de Prusia le hace a su patria y a su viejo rey August III, a quien pocos respetan. Escribe a Viena, a Versalles, a Londres, sin que secretario alguno se moleste en responderle. Por lo visto, Europa considera al rey August III un soberano de quinta y a Polonia un país de quinta. El rechazo inflama a Poniatowski de ardor patriótico. ¡Qué se creen estos soberanos! Keyserling coincide con él y el 30 de septiembre de 1757 envía un mensaje a la emperatriz en el que confirma que el conde Poniatowski, ministro plenipotenciario de Su Majestad, el rey August III de Polonia, merece que Su Majestad Imperial lo reciba porque es de toda justicia resarcir al rey August III de Polonia por las pérdidas sufridas hasta el presente.

Stanisław se propuso defender a su soberano, el rey de Polonia, a toda costa a pesar de tener la certeza de que Fryderyk de Prusia es infinitamente más inteligente. De los treinta años de su reinado, el rey August solo residió en Polonia veinte meses y su única preocupación —fuera de la cacería de bisontes— sigue siendo encumbrar a sus dos hijos que tampoco valen la pena. El conde Brühl es quien defiende a la patria. En cambio, Fryderyk, a pesar de su pasión por la guerra, es un hombre de Estado, un intelectual, un pensador, un filósofo, a quien Voltaire le rinde tributo, aunque el implacable rey de Prusia se empeñe en destruir Polonia y ocupar Sajonia.

En ese mismo año de 1757, Catalina se recluye en sus habitaciones para esconder su embarazo. Faldones, capas y chales cubren su vientre que crece a ojos vistas porque falta poco para que dé a luz al hijo o hija de Stanisław. Pedro Ulrich pasa días y noches con su amante Isabel Vorontsova, pero una tarde, exclama frente a la corte:

—¡Solo el cielo sabe de dónde saca mi mujer sus embarazos!

Furiosa, Catalina lo desafía:

—Declara públicamente que no te has acostado conmigo.

El 9 de diciembre de 1757, Catalina da a luz a una niña. Pedro asume la paternidad y celebra a Ana,

hija de Poniatowski. Media hora después de su nacimiento, la emperatriz Isabel Petrovna toma en brazos
a la niña y se la lleva como lo hizo con Pablo. «Voy a
llamarla Ana», como su hermana, la madre de Pedro Ulrich. La examina de cerca y presume: «Es una
Romanov».

Alejar al recién nacido de su madre es una costumbre de la nobleza. Ninguna princesa es vaca, para
eso están las nodrizas; amamantar es cosa de la plebe
que no tiene más que sus tetas. El enorme Palacio de
Invierno asfixia cualquier llanto infantil y Ana apenas ocupa un espacio diminuto en la vida de sus padres. La emperatriz le obsequia a Catalina sesenta mil
rublos y un collar de diamantes.

«Con eso voy a pagar parte de mis deudas», le
comunica Catalina a Bernardi, su joyero y confidente.

Quince meses más tarde, en 1759, la niña morirá. Poniatowski, en su diario, apenas le dedica tres
líneas: «Algunos meses después, la hija de la gran duquesa, nacida un año antes, murió, y su madre fue
obligada, según los ritos de la Iglesia Rusa, a besar la
mano de su niña inánime antes de que la enterraran».

Pese a todos los riesgos, la aventura nocturna de
Stanisław y Catalina continúa. La devoción del polaco es un aliciente para la gran duquesa; Stanisław
la protege y Catalina recurre a él para todo y lo
usa como usó a Bestúzhev y a Hanbury Williams.

Su ambición crece y al polaco le sorprenden sus brotes de cólera y sus actos de despotismo. «Catalina es casi mal educada, a mis padres les causaría muy mala impresión si la conocieran». Lo que Stanisław ignora es que su amante lo trataría mejor si fuera menos complaciente.

«Mientras tanto, y a través de múltiples solicitudes», Poniatowski escribe en su diario, «me esforcé por darle prisa a todo lo que le habían prometido en Polonia a mi rey y amo, August III. Las respuestas de la corte rusa eran casi siempre favorables, pero los vicios de su administración, la lentitud de secretarios y amanuenses, la acción del tiempo sobre un fárrago de expedientes incumplidos o entregados tardíamente echaban a perder cualquier proyecto, a pesar del mayor de los entusiasmos».

Pedro Ulrich da largos pasos al vuelo de los salones del palacio seguido por su negrito Narciso y por sus cuatro galgos; desaparece tras de un biombo para oír conversaciones que no le están destinadas, aunque suelen delatarlo sus perros que cometen errores políticos a pesar de su adiestramiento. O Narciso, su negrito, quien a todos divierte por la prontitud con la que reconoce la voz estridente de su amo. Toda la política rusa gira en torno a dos polos: el ejército y la iglesia, y Pedro se da el lujo de rechazar al ejército ruso y de escoger al prusiano al grado de ostentar el uniforme de Holstein frente a antiguos y ofendidos generales. «Voy a confiscar los bienes de la iglesia», amenaza a los popes. «Soy luterano», anuncia, «leo la biblia que lee el rey Fryderyk».

<hr />

«Si ella me lleva, sí doy la conferencia», responde. ¡Qué privilegio! Soy la escogida. «¿Me acompañaría el viernes al Instituto Francés de América Latina?», pregunta el Maestro, «porque si dice que sí, acepto».

En el teatro, lo escucho desde mi butaca de terciopelo vino y mi privilegio se infla como globo de cantoya. El ruido de una hoja arrancada de un block corta el silencio y los espectadores miran al incauto como si hubiera profanado el momento de la elevación en misa. En el altar, el Maestro sigue oficiando. Muchos fieles toman notas.

El Maestro echa para atrás su silla, se levanta, abandona el podio, saca el micrófono de su tripié, camina, gesticula, se sienta con gracia en el borde de la mesa, el micrófono va de una de sus aladas manos a la otra, abre los brazos, es un bailarín, un pájaro, sus oyentes lo siguen, nadie respira. «Lo suyo es todo un espectáculo», dirá más tarde una crítica venida de Francia. El Maestro advierte en voz alta a quienes lo felicitan y ofrecen invitarlo a comer o a cenar o a pasar un fin de semana en su casa de Cuernavaca: «Ella me va a llevar a mi casa», y me señala. «¿Es su alumna? ¡Qué privilegiada!». «Maestro, ¿cuándo volverá a deleitarnos?». Maestro, Maestro, Maestro. Emocionada porque todos me envidian, doy gracias a Dios y a la corte celestial, sobre todo a San Tarsicio, a quien apedrearon.

Al salir a la calle, me daré cuenta de que para el Maestro atravesarla es imposible. Se paraliza en la esquina. «Maestro, tome mi brazo. No hay coche a la vista». Corremos. Él es ágil, pero nunca sonríe; eso sí, lo hago reír, me da las gracias; ríe, pero para adentro porque sus ojos no ríen, son dos botones negros pegados a su nariz, inamovibles como los que les ponen a los osos de peluche. Quizás adivine que su mirada me desconcierta y quisiera yo alejar sus ojos de su nariz porque comenta: «Tiene usted los ojos separados y los pómulos altos de los eslavos».

El Maestro compensa la delgadez de su figura con una mata de cabello negro encrespado que nunca alisa. «¡Ah, si pudiera tener un sombrero! ¡Un sombrero y una capa doblada de seda!», suspira. «Apenas me paguen voy a Tardan», me entusiasmo. Él no dice ni sí ni no. Por él, sería yo capaz de vaciar la tienda de borsalinos, de sombreros de copa, de medias texanas Stetson que los mexicanos usaron en tiempos de Calles.

Pedro Ulrich III de Rusia, esposo de Catalina.

Capítulo 20
El amor tiene que ser claro como el agua,
si no, es mejor echar a correr

«Tenía yo la feliz costumbre de disfrazarme para cada uno de mis encuentros con Catalina», escribe Stanisław en su diario, «al grado de haber perdido todo miedo al peligro. El 6 de julio de 1758, me atreví a ir a verla sin siquiera avisárselo. Alquilé, como de costumbre, un carruaje que conducía un viejo cochero. En la parte trasera se sentó el criado que suele acompañarme. Esa noche —que en Rusia no lo era—, encontré en el camino a Oranienbaum al gran duque con su séquito, todos ebrios. Alguien le preguntó a mi cochero quién era su pasajero y respondió que no lo sabía. Mi criado intervino: "Es el sastre de la corte" y nos dejaron pasar, pero Isabel Vorontsova, amante del gran duque y dama de honor de Catalina, hizo tantos comentarios de mal gusto sobre el "pretendido sastre" que Pedro Ulrich se puso de mal humor.

»Después de algunas horas con Catalina, en el momento del regreso, me asaltaron tres hombres a caballo, sable en mano. Me llevaron del cuello frente a quien ordenó mi detención: el gran duque. Los secuestradores se encaminaron al mar. "Este es el fin", pensé, pero en la playa, ya cerca del agua, mis carceleros dieron vuelta a la derecha y terminamos en un pabellón. Ahí el gran duque me preguntó en términos muy claros si yo me había […] a su mujer. Le respondí que no.

»—Dígame la verdad, si me la dice, todo puede arreglarse; si se niega, la va a pasar mal.

»—No puedo decirle que hice lo que no hice.

»Entonces caminó a la habitación vecina en la que pareció consultar a alguien y regresó enojado:

»—¡Puesto que se niega a hablar, se quedará aquí hasta nueva orden!

»Con un guardia en la puerta me encerró en una habitación en la que el general prusiano Brockdorv y yo esperamos sin decir palabra. Solo oía yo el mar.

»Durante dos horas no nos miramos siquiera, hasta que vi entrar al gran inquisidor, jefe de la terrible policía secreta rusa, el conde Aleksander Shuválov. Para aumentar el terror que su solo nombre inspiraba, la naturaleza le había dado unos tics nerviosos que lo desfiguraban horriblemente.

»La expresión en el rostro de Shuválov me hizo comprender que la gran duquesa sabía que me habían aprehendido. Balbuceó con aire preocupado algunas palabras que reclamaban una explicación, pero en vez de entrar en detalles, alegué:

»—Creo que le es fácil entender que, tanto para el honor de su propia corte como para mí, es importante que este asunto se resuelva sin el menor escándalo y me saque de aquí de inmediato.

»Siempre balbuceando, porque para colmo era tartamudo, Shuválov respondió:

»—Tiene razón y voy a ocuparme de esto.

»En menos de una hora regresó a informarme que tenía un carro listo para volver a San Petersburgo.

»Era un pésimo carruaje de dos caballos, todo de vidrio, transparente como una linterna, y en ese presunto incógnito atravesamos la playa a las seis de la mañana y tomamos un camino que hizo que el viaje me pareciera infinito.

»A alguna distancia de San Petersburgo, detuve al cochero y lo envié de regreso para yo seguir a pie el resto del camino envuelto en mi capa y con mi gorra gris encajada hasta las orejas. A pesar de que podrían tomarme por un ladrón, atraía yo menos atención a pie que en esa caja de cristal.

»Al llegar cerca de la casa en que vivía yo con dos miembros del séquito del hijo del rey de Polonia August III, el príncipe Karol, de visita en Rusia, evité entrar por la puerta por miedo a toparme con alguien y creí una excelente idea saltar por la ventana de uno de los cuartos (todos iguales) en los que nos habían alojado. Me equivoqué de ventana y brinqué a la de mi vecino, el general Roniker, a quien rasuraba su barbero. Permanecimos mudos durante unos minutos hasta que él estalló en carcajadas.

»"No me pregunte de dónde vengo ni por qué salté por su ventana. Como somos compatriotas, deme su palabra de honor de que no contará lo que ha visto".

»Me la dio y fui a intentar dormir inútilmente porque pasé dos días en la más cruel perplejidad. Con solo ver los rostros en la corte, aunque nadie dijera una palabra, me di cuenta de que todos sabían mi historia. Por fin, Catalina encontró el medio de hacerme llegar un mensaje en el que entreví que había intentado conseguir el apoyo de Isabel Vorontsova, su dama de honor y amante de su marido.

»Más tarde me confiaría que se sinceró con Pedro Ulrich y alegó que durante muchos años había escondido ante su tía sus trampas e ineptitudes y, por lo tanto, era su aliada. Alegó que jamás había divulgado su impotencia ni reprochado su interminable juego de batallas con soldaditos sobre la cama. A medida que él palidecía, Catalina fue demostrándole que su lealtad merecía una recompensa. Resultó tan imprevisible y tan audaz que Pedro Ulrich se quedó sin palabras.

»Al día siguiente, el gran duque llegó con toda su corte a Monplaisir, en Peterhof, para celebrar su santo el 29 de junio. Esa misma noche, a la primera oportunidad, saqué a bailar a Isabel Vorontsova y le dije:

»—Usted podría hacer la felicidad de ciertas personas...

»Me respondió:

»—Ya casi está hecho. Venga después de medianoche con Lev al jardín de abajo...

»Le di la mano y fui a buscar a Lev Naryszkin, quien me confirmó que esa noche vería yo al gran duque.

»Entonces hice partícipe de mi amor por Catalina a mi compañero, el efusivo Franciszek Ksawery Branicki, quien me había dado tantas pruebas de amistad:

»"¿Quiere arriesgarse a venir conmigo al jardín de abajo esta noche? Solo Dios sabe cómo terminará nuestra aventura...". Aceptó sin dudarlo.

»Branicki decía ser pariente de Jan Klemens Branicki, esposo de mi hermana Izabella. Me escoltó en mis encuentros con Catalina. Sus lazos de años y su parecido con Repnin le ganaron la amistad de Keyserling y de los Czartoryski».

Poniatowski jamás imaginó que más tarde lo traicionaría en la Confederación de Bar.

«A veinte pasos, encontré a Isabel Vorontsova, quien me advirtió que tenía que esperar porque algunos cortesanos todavía fumaban pipa con el Gran Duque.

»"Voy a deshacerme de ellos".

»Finalmente me avisó que pasara.

»El gran duque volteó la cabeza y me miró con expresión alegre:

»"¿No eres un gran loco al no confiar en mí? Todo esto no habría sucedido si me hubieras hecho partícipe...".

»Como es fácil imaginar, accedí a todo, y de inmediato me puse a exaltar sus buenas artes militares, y esto lo halagó tanto y lo puso de tan buen humor que al cuarto de hora exclamó:

»"Ya que somos buenos amigos, aquí falta alguien".

»Y sin más entró a la recámara, sacó a su mujer de la cama, no le dio tiempo ni de ponerse medias ni zapatos y, sin fondo, con su vestido de Batavia, la trajo, señalándome:

»"Hela aquí. Espero que estén contentos de mí".

»En ese momento nos pusimos los seis, Pedro y su amante, Lev Naryszkin y Franciszek Ksawery, Catalina y yo a reír y a hacer mil chistosadas en torno a una pequeña fuente como si no tuviéramos preocupación alguna. Solo nos separamos a las cuatro de la mañana.

»Por más loco que parezca doy fe de que es la verdad exacta y el inicio de mi intimidad con Branicki.

»Catalina aprovechó para decirle a su esposo: "Solo falta que envíes un mensaje al vicecanciller Vorontsov para ordenar el pronto retorno de nuestro amigo".

»El gran duque pidió una tableta y sobre sus rodillas y con lápiz redactó un mensaje a Vorontsov y otro que también firmó su amante Isabel Vorontsova, cuyo original aún poseo:

»"Pueden ustedes tener la certeza de que haré todo lo posible para que Poniatowski regrese, hablaré con todo el mundo y le demostraré que no lo he olvidado. Haré todo lo posible para servirlo.

Quedo de usted su devota servidora.

Isabel Vorontsova"

»A la mañana siguiente, toda la corte me puso mejor cara. Regresé varias veces a Oranienbaum. Subía por una pequeña escalera al departamento de la gran duquesa y ahí encontraba al gran duque y a su amante, Isabel Vorontsova. Cenábamos juntos. Vorontsova me decía cosas muy agradables. Al final, el gran duque se llevaba a su amante diciéndonos:

»"Ahora sí, mis niños, ya no me necesitan".

»Me quedaba con Catalina el tiempo que quería».

En este *ménage* à *quatre*, Poniatowski descubre a una Catalina desconocida. ¿Por qué permite que la Vorontsova le tome la mano si la sabe su enemiga? ¿Por qué festeja frases que a él le parecen vulgares? ¿Qué les sucede a los cuatro? ¿Qué diría Konstancja? Como él no bebe, su temperatura no crece al ritmo de la Vorontsova. Catalina levanta su copa y finge que todo está bien, pero después de tres años de clandestinidad, ahora resulta que las inserciones en el lecho de su amada se han vuelto cada vez más turbias a la luz de la aceptación de Pedro Ulrich.

«*Tout ceci n'est pas bien clair*», se repite Stanisław.

«Salí de San Petersburgo el 14 de agosto 1758, aunque no puedo precisar la hora de mi partida. El viaje fue un desastre. Solo después de tres semanas arribé a Siedlce, la casa en la que mi familia se había retirado a raíz de la muerte de mi abuela Czartoryska, el 20 de febrero de 1758».

———◆———

Soy joven, sonrío a todas horas, río con facilidad. Una tarde, a media clase, el Maestro se yergue amenazante, flaco, los cabellos parados, un palo también dentro de su pantalón. «Usted es un pavorreal que ha venido a pavonearse a un gallinero», me espeta.

Su cuerpo, la expresión en su rostro, se distorsionan, es una calavera de José Guadalupe Posada absolutamente distinta a la que admiré hace unos días; no sé si grita; camina como enjaulado. Me acerco a la puerta. «Ah, no, no es tan fácil», amenaza. Y pago por subir las escaleras con tanta premura, pago por «Las cuatro estaciones» de Vivaldi que giran ahora su invierno para amortajarme, pago por la azotea y por cada escalón por el que ahora desciendo a toda velocidad hacia la puerta de salida y ya en la calle no entiendo, solo sé que, así como él, la azotea con su sábana tendida me ha dado una bofetada.

Oso, víctima de cazador.

Capítulo 21

*No creo haber sentido en toda mi vida
un amor más fuerte que el amor por mi prima*

—Esa prusiana desvergonzada te hace daño y no voy a permitirlo. Todo lo que te sucede es patético, hijo mío, vas a tu perdición. —Konstancja Czartoryska recibe a su hijo.

—Mamá, tú sabes lo que es el amor, te casaste con mi padre en contra de la voluntad de tus hermanos...

—¿Cómo te atreves? ¿Tus dieciocho meses en Rusia te han hecho perder la cabeza? Amé a tu padre desde el primer momento y ahora mis hermanos lo respetan, lo admiran y forma parte de La Familia. ¿Es la teutona la que te enseñó a confrontarme? ¿Se te olvidó hasta qué grado nos han atacado los prusianos? ¡Hijo! En Varsovia, muchas mujeres superiores a ella te abrirían los brazos. La hija del palatino de Volinia, la condesa Ossolińska, la muchacha más bella de Polonia...

—No sigas mamá, no lo soporto... Catalina...

—No menciones ese nombre ante mí.

Stanisław le escribe a su amada: «De tanto cuestionarme con toda la ternura y la sagacidad posible, mi madre adivinó mi urgencia por regresar a Rusia. La insté con más fuerza a dar su consentimiento y respondió con lágrimas en los ojos que preveía que esta relación la haría perder mi cariño. Alegó que era muy duro negarme cosa alguna, pero que estaba determinada a hacerlo. Al oírla, me aventé a sus pies y le rogué que cambiara de parecer. Al final, se deshizo en lágrimas y dijo entre sollozos: "Esto es lo que imaginé que pasaría". Apretó mi mano y salió de la habitación. Me dejó con el más horrible dilema de toda mi vida. ¡Oh, Poutres [el apodo de Catalina que en francés significa *vigas*] por favor comparte con Bonn [Hanbury Williams] esta escena! Pídele que le escriba a mi padre, le exija mi regreso y alegue que le soy indispensable. Entre otras cosas, mi madre pone en tela de juicio que haga yo falta en San Petersburgo...».

Konstancja ha envejecido pero su severidad la mantiene incólume. Imposible que Staś llore en sus brazos. Saturno, su caballo negro, lo consuela con sus relinchos y caracoleos. Cabalga en la madrugada y el ejercicio lo calma. A diferencia de Konstancja, su padre le palmea la espalda, cómplice, porque le halaga que su hijo sea capaz de semejante conquista.

«En agosto de 1758, luego de varios días con mi padre en Siedlce, recibí la orden de presentarme en la corte de Varsovia. El viejo rey August III me preguntó entre risitas si se había restablecido la paz entre el futuro emperador de la santa Rusia y su esposa Catalina. Heinrich von Brühl, su irreemplazable ministro sajón, quien gobierna Polonia, me abrumó, entre reverencias, de maliciosos cumplidos. Su esposa volvió a ser maternal conmigo, pero su hija Mniszech, me dio la espalda. Tres días más tarde, me hizo tantos avances que tuve que decirle que no perdiera su tiempo. ¡Cometí una memorable tontería que me reprocharé toda la vida porque es rencorosa a morir!».

Ser parte de la política de Polonia es un reto y Stanisław no es indiferente al honor que se le hace. Al ofrecerle comparecer en la Cámara, se reconoce su esfuerzo por ganarse el apoyo de Rusia en San Petersburgo y la inteligencia de su defensa de Polonia, incluso ante el rey desidioso que tarda tanto tiempo en reaccionar. «Nuestros tres vecinos se unen para que ninguna Cámara polaca salga adelante y el rey August III se rinde ante los rusos».

Stanisław escribe su diario en francés sin imaginar que algún día se publicará. También Catalina le responde en francés porque se enamoraron en el idioma de los Enciclopedistas. «El mundo entero habla francés», presume el marqués de L'Hôpital, embajador de Francia en Rusia. «Las cortes leen, razonan, memorizan, beben las ideas de los Enciclopedistas».

En su mesa de noche, algunos nobles rusos y muchos polacos mantienen un ejemplar del *Candide* y leen una página antes de apagar su vela en una época en la que varios monarcas —Fryderyk de Prusia, entre otros— creen que solo hombres superiores serán detentores del poder. Por algo Fryderyk aprendió latín, estudió música y matemáticas, toca la flauta en su propia orquesta y tolera que sus instructores le señalen una nota falsa. Es él quien encabeza la voltairomanía. Los soberanos europeos saben latín; su formación es severa desde que tienen uso de razón. Stanisław es culto; Catalina se levanta en la madrugada a leer, a meditar, a escribir. Pedro Ulrich es estrambótico, pero no ignorante. Cuando la gran duquesa informa a su esposo que Poniatowski ha traducido a Shakespeare, Pedro Ulrich lo manda llamar:

—¿Qué obra de Shakespeare es la que más le impresiona, conde Poniatowski?

—Creo que me identifico con *Hamlet*, alteza.

—¡Ah, yo habría creído que con Romeo, el de Julieta!

¿Qué insinuó el futuro emperador de todas las Rusias?

En el verano de 1759, Konstancja abandona Varsovia por Janov, su casa en el campo. «El ajetreo de la capital me cansa. Staś puede venir a vernos cuando lo desee».

A pesar del amor por su hijo recién recuperado, cierra la puerta de su casa citadina para mudarse a la de campo, al igual que otros privilegiados que en verano abandonan Varsovia. Su señor esposo la seguiría hasta el fin del mundo a pesar de preferir la vida citadina. Stanisław se niega a acompañarlos porque espera el llamado de Catalina.

«Mi madre nunca sonríe cuando me mira», apunta Stanisław en su diario y añade: «Acompañé a mis padres y me despedí de mi madre con una emoción y un dolor que parecían presagiar que no volvería a verla. Galopé toda la noche de regreso desde Małczyce para librarme de mi melancolía, agoté a mi fiel Saturno, sus belfos cubiertos de espuma, sus ancas empapadas de sudor, y entré a Wołczyn al amanecer».

Con sus primos, Elżbieta y Adam Czartoryski —los dos grandes amores de su infancia, la cofradía secreta de su adolescencia—, transcurren los duros meses del invierno de 1759. Día y noche, Stanisław insiste en su amor por Catalina, lee sus cartas en voz alta, rememora cada encuentro, canta sus alabanzas.

Adam da signos de hastío; Elżbieta nunca, al contrario, el solo nombre de Catalina es un acicate y la prima lo insta a solazarse hasta en el último detalle y espía sus reacciones como la zorra al queso en la fábula de La Fontaine. «Stasiu, soy toda oídos, dímelo todo, así podré ayudarte».

Si Staś no pudo ni pronunciar el nombre de su amante frente a su madre, ahora lo repite estimulado por su fogosa prima. Se deshace en recuerdos con una cómplice que lo apremia con ojos ávidos: «Soy más que tu prima, por ti sería capaz de matar. Jamás he querido a nadie como a ti».

Catalina le juró lo mismo y le escribe desde San Petersburgo: «Voy a lograr que regreses, Staś, es lo único que deseo en la vida… Sin ti lloro todas las noches. Nunca he sufrido tanto. En la corte, al ver mi mirada perdida, algunos se atreven a preguntar qué me pasa. Tú, ausente, Hanbury Williams también y Bestúzhev en un calabozo, solo cuento con la Dashkova, quien tiene el don de irritarme».

En el diario de Stanisław, reaparece la prima Elżbieta: «La encontré más amable, más afectuosa y mucho más activa de como la había dejado. Su cariño, sus cuidados y su comprensión de mi urgencia por ver de nuevo a Catalina me hicieron sentir un agradecimiento tan vivo por tan excelente persona que experimenté un sentimiento que no había sentido por

ninguna mujer. Y esta mujer era extremadamente bella y agradable en todos los sentidos. [...] Cualesquiera
que fueran los temas —serios o inocentes— opinaba
lo mismo que yo, nos entendíamos incluso sin hablar-
nos. Cariñosa —como jamás mujer supo serlo— no
vi en su desbordante generosidad sino el deseo de hacerme un favor. Me sentí tan obligado con ella que no
me di cuenta de que me hacía prevaricar. Lo que sí sé
muy bien es que su imagen y la sensación que produ-
cía me acompañaban siempre y tras de todo lo que yo
sentía por la gran duquesa estaba mi prima, atizando
el fuego día y noche.

»Todos los días veía a mi prima, que disertaba sobre mi amor por Catalina con un empeño que, lejos
de desgastarse, aumentaba con el paso de los días»,
escribe Poniatowski. «Mi íntimo amigo Seweryn
Rzewuski, enamorado de ella, me usaba cual Cyrano
de Bergerac [...] Creía yo que Elżbieta era mi confidente, pero también a ella le urgía tener un cómplice. Sus padres la torturaban por distintas razones. Su madre no le perdonaba casarse con Stanisław
Lubomirski, quien había sido su amante, y su padre
—enamorado de ella desde niña— la seguía a todas
partes».

Para Staś, hacerle confidencias a su prima
Elżbieta es volver a sus lazos de sangre, los más antiguos, los de su primer amor. No hay mejor aliado que

esa hermosa oyente, quien solo parpadea cuando él guarda silencio.

«Pasaron tres años en espera de alguna circunstancia que favoreciera mi regreso a Rusia. Mientras tanto, toleraba mi aflicción con las dulzuras de una amistad muy particular: mi prima me prodigaba a toda hora y en todo lugar las más tiernas caricias como si fuera yo no solo su primo, sino su amigo más querido. No ocultaba lo que sentía por mí y exhibía sus sentimientos en todas partes. Sus veintidós años le daban un aire de libertad que le confería un poder universal sobre todos los hombres y todas las mujeres como jamás he visto en nadie en ningún otro país. Cuando volteaba hacia mí, contemplaba yo el rostro más atractivo que pueda imaginarse. Su aprobación era un título de nobleza, una consagración; su consejo, una orden que todos obedecíamos; cualquier diferencia de edad, de humor, de partido desaparecía en el culto que todos sus amigos le rendíamos. Su reputación aún intacta, sus méritos, su situación social envidiada por todos la hacían superior. ¡Y una mujer de esa envergadura me prefería! ¡Pónganse en mi lugar y júzgueseme! Su misma virtud me tranquilizaba y creía yo que trataba con mi ángel de la guarda. Me enamoré tanto de ella —sin saberlo— que no creo haber sentido en toda mi vida un sentimiento más fuerte. No escribía una sola carta a Catalina sin hablarle de mi prima y de su interés por nuestro amor, a tal grado que la gran duquesa le escribió a ella una carta muy amistosa. Viví tres años en brazos de mis dos primos: Elżbieta y Adam, pero quién me marcó fue Elżbieta».

Tres años para un enamorado son una eternidad, pero Stanisław tiene a su prima.

«Van a pensar que los he olvidado», escribe a sus padres. Después de días enteros al lado de su prima, Stanisław decide ir a Małczyce a verlos. Al pasar frente a la iglesia de tres campanarios de la Santa Trinidad en el pueblito de Janov, varios dolientes en torno a un ataúd llaman su atención y le ordena al cochero detenerse. En ese instante, como una bofetada, intuye que ese ataúd tiene que ver con él.

«El 24 de octubre de 1759, tuvo una angina de pecho que se la llevó tres días más tarde», le explica su padre al entregarle un cofrecito: «Es de Konstancja, tu madre. Son todas las cartas que tú le escribiste».

Como es su costumbre, Stanisław se culpabiliza. La de su madre es la primera muerte que lo golpea. La descuidó y, como la mayoría de los hijos, creyó que estaría ahí toda la vida porque la traía insertada en su costado, rodeándolo como el aire y la luz. Ahora, la oye subir la escalera, imagina que al abrir una puerta le tenderá los brazos, la ve sentada a la mesa, se tortura recordando cada uno de sus gestos, cada palabra, cada silencio.

«Ya, ya, ya, vete Stasiu. Es mejor que regreses con tus primos, tus hermanas vienen a acompañarme», aconseja el viejo conde Poniatowski, a quien el total abatimiento de su hijo desmoraliza.

Para castigarse, Stanisław quema las cartas, cosa que lamentará más tarde.

A los quince días, su padre le repite la orden: «Stasiu, ya vete».

Regresa a Wołczyn y cae en la depresión más terrible. La muerte de su madre es una idea fija.

—Así cayó la tierra dentro de la fosa en la que la metimos —dice a sus primos al ver los copos de nieve estrellarse sobre la negrura de la tierra—. Hace un mes parecían flores, ahora son cuchillos que se me encajan en la piel.

Curiosamente, Elżbieta no puede nada contra su dolor porque Staś no vuelve a pronunciar el nombre de su madre y, mucho menos, el de Catalina.

—Deja de torturarte, vamos a leer historia de Polonia —se impacienta Adam.

El invierno de 1759 es riguroso y eterno. Tanto Adam como Stanisław estudian hasta la noche y continúan después de cenar a la luz de las velas. «Voy a enceguecer, vámonos a dormir», ordena Adam. Stanisław pasa noches blancas dando vueltas en su lecho en brazos de una Catalina inventada que a veces se convierte en Elżbieta, su prima. Su fiebre lo hace temblar y desvaría. La nieve ahoga cualquier vida que no sea la del interior de la casa, el frío impide la visita de vecinos e ir a misa el domingo es imposible porque no hay suficientes sirvientes para despejar la nieve y abrir el portón. Los primos desayunan, comen y cenan juntos, y mientras Stanisław evoca su vida en Rusia, Adam se abstrae en la lectura.

Al finalizar el invierno, Stanisław acompaña a su hermano menor, Andrzej, a Małczyce a pedir el consentimiento de su padre para casarse con la condesa Teresa Kinsky, quien, según La Familia, es un pésimo partido.

De todos sus hermanos, el favorito de Stanisław es el menor Andrzej, quien nació, vive y combate en Austria. A ese Poniatowski los polacos lo llaman *el austriaco* en tono de rechazo. Stanisław le regala sus diamantes traídos de Rusia con tal de apoyar su matrimonio desventajoso. Escucha el relato de sus batallas con una admiración que linda en la reverencia. En él no solo ve al hermano, sino al soldado de mayor arrojo: «Es infinitamente más decidido que yo. En su cuerpo, Andrzej tiene once heridas ganadas en batallas en defensa de María Teresa, la emperatriz de Austria».

Frente a su padre, Stanisław resulta tan buen abogado que Andrzej y Teresa Kinsky se casan el 6 de marzo de 1760.

La ingenuidad de Staś irrita al primo Adam Czar-toryski. Si leyera su diario se enteraría de cómo Staś lo defiende: «Desde hace tiempo, el todopoderoso tío August, decidió casar a su hijo Adam con Izabella, hija del conde Flemming, quien también se empeña en ese matrimonio, aunque Adam regresó de Rusia enamo-rado de la esposa de Bruce, así como antes lo hizo de la condesa Ossolińska, que mi madre había escogido para mí. Adam no soporta a la Flemming, a quien la viruela ha afeado de modo quizás irreparable.

»A pesar de que alegué que yo era el menos indi-cado, mi tío quiso usarme para convencer a su hijo. Como su caso se parece al mío, me di cuenta de la inutilidad de semejante coacción ¡Qué injusto cons-treñir el corazón de Adam! [...] Me negué, pero su padre fue tan imperioso que no supo ni pudo resistír-sele. La boda se fijó para el 19 de noviembre de 1760».

Harto de su tío August, Stanisław decide regre-sar a Małczyce y descubre que su padre «aloja en su casa a un carpintero a quien contrató para hacer su ataúd precisamente encima de su recámara. Cuando no escucha el ruido del martillo, el viejo conde envía a un criado a apresurarlo».

«La víspera de su muerte, su salud mejoró, y nos envió a mí y a mi hermano Michał de regreso a Puławy. Solo mi hermano mayor Kazimierz perma-neció a su lado. Mi padre le enseñó una anforita de cristal medio llena de un licor amarillo y le dijo que su fórmula era un secreto; solo debería tomarla en caso de extrema necesidad y la metió de nuevo en su bolsillo. Después de su muerte, Kazimierz la buscó sin encontrarla.

»Parece que en su juventud a mi padre le predijeron tres cosas; la última se cumpliría muy pronto. Recibió todos los sacramentos y, el 30 de agosto de 1762, expiró a los ochenta y seis años sin sufrir una penosa agonía. Había nacido el 15 de septiembre de 1676. Voltaire lo menciona en su *Historia de Carlos XII*, en la página 186 de la edición en octavo de Beaumarchais, tomo 23».

———◆———

Toda la noche me la paso con los ojos fijos en el techo, las manos sobre la sábana como se las colocan a los muertos. Si las mantengo cruzadas me lastimaré menos. Si llorara, algo se desataría dentro de mí, pero estoy hecha un nudo, las venas aprietan el cuello, los tendones se tensan, son alambres a punto de reventar. Todo me duele. ¿Sería bueno morir? Sí, toda la vida, morir. ¿Qué hará mamá si le digo? ¡Ay, Dios mío! Pasmada, espero el amanecer.

¿Es esto el amor? Si acaso lo es, ¿por qué es tan distinto a lo que vi en las películas de Ingrid Bergman y Gregory Peck? Hasta ayer en la noche, en la soledad de mi recámara nunca había sufrido, no tenía idea de lo que puede ser el dolor; pero amanecí otra, el mundo es otro, aunque en la casa de La Morena todo sigue igual. Nadie se da cuenta de que no entiendo. ¿Qué voy a hacer conmigo misma de ahora en adelante?

No soy el centro del universo.

Todos van a lo suyo.

¿Qué va a pasar? ¿Qué es lo mío? Me atormento. Entonces no lo supe, pero ahora que han pasado los años puedo responderme: lo mío es escribir.

Tú, escribe.

Ve, escribe, anda, escribe, tú me dijiste que yo podía escribir, escribe, insististe. Yo escribía antes de que tú me lo pidieras, hubiera escrito aunque me dijeras que no podía (bueno, eso creo, no estoy segura), me era imposible no escribir, escribiría siempre, iba a escribir contigo o sin ti, no escribir hubiera sido como no vivir, aunque no supiera escribir, mi vida fue y es la de la escritura, no es que creyera que yo sabía escribir, es que no podía hacer otra cosa, escribiría a mi modo sin pedir permiso, interrogaría a los demás sobre su vida y haría de su vida escritura. Siempre quise aprender. Pensé que solo muerta dejaría de leer y escribir. Mi abuelo paterno André Poniatowski escribió sus memorias *De un siglo al otro, De una idea a la otra.* Michel escribió. Philippe escribió. Mi abuela escribió.

Jan hubiera escrito, lo dicen sus cartas. Mane escribe. Mi madre escribiría *Nomeolvides* antes de morir, un libro que conmueve por su pudor y su cuidado de no herir a nadie. Mi padre escribió y amé su letra cuadradita. Mi hermana ha escrito mil quinientas cartas que conservo. Paula, mi hija, escribiría si yo no lo hiciera, me lo advirtió: «Mamá, si quieres escribo, pero tú cállate».

En la casa hablamos de los incidentes de la vida diaria como si fuéramos una de las canciones de Cri-crí: «¡Ay, mamá, mira a esta María, siempre trae la leche muy fría!». Mamá apunta sus compromisos en su agenda, papá se lanza a redactar cartas tediosísimas de las de «Muy señor mío» que giran en torno a posibles negocios. Escribí desde niña, pasara lo que pasara, ¿podría vivir sin escribir? No estoy diciendo si soy buena o mala escritora, lo que digo es que escribir es lo mío, como sea, donde sea, a la hora que sea. Tengo costales de libretas de taquigrafía cubiertas de garabatos. Uso las Scribe, las mismas que Carlos Monsiváis. «Pásame una», decía y estiraba los dedos de su mano derecha cubiertos de curitas.

Los dos escribimos, nos une la escritura. Me toca recoger el material en crudo y a él le toca sacar las conclusiones.

José Emilio Pacheco también hace poesía con lo que traigo de la calle y me conmueve leerlo.

Si escribir fue mi vida, ¿alguien vivía por mí mientras escribía? ¿La vida era eso: solo escribir? ¿Descuidé a mis hijos por escribir? Escribo obsesa, me arden los ojos, ya perdí el ojo izquierdo de tanto exigirle. «Tus ojos se han deslavado por el uso», me dijo un día mamá como se dice de un sacudidor al que se tira porque ya no recoge el polvo. «Antes eran más azules». «Pues sí, antes todo era más». ¿Escribir es hacer algo por alguien?

«Escríbelo», me dijeron. Escribo lo que oigo, lo que veo; mientras me encierro a escribir, algo sucede allá afuera, alguien vive por mí, mis hijos no viven mi escritura, ¿qué viven ellos? ¿Lo sé siquiera? ¿De qué estoy enterada? ¿Cuál es mi cuento? ¿Qué les conté a ellos cuando eran niños? ¿Alguna vez escribiré un bestiario? ¿O la bestia me escribió? ¿Soy yo la bestia?

Nadie en la casa sabe que soy otra. Ya no camino como antes. Todo me duele, sobre todo estas piernas que aprieto. Hasta ahora, viví embelesada por las películas en las que se aman Vivien Leigh y Rex Harrison antes de que el viento sureño soplara sobre Virginia. Me decía: «Cualquier día me va a abrazar Cary Grant», pero mi película salió distinta y hoy me hace sufrir. Miro a mis padres con extrañeza, no sé si mi casa es mi casa. Pot, el perro pelirrojo que persigue a las mariposas en el jardín, me olfatea y da media vuelta. Intento cargar al gato y me rasguña.

Pasan tres días, suena el teléfono. Es A., el hermano del Maestro.

—Aquel —así lo llama: *aquel*— se va a morir si no viene.

—Yo también voy a morir.

Su voz se hace urgente:

—Se lo digo en serio, es un hombre enfermo, muy, muy enfermo, usted es joven y está sana.

Regreso porque pienso que ya nada tiene remedio, que estoy condenada. También regreso porque no sé. Regreso porque el mundo va a acabarse. Regreso porque sufro. Regreso porque no entiendo y no sé explicarme lo que pasó. No llevo ni galletas ni queso francés ni botella de vino, solo subo despacio uno a uno todos los peldaños.

Más pálido que nunca, de sus hombros cuelga un suntuoso manto de palabras, el de *El cementerio marino* de Paul Valéry, el del *Le soulier de satin* de Paul Claudel, el de *La cruzada de los niños* de Marcel Schwob. El Maestro habla como nunca. El Maestro llora. El Maestro se arrodilla: «Soy un miserable, lo reconozco, pero tome en cuenta que soy, asimismo, un humilde servidor de la palabra».

A la tarde siguiente, a media cuadra de su casa, en el estudio de Juan Soriano, el Maestro bebe vino

353

y ofrece su pecho a los invitados: «Soy el más grande de los pecadores», insiste. Pita Amor lo abraza, Tita Casasús y Josefina Vicens se conduelen. El Maestro va de uno a otro. La comprensión es inmensa. Todos somos manzanas en una misma canasta. Cosas así solo suceden a seres excepcionales como él. ¿Acaso el Maestro no se da cuenta de que cada día acuden más discípulos a su azotea a ras del cielo? ¿Tendrá conciencia de cómo afectan sus palabras, las que dice, las que escribe? A través de él, habla el espíritu. Su voz es única: muchos se desvivirían por escucharla.

¡Cuántas palabras salen de la boca de los aquí reunidos! Dibujo un globito mental frente a cada boca y escribo una frase como en las caricaturas domingueras que tanto me gustan, *La pequeña Lulú*, *El príncipe valiente*, *Blondie y Dagwood*. Pita Amor me observa con recelo y lanza su condena: «¡No te compares a tu tía de fuego, no te compares a tu tía de lava, nada tienes que ver con mi talento, yo soy el genio, soy la dueña de la tinta americana, y tú, una pinche periodista!».

Ya no pertenezco al mundo de mis padres, salí de mi infancia, la adolescencia se hizo trizas, la casa de La Morena con su ahuehuete es una aparición lejana en la que la vida se estanca. Este cónclave en el que atruenan las palabras y los pecados ejerce su poder: el del ingenio del Maestro.

Octavio Paz, amigo de mis padres, le escribe un poema al ahuehuete de la casa de La Morena que él llama sabino.

En el alba del día
Te mira,
Todavía oscuro.

«Elena, es un haiku», me explica. «A ver, intenta hacer uno».

Son trescientos los *Lilus Kikus,* más ejemplares para reposición. Sobre la mesa del ajedrez, aguardan dos pinceles delgados y una caja de colores de agua. Pintamos un honguito azul, otro amarillo, otro verde y los delgados volúmenes van subiendo en una pila en una esquina de la mesa. «¡Qué bonita edición! Juan Pablos hizo bien su tarea», dice el Maestro. Abre el libro como si jamás lo hubiera visto antes, lo sopesa, lo acaricia. Con ese volumen inicia su colección Los Presentes. «Usted es la primera», me dice. Sigue hablándome de usted. Mientras pintamos los hongos, me cuenta que Borges preguntó en una librería de Buenos Aires la dirección de cada una de las veinte personas que habían comprado su libro para tocar a su puerta y darles las gracias.

Abrazo un volumen al terminar de ponerle sus tres gotas de sangre a cada uno de los hongos. Le doy uno a mis papás, otro a mi hermana, a Magda, tía Carito, tía Inés, tía Elena, tía Maggie, todas mis tías Amor, tío Raoul, tío Chepe, Genia, Toño, Piti, a quien quiera recibirlo, al primero que pregunte: «¿Qué traes ahí?». Un crítico dice que para él lo mejor es que el texto no se parece nada a lo que escribe el Maestro porque todos los que se le acercan terminan escribiendo como él.

Mamá y tía Carito quieren salvarme.

Un mes más tarde, en uno de los viajes que organiza el IFAL, volaré a Francia.

La veleidosa prima Elżbieta Czartoryska,
primer amor de Stanisław.

Capítulo 22

El inesperado odio de Elżbieta, la prima enamorada

«Fui elegido representante del palatino de Rusia; mi tío August, mi primo Adam y yo viajamos al castillo de Łańcut del príncipe Stanisław Lubomirski, entonces mariscal de Polonia, a quien más tarde habría yo de elevar a Gran Mariscal de la Corona. En la estación recibimos a mi prima Elżbieta y a su marido de regreso de París y de Spa, pero con solo abrazarla me percaté de que ya no era la misma.

»En sus viajes, Elżbieta gozó de una libertad desconocida. Su nueva forma de vida me la volvió casi irreconocible. Siempre a la defensiva, la más mínima diferencia de opinión la encolerizaba. Ella, quien me seguía en todo, ahora solo me contradecía con evidente mal humor».

En Łańcut, Stanisław escribe en su diario que su prima no solo se sentaba a la mesa lo más lejos posible de él, sino que lo descalificaba a la primera oportunidad. Sus cambios de humor lo desconcertaron. ¿Era Lubomirski responsable de su infelicidad o ella misma cavaba su infortunio? A mediodía aparecía en la mesa con ojos enrojecidos por el llanto y un pañuelo hecho trizas en el puño de su mano derecha. Llamaba a Stanisław a su lado solo para culparlo de algún delito imaginario. «¿Qué te hice?». «¿A qué hora, cómo, cuándo, dónde?», y al ver su desconcierto, Adam, su primo, lo previno:

—No sabes nada de mujeres, Staś.

—¿Y tú sí sabes mucho? ¿Cómo es posible que una muchacha libre, inteligente, ávida de cultura y de buenas lecturas se haya convertido en ese ser incomprensible?

—Aléjate, nada vas a sacar de mi hermana. Hay otras mujeres en Polonia.

«Ella, que solo había amado la inteligencia», escribe Stanisław, «los libros y las ocupaciones serias, regresó encaprichada con la moda de París. […] Vi con sorpresa que recibía con aprecio a invitados que antes desdeñaba. Aceptaba adulaciones y bufonadas que hace no mucho le parecían deleznables. Supe entonces lo que son los celos. Mi prima me atormentó a tal punto que me sorprendí más de una vez aullando de rabia.

»Durante diez años, mi prima me confirió las más tiernas caricias que, claro, fueron recíprocas sin que nunca hayamos hecho el amor. Al regreso de su viaje a París, viví con ella entre el sí y el no durante tres años. Seweryn Rzewuski la enamoraba día y noche. A veces, Elżbieta se hartaba de él, y me pidió que lo rechazara yo por escrito. Mi respuesta le pareció demasiado dura y escribió la suya de tal modo que Rzewuski siguió cortejándola muy a mi pesar. Era mi amigo, pero no soportaba que enamorara a mi prima. La verdad, tampoco soportaba a sus demás enamorados».

En la primavera, la adorada prima Elżbieta anuncia que su deber es seguir a Lubomirski, su marido, no sin antes espetarle con enojo a su primo. «Me exaspera tu indecisión». Cuando parte a Spa con una infinidad de maletas, Stanisław la bombardea con cartas tan ardientes que la viajera tiene que rogarle que deje de escribirle en ese tono, aunque ella no se mida al alentarlo: «Lejos de ti, sufro en cuerpo y alma de forma indecible».

Adam le informa a Stanisław que August, su padre, y él viajarán a Moscú porque la zarina aceptó darles audiencia. Por lo tanto, «conoceremos de cerca a tu amada».

La melancolía de Stanisław llega a su punto más alto cuando Adam y el tío August Czartoryski parten a Rusia. «¿Por qué yo no?», llora y le ruega a Adam: «Por favor, escríbeme, estoy en ascuas, necesito noticias».

A Stanisław lo sostiene un secreto. ¿O será un sueño?

En su fuero interno, cultiva la creencia de que Catalina lo mantiene lejos porque, como lo mencionó alguna noche, apenas suba al trono de Rusia a él lo hará rey de Polonia para que sea su igual. Se encontrarán en la noche en la misma cama después de haber resuelto los asuntos de ambos países, cada uno en su trono. Es tan fuerte esa posibilidad que el polaco la convierte en una certeza. «Claro que yo, simple conde Poniatowski, no puedo estar a su lado en este momento porque la comprometería, pero más tarde la acompañaré como rey de Polonia».

Mantenerse bajo la custodia de Catalina en Polonia es solo una estrategia que no le queda más remedio que aceptar porque si él obedece, a ambos los espera una luminosa repartición de bienes.

De vez en cuando le llegan a Stanisław algunos rumores que él prefiere ignorar, tan seguro está de su amor. Silencia los murmullos que provienen de Moscú y, a la hora de dormir, asciende un peldaño más en su escalera al cielo. Tiene todos los fundamentos para subir: ella lo ama, nada se extingue, las cosas regresan, con más razón vuelven los apremios del deseo, nadie se entrega con esa impudicia, nadie se abre de capa como ella. Él es su cosa, le enseñó a complacerla en todo y ahora a él no le queda sino reconocer que su experiencia es superior a la suya.

—Me ordenó que esperara —alega ante su primo Adam— y tengo fe en su instinto político.

A la noche siguiente, Adam vuelve a tocar el tema.

—¿Hasta cuando vas a cultivar tu delirio?

—Todos tenemos derecho a nuestros sueños, Adam.

—Sí, pero el tuyo ya pasó.

———————◆———————

Soy una chava privilegiada; lo soy por mi nacimiento y porque suelo ir hacia los demás como si todos fueran a abrirme los brazos. Siempre viví desprevenida, así somos las hijas de familia: nos desenvolvemos sin información porque tenemos la vida resuelta de antemano. Somos carrizos a la espera del viento, del agua, de los rayos de sol y de los huracanes. Vivo ansiosa de aprender, de ir, ¿a dónde? Tampoco lo sé... Leo, canto, bailo. Claro que pienso casarme: vestido blanco con velo de tul, lista de regalos en El Palacio de Hierro, qué preciosa boda, marido guapo, mesa bonita, cena deliciosa, *champagne*, cine los sábados, misa los domingos, vacaciones, Acapulco, hijitos bonitos, escuela para güeritos, chofer; claro que deseo lo mismo que todas, pero ahora ya no me toca, no me tocará nunca, ya todo quedó en otra parte, se fue, se lo llevaron las nubes sobre una azotea de la colonia Cuauhtémoc...

Mamá vive en el mundo de mi padre: le preocupa sacarlo adelante. Magda sigue diciéndome: «Lo primero que se ponen las niñas bonitas son sus calzoncitos». Desde niña dormí con calzones para salir más rápido de la cama y no perder el camión escolar en la esquina de Morena y Gabriel Mancera.

Estoy sola. No sé lo que es el amor. Lo que me ha sucedido, el catre, la amenaza, el ataque nada tienen que ver con lo que leí en los libros y vi en la pantalla del cine Vanguardias.

*El príncipe Adam Czartoryski, primo hermano
de Stanisław.*

Capítulo 23

«Adiós, Stanisław, pórtese bien», se despide Catalina

Tres correos atraviesan la estepa con la noticia que mantiene insomne a Poniatowski: la muerte de la zarina Isabel Petrovna a los cincuenta y dos años, el 5 de enero de 1762.

Pedro Ulrich es ahora emperador.

¿Cuál será la suerte de Stanisław, que solo piensa en volver a Rusia y pide a gritos estar al lado de Catalina? En vez de palabras de amor, Catalina solo emite una orden: «Sería peligroso para ti y nocivo para mí».

La gran duquesa le prohíbe que le escriba porque una correspondencia entre ambos pondría en jaque no solo su futuro, sino el de Polonia. Cada vez más exasperada con el amante polaco, lo rechaza, nunca menciona el pasado, y Staś es incapaz de darse cuenta hasta qué grado la irrita su apremio por acompañarla.

Para sorpresa de todos, el inicio del reino de Pedro Ulrich es esperanzador: convoca a los desterrados y baja el precio de la sal de la que viven los más pobres. Su amante, Isabel Vorontsova, funge como zarina, los cortesanos temen oír su paso desigual y se previenen: «¡Ahí viene la coja!», mientras el nuevo emperador anuncia que lo primero que hará es repudiar a su legítima esposa, la gran duquesa.

Han pasado casi tres años desde que Stanisław y Catalina dejaron de verse.

Para Poniatowski, el silencio de su amante es incomprensible. Cree que ella lo necesita más que nunca y, en consecuencia, le da órdenes de propietario. Ignora los rumores que vienen de Moscú; la princesa Dashkova tampoco responde a sus ruegos. ¿Qué podría decirle? A ella le escandaliza que Catalina haya sustituido al polaco por Grigory Orlov, un palurdo sin cultura, totalmente opuesto al corazón noble, a la finura y a la erudición de Poniatowski. La Dashkova ya no comprende a su amiga y se siente traicionada. ¿Por qué le escondió su relación con Orlov, ese patán incapaz de saber comportarse en la corte? ¿Qué otra decisión tomó Catalina sin consultarla? ¿No era ella, su alteza, la princesa Dashkova, su aliada en el destronamiento de Pedro Ulrich?

Stanisław insiste. Nada peor que fastidiar con reproches a una mujer harta del amor de un hombre. Sus reclamos irritan tanto a la zarina como la subyuga la fuerza de Grigory Orlov. A este amante no tiene que estimularlo: «¡Ay, mi amor, no seas tan tímido!».

A los seis meses de la ascención al trono de Pedro Ulrich, estalla la bomba del atentado. El emperador muere de mala manera el 6 de julio de 1762, todos dicen que estrangulado por Alekséi, hermano de Grigory Orlov. Catalina es ahora la emperatriz autócrata de todas las Rusias y ama a otro que le es mucho más útil que Poniatowski. En cada carta insiste: «No venga, no vaya a venir, corremos gran peligro», sus condiciones, además de crueles, resultan ofensivas.

¿Qué sucedió? En los corrillos se murmura que Catalina y su «camarilla Orlov» asesinaron a Pedro Ulrich.

Volver a San Petersburgo cueste lo que cueste es el único deseo de Stanisław. Si ve a su amada, el río volverá a su curso. Tiene que hablarle a como dé lugar. ¿No han soñado los dos con una monarquía liberal, no se confesaron marcados por un destino singular, un reinado conjunto que aplicaría los grandes principios de los filósofos? Cuando, envuelto en una capa forrada de seda, está por zarpar el barco que ha de llevarlo por el Vístula a Rusia, otra embarcación lo alcanza con un mensajero que le tiende una misiva lacrada.

El 2 de agosto de 1762, al atardecer, Stanisław lee estupefacto: «Envío incesantemente al conde Keyserling, mi embajador en Polonia, para hacerlo a usted rey después del deceso de August III, y en caso de que no sea usted, quiero que sea el príncipe Adam…».

A Stanisław lo recorre un escalofrío; la misiva tiembla entre sus manos. ¿De qué se trata? ¿Qué órdenes son esas? ¿Por qué le hace eso Catalina? ¿Ser rey sin casarse con ella? ¿Ser rey y quedarse en Polonia sin ella? ¿Para qué quiere él el trono de Polonia? ¿Qué haría con él sin ella? Primero tiene que ir a Moscú; que se celebren sus nupcias. La desea a ella, a Sophie, Figchen, su amante, y es la voluntad de muchos polacos y no pocos rusos. «Yo no quiero ser rey, Sophie, yo quiero estar en tu lecho». Frente al mensajero estupefacto, el llanto lo sacude. ¿Qué tiene de apetecible ser el sucesor de August III si no es al lado de la emperatriz? ¿Qué Sophie no se ha dado cuenta de la desesperación en sus cartas a lo largo de más de tres años? ¿No sabe que el único futuro que ansía es tomarla entre sus brazos?

Poniatowski se desmorona ante el evidente rechazo de su amada. Al negársele, la nueva zarina lo destruye. Los nervios lo delatan, su pecho se levanta en una serie de espasmos, sube su temperatura y no le queda más remedio que viajar a Puławy a recluirse entre tíos y primos al cuidado del médico de la familia.

Aunque no se conforma aún, Staś le dice a su primo Adam: «Nuestra historia de amor duró un año y seis meses. Estar cerca de esta mujer excepcional, Catalina, satisfizo todas mis aspiraciones y mi búsqueda de inteligencia».

En San Petersburgo, antes de convocar a sus dignatarios, Catalina persuadió a Fryderyk de Prusia —al que Voltaire considera el mayor estadista de Europa— de que ningún candidato podría superar a Poniatowski. «Jamás encontrarán a un soberano más noble y más elevado de sentimientos que el conde polaco», insiste ante su gabinete. «Yo sé cómo manejarlo». ¿Y los nobles de la *szlachta*? ¿Y los Czartoryski? ¿Y los obispos polacos que actúan como mandatarios? «Poniatowski facilitaría nuestro protectorado en una Polonia sin armas y con un territorio de 733 000 kilómetros cuadrados habitado por apenas doce millones de hombres y mujeres que viven en la anarquía. Conozco bien al polaco, cuenta con toda mi confianza y su reinado enaltecerá a Rusia y a Prusia».

Aunque la detesta y se refiere a ella como *cette femme*, la piadosísima viuda y emperatriz María Teresa de Austria acepta la propuesta de *la parvenue*, como llama a Catalina.

Stanisław consigna en su diario que durante el invierno de 1763 a 1764 le escribió dos veces a la emperatriz: «No me haga rey, llámeme a su lado. Dos motivos me dictaban esas palabras: el sentimiento que todavía tenía en mi corazón y la certeza de que yo le haría más bien a mi patria al lado suyo que como rey aquí en Polonia. Todo fue en vano, mis oraciones no fueron escuchadas».

Durante los días de ese invierno, Stasiu insiste en viajar a San Petersburgo; Catalina, en que deje de escribirle. A cambio, asegura que no olvidará a su familia. El 9 de agosto responde irritada: «Corro mil riesgos con esta correspondencia. Su última carta, que ahora respondo, pudo ser interceptada, no pueden sospechar de mí, imposible escribirle, todos me vigilan, póngase en mi lugar. Salude a su familia, escríbame lo menos posible o mejor no me escriba tan seguido o mejor no me escriba para nada». Stanisław se obsesiona, Catalina se encoleriza: «Lee mis cartas con poca atención: le he dicho una y otra vez, y vuelvo a repetírselo, que corro los mayores riesgos si pone los pies en Rusia. Usted insiste en que está desesperado, me sorprende porque, después de todo, yo tuve tratos con un hombre razonable. Todas las penurias del mundo pueden sucederme y su nombre y su arribo son capaces de provocar las más tristes consecuencias. Debe usted entrar en razón. Adiós, tenga la seguridad de que siempre le tendré una singular amistad y déjeme desenmarañar mis embrollos».

Al obstinarse, Poniatowski saca de sus casillas a la nueva emperatriz.

«Respondo a su carta del 8 de diciembre. No sé de dónde pueda yo merecer los reproches que atiborran sus cartas. Me parece que lo sostengo lo mejor que puedo. Además, hago mucho con responderle [...]. Mi papel debe ser perfecto. De mí se espera lo sobrenatural».

Stanisław se entera de que su misiva pudo ser interceptada y de que el mensajero escapó de milagro. Catalina ahora desprecia a Staś no solo por negarse a entender, sino por su burda insistencia. «Si viene, nos matarán a los dos». ¿Qué significa ese término de «horrible ingratitud»? ¿Qué le debe ella a Staś? ¿Acaso no le ha enseñado todo?

La nueva zarina humilla al amante desechado. Le asegura que las cartas de ambos no valen nada frente al futuro del imperio más grande de Europa: la Rusia infinita que ahora tiene entre sus manos.

«Usted ha resuelto no comprender lo que le repito desde hace seis meses; si viene aquí, se arriesga a que nos masacren a los dos. ¿En qué sentido le he manifestado tan horrible ingratitud al no querer que venga? No hay, según mi opinión, razón para quejarse. [...] Si tuviera algo de sabiduría, se cuidaría de escribirme. El último mensajero corrió el riesgo de perder su vida entre manos de ladrones y hubiera sido muy bonito que abrieran mi paquete en el Ministerio. [...] He recibido todas sus cartas y esperaba yo que después de brindarle la certeza de mi sincera amistad por su persona y por los suyos, dejara de acusarme de negra ingratitud. A pesar de lo que diga, yo le demostraré el bien que le deseo a su familia al sostenerlo lo mejor que puedo».

Al recordar lo del «bien de su familia», Catalina lo trata como a un criado al que hay que darle su propina. Se preocupa por halagar a quien sí puede serle útil: los Czartoryski, La Familia. Insiste en La Familia cuando a Stanisław lo único que le importa es que lo ame a él. El polaco habría sido feliz de recibir órdenes pero, en esas circunstancias, lo ofenden. ¿Cómo actuar con tanta distancia y con tanto desconocimiento de lo que sucede en el corazón de la nueva soberana?

Para colmo, los polacos también anhelan que Catalina llame a Poniatowski a reinar a su lado. El único que retrasa todo es el viejo rey August III, que a sus casi setenta años ya debería estar al borde de la tumba. «Es un inmenso estorbo». Para alivio de todos fallece finalmente el 5 de octubre de 1763, a los sesenta y seis años.

Izabella, madame de Cracovia y hermana de Stanisław, ambiciona el trono para Branicki, su esposo; y Luiza, madame de Podolia, también lo codicia para su cónyugue Zamoyski. Stanisław descubre que también sus hermanas son tarántulas.

«No me haga rey, llámeme a su lado» es una frase hueca que ya nadie aprecia, al contrario, es la renuncia de un hombre débil y sin sangre en las venas. En cambio, Catalina es una guerrera; encabezó varios regimientos de la Guardia Real e hizo que el pueblo, los nobles y autoridades la reconocieran. Convenció a regimientos en el campo y entró victoriosa al Palacio de Verano, donde la esperaba la corte, el sínodo, los sabios del reino y su hijo para entonar un *Te Deum* tras una misa solemne.

«Yo que no había ni comido ni bebido ni dormido desde el viernes a las seis de la mañana hasta el domingo, después de cenar, recibí largas filas de hombres que me felicitaban. A la medianoche pude acostarme y dormir, pero apenas concilié el sueño, el capitán Passek entró a mi cuarto y me despertó diciéndome: "Nuestra gente está espantosamente borracha". Un húsar, también muy borracho, pasó delante de ellos y los azuzó: "¡A las armas! Treinta mil prusianos tomaron las armas y están llegando para quitarnos a nuestra madrecita. Vienen para acá a preguntar por su estado de salud porque dicen que hace tres horas que no la ven y que solo se irán pacíficamente si la ven con sus propios ojos y verifican que está bien. No escuchan ni a sus jefes, ni siquiera a los Orlov".

»Heme aquí, de pie de nuevo, también de nuevo vestida para enfrentarlos. Para no alarmar a mi guardia ni la de otro batallón, les di razón de por qué salía yo a semejante hora. Subí a mi carroza con dos oficiales y me dirigí a ellos. Les dije que me sentía bien y que fueran a dormir para que también me dieran a mí un descanso; les expliqué que tenía yo que dormir porque no lo había hecho durante tres noches y deseaba que, en el futuro, escucharan y obedecieran a sus oficiales.

»Respondieron que les habían dado la alarma de que esos malditos prusianos querían atacarme y que todos querían morir por mí. Les respondí: "Bueno, está bien, les agradezco, pero váyanse a dormir".

»Me desearon buenas noches y mucha salud y retornaron como corderos a su cuartel con los ojos vueltos hacia mi carroza.

»A la mañana siguiente me dieron sus excusas; sentían mucho haberme despertado y cada uno de ellos me dijo: "Siempre quisiéramos verla, nunca perjudicaríamos su salud ni sus asuntos".

»Se necesitaría un libro entero para describir la conducta de cada uno de los jefes. Los Orlov brillan por su arte de regir los espíritus, por su atrevimiento prudente en los grandes y en los pequeños detalles, por su presencia de espíritu y la autoridad que les da su conducta. Son muy sensatos y tienen una valentía generosa. Patriotas hasta el entusiasmo y muy honestos, su pasión los liga a mi persona. Son amigos entre sí como jamás han podido serlo cinco hermanos. Aunque son cinco, solo tres me acompañaron ahora.

»El capitán Passek se distinguió por quedarse doce horas en su puesto de vigilancia. Los soldados le abrieron puerta y ventana para que no se alarmara con mi llegada a su regimiento».

Por fin, Catalina abandona sus reprimendas, aunque todavía asegura a Stanisław que no tiene tiempo de componer nocivas cartitas de amor.

Se digna a escribirle una carta en francés en la que comete más faltas de ortografía que de costumbre. Algunas frases resultan incomprensibles por presurosas. Debió redactarlas en un arrebato y Stanisław reconoce en su prosa la impetuosidad del amor que antes le profesó.

«Hacía ya seis meses que se tramaba mi acceso al trono. Pedro Ulrich perdió el poco espíritu que le quedaba y pretendía reemplazar la Guardia Real con sus tropas de Holstein, cambiar de religión, casarse con Isabel Vorontsova y mandarme encarcelar. Después de llamarme tonta e injuriarme a través de la mesa, ordenó mi detención. [...] Mi tío, el príncipe Jorge Luis de Holstein-Gottorp, logró retractar la orden.

»[...] Esa noche Pedro partió a Oranienbaum con su amante. Teníamos la certeza de que un gran número de capitanes de regimientos y guardias seguirían a los cuatro hermanos Orlov: Grigory, Alekséi, Iván y Nikolai. El mayor, Grigory, me acompañaba a todas partes y hacía mil locuras por mí. Gracias a su pasión, conocida de todos, logramos nuestro fin. Los Orlov son extremadamente decididos y muy amados por las Guardias Imperiales. Tengo grandes obligaciones con esa gente y todo San Petersburgo es testigo de su lealtad.

»Dentro del secreto tenía yo informados a cuarenta oficiales y a casi dos mil hombres comunes y corrientes. No hubo respiro durante las tres semanas en que los Orlov se reunieron con los soldados para convencerlos y ejecutar nuestro plan; trabajaron día y noche.

»[…] Acordamos que las Guardias Imperiales me proclamarían emperatriz. El 27 de julio se hizo correr la voz entre las tropas de que me habían arrestado. […] Dormía yo tranquilamente en Peterhof cuando a las seis de la mañana, el 28 de julio de 1762, Alekséi Orlov entró a mi recámara: "Es hora de levantarse. Todo está listo para proclamarla", dejó caer con gran serenidad. Durante todo el día me sentí inquieta porque uno de nuestros aliados, el capitán de las guardias y chambelán Piotr Bogdan Pacik, o Passek, había sido arrestado. Ya no tuve dudas, me vestí sin hacer mi *toilette* y subí al carruaje. Otro oficial se convirtió en mi *valet* y un tercero galopó frente a mí. A cinco verstas encontré al mayor de los hermanos Orlov con el príncipe Stanisław Baratinsky, quien me cedió su lugar en su carroza porque mis caballos se habían agotado. Nos presentamos ante el regimiento Ismailowski. Solo había doce hombres y un tamborilero que tocó la alarma. Los soldados se arrodillaron a mis pies y los besaron; también besaban mis manos y el borde de mi uniforme. "Madrecita, eres nuestra bienhechora, tú nos amparaste, tú nos has salvado". Dos de ellos trajeron a un sacerdote con una cruz y me pidieron que jurara. [...] En la entrada de la iglesia de Kazán, acompañada por el regimiento Preobrajenski, los oficiales se arrodillaron a mi paso. Llegó la Guardia completa a caballo en un furor de alegría como nunca he visto nada igual. Muchos lloraban [...] Pasé revista a las tropas, a más de catorce mil hombres, guardias y soldados, quienes al verme, daban gritos de alegría; un pueblo innombrable repetía mi nombre. [...] A las diez de la noche me vestí con el uniforme de las Guardias Imperiales, ya que me proclamaron coronela y recibí juramentos de lealtad que todavía hoy me conmueven [...] Encabecé a las tropas y galopamos toda la noche a Peterhof. [...] el general Mijaíl Ismailov se aventó a mis pies para presentarme una carta de Pedro Ulrich [...]

»Pedro entró al castillo de Peterhof con la certeza de que protegería yo su integridad. Le di cinco oficiales y algunos soldados. Como era 29 de junio de 1762, día de San Pedro, ordené que se preparara comida para todo el mundo [...] Me recibieron con aclamaciones increíbles. Al mando de Alekséi Orlov y cuatro oficiales, y un destacamento de hombres pacíficos y bien escogidos [...] A veintisiete verstas de Peterhof, decidí enviar al emperador destronado a un castillo aislado y muy agradable: Ropsha [...] Parece que el miedo le produjo un terrible dolor de estómago que duró tres días. Al cuarto, bebió excesivamente —tenía todo lo que podía desear menos su libertad—. Me rogó que le diera a su amante, a su perro Mopsy, a su negrito y a su violín, pero por miedo al escándalo y a aumentar la fermentación de la gente, solo le concedí las tres últimas cosas. El cólico hemorroidal sobrevino con pérdidas de conocimiento y permaneció dos días en un estado que lo debilitó a pesar del cuidado de los médicos. Pidió un sacerdote luterano antes de rendir su alma. Temí que los oficiales lo hubiesen envenenado y ordené una autopsia, pero no se encontró la menor huella de veneno; tenía un estómago muy sano, pero la inflamación de las tripas y un golpe de apoplejía se lo llevaron. Su corazón era de una pequeñez extraordinaria, arrugado y todo consumido.

»[...] Preví que las tropas se alarmarían e hice correr el rumor de que emprenderíamos el camino a las diez de la noche, y me retiré a la casa de campo de

Kurakin. Ahí me aventé, toda vestida, sobre una cama; un oficial me quitó las botas. Dormí dos horas y media [...] Salí a caballo al frente del regimiento Preobrajenski con un regimiento de húsares precediéndome [...] Innumerables aclamaciones me recibieron al entrar a la ciudad y fui al palacio en el que me esperaba la corte, el sínodo y mi hijo [...] Yo que casi no había bebido ni comido ni dormido, desde el viernes a las seis de la mañana hasta el domingo en la noche, sentí que me ganaba el sueño».

Catalina no escatima detalles, no durmió, confrontó a treinta soldados prusianos leales a Pedro Ulrich que pretendían raptarla. Ahora toda Rusia la considera su *matrioshka*, su madrecita santa, su bienhechora, la salvadora de Rusia, quien le debe todo a esa nueva Katiushka.

«Los Orlov brillaron por su capacidad de mando, su presencia de espíritu, su extraordinaria valentía y su autoridad. [...] Patriotas hasta el entusiasmo, y sobre todo muy honestos, su devoción a mi persona linda con la pasión y son amigos como jamás lo ha sido hermano alguno».

Catalina insiste en su legitimidad: «Cada uno de los oficiales y soldados está convencido que él, precisamente él, me ha hecho emperatriz».

La nueva zarina se solaza en detallar cómo todos se prosternan a sus pies, besan sus manos llorando, besan el piso bajo sus pies y la imploran como a un ícono. Con los ojos llenos de lágrimas y los brazos en cruz, ruegan que los bendiga, y ella se regodea en ese amor estruendoso. Rusia entera idolatra a su nueva *matrioshka*.

Stanisław relee la carta de su amante a la que no ve hace casi tres años. Como todo enamorado cegado por la pasión, decide que pase lo que pase, por encima de cualquier impedimento, viajará a Moscú.

En Varsovia se caldean los ánimos porque no hay miembro de la *szlachta* que no ambicione subir al trono. Las grandes familias polacas se desviven por esa silla adorada cubierta de polvo de oro y de terciopelo sangre a la que se asciende por medio de cinco escalones. Los Czartoryski, los Branicki, los Sapieha, los Potocki, los Radziwiłł y miembros de otras cortes, como la de Austria, la codician porque ya el príncipe de Conti, desde Francia, estuvo a punto de coronarse rey de Polonia.

La nueva emperatriz baja del trono para escribirle al obispo Ladislas Łubienski: «Nuestro sistema es hacer felices a nuestros pueblos sin quitarles nada a los extranjeros. Declaramos de la manera más solemne que estamos sinceramente y constantemente resueltos a mantener la república en su estado actual, es decir, con sus leyes, sus libertades, sus máximas y sus posesiones. Declaramos también que como consecuencia de la verdadera amistad y de la buena vecindad que tenemos con su Serenísima República deseamos que, en la futura elección de su rey, suba al trono a un Piast nacido en Polonia, de padre y madre oriundos de la verdadera nobleza polaca».

<hr />

No me humilla que nadie me hable en el convento de María Auxiliadora de Monte Mario en Roma, la verdad, no lo tomo en cuenta, bueno, sí me duele, pero lo tengo a él, cada día abarca más espacio en mi cuerpo y su compañía es la única que me importa. Entre más solos él y yo, más atentos el uno al otro. «¿Sentiste?». «¿Viste?». Desde mi ventana abierta sobre Roma miro el cielo, las cúpulas de las iglesias y los sólidos techos de las casas italianas que van bajando a la Plaza de San Pedro, las nubes viajeras, y le cuento de la sábana tendida y la canción que creí oír. No pregunto qué va a ser de nosotros.

Soy una inconsciente.

En el convento romano, en la esquina del muro más altanero, leo las fáciles novelas de Germaine de Beaumont en vez de leer a Séneca. Charlie Beistegui me presentó a la novelista en Groussay y ella me regaló toda su obra que no rompe un plato, pero entretiene. Me siento culpable; debería recurrir a los griegos, abonarme a una biblioteca aquí en Roma, pero ¿cómo le hago? El calor que sube de la Plaza de San Pedro a Monte Mario me adormece. Una voz masculina en un megáfono hiende el aire: «*Il panettone Motta non è un panettone má "il" panettone*» y me hago la ilusión de que aprendo italiano.

Asisto a misa de siete en la capilla del convento de Santa María Auxiliadora, en Monte Mario. Luego desayuno en un refectorio. Solo hay un lugar en la mesa, el mío. Nadie me dirige la palabra. Ni las novicias. Cuando entro, ya está el tazón de café con leche y la rebanada de pan en una orilla del plato. Al terminar, doblo la servilleta blanca como una hostia y subo la escalera al cuarto que me ha sido destinado y que tiene esa alta ventana que agradezco. A veces intento descender a pie a la Plaza de San Pedro, pero nunca llego porque el regreso es difícil por el sol y por la panza. A las cinco o seis de la tarde, cuando amaina el calor, escribo en la Olivetti Lettera 22, en cuyo tablero pegué una caricatura de *Los Supersabios* de Rius, mi amigo. ¿Qué será de Rius? Envío al cuentista Edmundo Valadés, director de la sección de sociales de *Novedades*, las entrevistas que hice en París y las reseñas de acontecimientos culturales como la muerte de Claudel. Escribo cartas a mis padres en México; al Maestro ya no porque pidió una foto mía embarazada.

¿Quién me la va a tomar? ¿La superiora del convento?

Lo que más hago es hablar con mi hijo. Sé que es un hijo; tengo esa absoluta certeza. Le cuento lo que veo, le leo en voz alta, le canto «a la mitad del lecho, el río es profundo y todos los caballos del rey irán a beber juntos». Al oír mi voz, lo oigo a él. Reacciona, respinga, se mueve, dormimos mal por el calor del mes de julio, pero nos acompañamos en la dicha de la espera.

«Muchachita, te vamos a dejar escribir novelas, pero no vivirlas», es lo primero que me dice Carito al entrar por la puerta del convento de Monte Mario.

Mane nace el 7 de julio de 1955, a la una de la tarde.

Una cunita espera al lado de la cama de hospital, pero mi hijo duerme injertado a mi costado. En Roma acostumbran a envolver a los niños en una mantilla que aprieta sus brazos, sus piernas, los enrollan como un taco. Lo desenvuelvo de inmediato para liberar sus brazos y ver sus manos de dedos largos. Cuando abre su boca y se agita, inmediatamente lo prendo a mi pecho.

«No puede dormir con él, es peligroso. Además, tiene que descansar, un parto no es cualquier cosa, quita las fuerzas», dice Emma Ciccorico.

Siento una fuerza enorme, una fuerza como jamás he tenido, la de diez mil caballos, la de diez mil dragones, yo misma echo lumbre, podría salir en camisón a la Plaza de San Pedro con mi hijo en brazos y anunciar su advenimiento a los cuatro vientos.

Mamá piensa que debo poner a Mane en los buenos brazos de Carito. Es la solución ideal, lo mejor para mi hijo. ¿Qué he preparado para él? ¿Qué puedo ofrecerle? ¿Sé siquiera lo que significa ser madre soltera? Con Carito y Raoul, Mane tendrá todo: apellido, casa, dinero, amigos, reconocimiento, universidad, una buena carrera, viajes, un trabajo a futuro, su lugar en la sociedad, en la academia, en lo que se proponga, tendrá todo. No entiendo. Nunca pensé en cuál sería nuestro futuro. Durante esos meses de espera, ¿en qué pensé? ¿Qué hice para él? ¿Qué preparé? ¿Estaré loca? ¿Habré tenido alguna vez sentido de lo que es la realidad? ¿En qué planeta vivo? ¿Tengo idea de lo que nos espera a mi hijo, a mí, a mis padres, a mis hermanos, a toda la familia? Me desmorono. Dos sacerdotes aconsejaron a mamá esta solución, que es la ideal. «Tienen razón». ¿En dónde está la mía? ¿Cuál es mi razón? ¿He demostrado alguna vez tener dos gramos de sentido común? «¿Cuánto tiempo más vas a seguir viviendo en Babia?», me preguntará mi hermana al regresar a México. No puedo quitarle a mi hijo esa posibilidad única.

Es injusto para tía Carito —cuya vida siempre estuvo marcada por su entrega a los demás, a la pintura, a la edición, a la medicina— estar entrampada en este asunto. Hasta ahora compartía los domingos con amigos de la talla de Edmundo O'Gorman o Salvador Novo en su hermosa casa de San Jerónimo, la única en todo México en la que Rufino Tamayo pintó un mural. Es injusto meterla en esta historia que toca fibras tan dolorosas. Finalmente, su marido y ella son una pareja feliz como su jardín. Es injusto que, de pronto, a instancias de mi madre, Carito se vea precipitada a este abismo que soy yo con mi hijo en brazos.

Estoy llena de leche buena, la derramo y lo amamanto día y noche. Me dijo Emma Ciccorico que lo hiciera cada tres horas, pero lo tengo prendido a mi pecho la noche entera, imposible separarme de él; uno encima de otro, soy su caparazón, su bolsa, embonamos perfecto, somos uno, ¡ni los canguros! Lo llevo abrazado al baño, al corredor, a la ventana para enseñarle la calle, el sol. Otras parturientas me saludan: «*Il bambino della bambina, buongiorno*», y cuando salgo con él en brazos, se despiden: «*Arrivederci*». Una de las manitas del *bambino* cuelga de mi trenza. «Tía, mira qué fuerte es, mira cómo se agarra de mi cabello, no me suelta». Carito guarda silencio. La Reverenda Madre y ella me observan preocupadas y deseo volver a meter a mi hijo dentro de mi vientre.

Carito, Reverenda Madre, ustedes son gente mayor, pero la que dio a luz fui yo. Saben todo, pero lo que saben me hace llorar. Solo lloro. Lo amamanto y lloro. Durante ocho días, doy leche y lloro. Mane engorda, sus ojos muy separados dentro de su rostro se abren y los tapo con mi mano para que la luz no lo moleste. No hay luz más fuerte que la de Roma en el mes de julio.

«Tía, adóptame a mí».

Más bien es un grito: «Adóptame también para que me lleves con él», pero no, la novela que yo urdí debe continuar, la novela que Carito ya calificó sigue escribiéndose, lo que yo forjé sin consultar a nadie debe concluir con este castigo.

Firmo un documento en el que el menor Emmanuel Poniatowski, mi hijo, puede viajar a México con doña Carolina Amor de Fournier, tía y madrina.

Mane tiene que estar bien para aguantar el viaje porque tía Carito va a llevárselo a México. A mí van a vendarme estos pechos estorbosos, repletos de leche. Inservibles, se secarán muy pronto.

«La leche se va a ir», insiste la Reverenda Madre.

¿Y yo a dónde iré?

Coronación de Stanisław.

Capítulo 24

Es de sabios desconfiar del amor de los cortesanos

El ejército ruso entra a Polonia en marzo de 1764.

«Lo hago para tranquilizar a los polacos y evitar una guerra civil», alega Catalina, quien paga la ceremonia de la Coronación.

Elżbieta, su prima bien amada, aparece unas horas antes frente a Staś: «Habría preferido ver a mi padre o a mi hermano Adam en el trono, pero ahora tú me pareces el mejor».

Lo dice con tal sinceridad que Stanisław, quien fácilmente perdona afrentas, traiciones y desaires, la abraza.

Un cañonazo estalla y Poniatowski se apresura a recibir a su hermano Michał, al primado Ladislas Łubienski vestido de seda rojo carmesí con galones de oro, a un curita que hace las veces de camarero y al mariscal de la corte. Seweryn Rzewuski, el primado y el mariscal lo visten con la túnica blanca y las sandalias de la sumisión. Łubienski moja su cabello y cuando toma un mechón y empuña su tijera, Stanisław ordena:

—Yo no voy a rasurarme la cabeza.

—Entonces hay que cortarte ese cabello demasiado largo —dice su hermano Michał jalando uno de sus bucles.

—No.

El tono de Staś es más imperativo que un grito de guerra y los tres acompañantes se echan para atrás.

—Voy a vestirme como lo hacen los soberanos europeos.

—¿No va a ponerse el *kontusz*? Es ridículo, estamos en Polonia —interviene airado Ladislas Łubienski.

Para Stanisław Antoni Poniatowski el sarmatismo es una de las causas del retraso de Polonia: sarmatismo-salvajismo. Por lo tanto, negarse a cortar su cabello es un rechazo al pasado.

—Escogí trajearme *alla spagnola*.

—Majestad, va a parecer un polichinela. —Se enoja Łubienski.

—Es tu vanidad la que te enceguece y te aseguro que estás cometiendo un grave error —protesta su hermano Kazimierz.

—Polonia es parte de Europa, soy un monarca europeo.

Stanisław se sienta para que lo calcen.

Muy a su pesar, el arzobispo Łubienski lo toma del brazo mientras le tiende sus guantes, su cinturón. El cortejo sale a la calle precedido por prelados y magistrados. Tres senadores portan la corona, el orbe y el cetro sobre cojines de terciopelo con las insignias del Reino de Polonia y del Gran Ducado de Lituania.

Stanisław avanza con sus bucles al viento hasta la extensa planicie de Wola. Al aire libre, en el centro de la gloriosa llanura, se agrupan los nobles a caballo. El ejército de dos mil hombres de los Czartoryski ostenta el uniforme gris y verde de La Familia. A la izquierda, en la inmensa tela —que Canaletto reproducirá más tarde— destacan el clero, los hidalgos y los jóvenes herederos. El más distinguido es el mariscal electoral Sosnowski. Un palafrenero ricamente ataviado detiene las riendas de Saturno, el caballo de Poniatowski, mientras los sombreros de plumas y los suntuosos gorros vuelan al aire.

«Son miles los que te aprueban, hermano», le confía el primado Michał al nuevo rey.

Tres años después de la Coronación, en 1767, para incluirse a sí mismo en el lienzo, Canaletto rehízo la tela de enormes proporciones que refleja ese día inolvidable y, en la parte inferior, escribió una leyenda:

«Su Majestad Stanisław August elegido rey de Polonia y gran duque de Lituania el 7 de septiembre de 1764, pintado el 1 del año de 1776. El lienzo fue obsequiado a Su Majestad el Rey por Su Excelencia monseñor conde Rzewuski, mariscal de la corte».

Una abundancia de pétalos blancos y rojos, los colores de Polonia, marcan el camino y más de mil flores que avientan niños y niñas vestidos de blanco caen en el pasillo principal de la Catedral de San Juan. Tras Stanisław, desfilan chambelanes y oficiales y la guardia. Veinticinco mil votantes lo aclaman. «Mi corazón es un vaso demasiado lleno. No puedo expresarle lo que sentí cuando lo vi pasar», escribe su prima Elżbieta, «se veía usted extremadamente hermoso… Cualquier otro en su lugar no tendría semejante apostura».

Poniatowski pronuncia su discurso en polaco, cosa que no sucedía desde hace setenta años y contagia su emoción al grado de que los ojos de los oyentes se llenan de lágrimas: «Gran Dios», jura el nuevo rey, «tú que no haces nada en vano y me pusiste en el lugar en el que estoy, tú que me has dado la Corona con el ardiente deseo de restaurar al Estado, a ti te toca consumar, Gran Dios, esta tu obra y derramar en los corazones de toda la nación el amor por el bien público que desborda mi propio corazón».

A pesar de ser enemigo de Stanisław, la voz del nuevo rey conmueve a Ignacy Potocki.

Desde el altar, Stanisław hace la señal de la cruz frente a la congregación y el obispo Łubienski lo ayuda a ponerse la corona.

—Saludo a mis valiosos señores y hermanos en este recinto de las elecciones y les pregunto: «¿A quién escogen como rey?».

—¡No queremos más rey que Stanisław Antoni Poniatowski! —El viejo August Czartoryski se une al coro.

—¡Larga vida al rey! —grita tres veces el obispo Łubienski.

Bajo la bóveda, doscientos niños entonan una cantata compuesta solo para la Coronación.

Stanisław es desde ahora rey de Polonia, gran duque de Lituania, duque de Rutenia, Prusia, Mazovia, Samogitia, Kiev, Volhynia, Podolia, Podlasie, Livonia, Smolensk, Siewierz, Czernichow y jefe supremo de Curlandia.

Ernest von Bühren, hijo del duque de Curlandia, se postra ante él mientras resuenan diez trompetas.

«Majestad, las llaves de Varsovia».

Aunque todos los polacos saben que los rusos acampan en la frontera, nada tiñe la gloria de la ceremonia y Stanisław arma caballeros a diez nobles que esperan a que coloque con reverencia su espada real sobre su cabeza y sus hombros.

El nuevo rey monta en su caballo negro, Saturno, y avanza en medio de una atronadora ovación; las campanas y los tiros de la fusilería lo saludan. Andrzej Poniatowski, su hermano menor, besa su mano y es tan evidente su emoción que Stanisław lo levanta y lo toma en brazos. Más tarde, Andrzej habrá de regresar a Viena, su casa, con un mensaje para la emperatriz María Teresa de Austria en el que le pide reconocer a su hermano, Stanisław Poniatowski, nuevo rey de Polonia.

En la recepción, en el castillo de Wawel, hasta sus enemigos agradecen la seducción que Poniatowski ejerce. La emoción del nuevo rey de Polonia contagia a todos. Atiende a cada uno; le da el mismo trato a gentilhombres sin fortuna que a nobles de países vecinos, a invitados privilegiados que a niños rubios que levantan su rostro de campesinos hacia él. Más tarde habrá de constatar: «De todos los homenajes, el de la gente del pueblo es el que más me conmueve». Por lo pronto, rinde honores a personajes secundarios y de toda su persona emerge la certeza de que su única ambición es hacerle el bien a su patria.

Los Czartoryski ocultan su despecho. Después de todo, su linaje se remonta a 1384 con la casa real de Jagiello y ahora tienen que codearse con quienes consideran sus inferiores, entre otros, los Poniatowski. Los dos tíos del rey, August y Michał, ocultan su animosidad y hacen gala de benevolencia porque se disponen a compartir el poder. El rey olvida a cada momento su majestad y hace los honores del palacio con alegría de principiante. Sus tíos lo observan; tienen mucho que enseñarle: lo primero, guardar las distancias que su ingenuidad pretende acortar.

El embajador de Rusia, Nikolai Repnin, se mece en los brazos de Izabella Flemming, la mujer del primo Adam, quien finge ignorar tanto la elevación de Stanisław como la infidelidad de su mujer. Los Czartoryski hicieron correr la voz de que controlarían al nuevo monarca, demasiado sensible y, sobre todo, ingenuo. También divulgan que Catalina, quien pagó la Coronación en lugar de la boda anhelada por Stanisław, obsequió cien mil ducados de dote a Poniatowski a cambio de su obediencia.

En París, Madame Geoffrin pierde pie, se deshace en elogios y alabanzas al divino becerro: «¡Oh, mi rey, mi hijo, el soberano de mi alma, mi dios, mi dueño y señor, supe desde el primer momento que estaba destinado a la más alta cima, apenas lo vi entrar en mi salón, su frente despejada, su mirada de inteligencia, me revelaron el destino que le esperaba a Su Alteza! Fui la primera en descubrir sus dotes excepcionales, lo supe desde el primer instante, mi hijo querido y, ahora tengo el inmenso privilegio de que me llame *mamá* y requiera mi presencia a su lado en Varsovia».

Las celebraciones de la Coronación en agosto de 1764 propician que el rey pida que la Cámara eleve a los Poniatowski al rango de Familia Real, motivo de enojo para el tío August:

—Los Poniatowski nunca alcanzarán a los Czartoryski.

—Tío, ¿no es Konstancja Czartoryska tu hermana? —inquiere bienhumorado Stanisław.

Lo primero que desconcierta al nuevo rey es la actitud de las mujeres. Tras cada puerta lo acecha una sonrisa y en los pasillos, a la altura de su mirada, en los espejos, en el centellear de la luz de las velas, encuentra ojos negros, azules, verdes y sonrisas, ¡cuántas sonrisas!, que lo ponen a temblar.

Todas aspiran a ser su favorita y Stanisław descubre que algunos maridos sacan vanidad de que su esposa complazca al rey. Las mujeres lo rodean, levantan su boca hacia él, el escote de su vestido resbala cada vez más abajo. Por lo visto, no hay una sola que no aspire al lecho real. Las extravagancias de las cortesanas se multiplican. En la mesa, Elżbieta Czartoryska, contradictoria a morir, explica a sus vecinos que, si la fortuna no hizo nacer rey a Stanisław, la naturaleza le dio todas las apariencias.

La Geoffrin que sigue pasmada escribe desde París: «Veo a Polonia alzarse del polvo. La veo resplandeciente como el reino de un nuevo mesías».

¿Un nuevo mesías? Poniatowski responde: «Sé muy bien lo que tendría que hacer, pero la situación de

Polonia es terrible. Paciencia, prudencia, cautela, valor y de nuevo paciencia; valor, prudencia, cautela, valor, este es mi lema».

Al día siguiente de su coronación, la Hidra prusiana saca sus múltiples cabezas y levanta una nueva aduana en Marienwerder, sobre la margen del Vístula, para obligar a las naves polacas a pagar diez centavos más de impuesto sobre su carga. Con tal de evitarlo, los marineros bordean la costa polaca, pero unas patrullas los conducen a fuerza al lado prusiano y, si no acceden, los multa con novecientos mil rublos (una suma desorbitada, parecida al ingreso anual de Brandeburgo). El chantaje paraliza al puerto polaco de Gdańsk. Desesperado, el nuevo rey protesta enérgicamente ante el rey Fryderyk de Prusia y declara que antes perdería su corona que pagar los impuestos de Marienwerder. «Tengo el derecho a esperar que la emperatriz, después de apoyarme, defienda mi dignidad». Stanisław es tan vehemente que Catalina lo apoya. En respuesta, Fryderyk pone en circulación cien millones de monedas falsas que contienen menos oro y plata que las originales y, ni corto ni perezoso, se apropia de las buenas monedas. Además, con las falsas compra a muy bajo precio caballos, ganado, trigo, telas, sal y salitre, y devasta tierras polacas como ya devastó las minas de carbón de Silesia.

«El rey Fryderyk de Prusia es el adversario más peligroso de Polonia», lo acusa Stanisław públicamente. Intuía que tenía que enfrentarse a la deslealtad y a la rapacidad de sus iguales, pero no pensó que el asalto vendría tan pronto.

Poniatowski se encuentra al frente de un país que hace doscientos años tiene la costumbre de ir a buscar a su rey en otras naciones y aceptar que Francia, Sajonia, Austria, Rusia y hasta Suecia decidan su destino. El rey Augusto III vivió de los subsidios de Francia. A su vez, Polonia tiene que sobrevivir entre tres poderosos halcones que la codician, pero ninguno tan maligno como Fryderyk el Grande, quien gobierna Prusia con mano de hierro.

Fryderyk no solo desprecia a las mujeres, también tiene la pasión de la filosofía, la de la literatura y podría compartir su cultura con Poniatowski, pero no lo considera un interlocutor válido. Si él habla con Voltaire, ¿cómo va a hacerlo con un polaco o una prusiana convertida en rusa, como Catalina, que engorda a ojos vistas, o con una beata, como la reina de Austria, María Teresa, que fabrica hijos en vez de mosquetones? ¿Sabrá siquiera Stanisław jugar ajedrez?, porque él, rey de Prusia, es un gran jugador desde la adolescencia, un estratega sin par. Según los rumores de la corte de Polonia, Poniatowski busca el amor de su pueblo y a Fryderyk le importa un comino que la plebe lo quiera. Él busca engrandecer el reino de Prusia, ensancharlo, darle otras fronteras, volverlo una potencia. Poniatowski ya declaró que «quiere que lo quieran», que va a mejorar la vida de sus súbditos y de su pueblo, embellecer Varsovia. Su corte recibirá a pensadores y a artistas; ya invitó a Voltaire, aunque no sabe aún que, al recibir su misiva, el filósofo dejó caer despectivo: «¿Acaso cree ese reyecito que tiene los tamaños para invitarme?».

—Majestad ¿Dónde quiere que colguemos el retrato de Charles Hanbury Williams? —pregunta el obispo Ladislas Łubienski, quien actúa como si fuera ama de casa o intendente del palacio.

—En mi recámara.

—¿Está seguro? ¿Al lado del retrato de la princesa Czartoryska, su madre?

—Sí, cuélguenlo frente a mi cama, quiero verlo todos los días al despertar.

———◆———

Sola en Francia, grito todas las noches. Madre sin hijo, aúllo a través del océano. Estoy tan mal que mamá atraviesa el Atlántico. A mi padre le dice que tiene que viajar para atender un asunto de muebles en Fal,

Biarritz, casa de la familia Iturbe. Aterriza en el sur, en Spéranza, con grandes ojeras de sufrimiento.

—Piensa en lo mejor para tu hijo.

—Sí, claro que sí, pero me hace falta hasta físicamente.

—No se trata de lo que tú necesitas, sino de lo mejor para él.

Mamá confirma que mi carta anunciando la llegada de Mane es la peor noticia que ha recibido en su vida. Papá no sabe y es a mí a quien toca decírselo. ¿Cuándo? Ahora no. Antes tienes que resolver el futuro de tu hijo.

Para llegar a Biarritz, pasamos por Lourdes y se nos vienen encima las muletas y las sillas de ruedas asidas a los costados de la gruta. Una multitud de peregrinos reza en la calle y en el hostal nos aclaran que más de cinco millones de fieles visitan cada año a la Virgen. Miles de cirios alumbran el altar y muchos cirios humanos se dirigen en masa a la Basílica de la Inmaculada Concepción. «No vayas a decir que no crees en la Inmaculada Concepción», aconseja mamá con la mirada aprehensiva que posa sobre mí desde que nació Mane.

Claro que me conmueven los rostros esperanzados de los peregrinos y la inmensa buena voluntad de los jóvenes que empujan sillas de ruedas, tienden muletas, consuelan enfermos y atestiguan prodigios y sortilegios. El recuento de cien mil milagros rezumba en muros de albergues, dormitorios, comedores. Todos han visto un milagro, todos escucharon el «levántate y anda», todos tienen un portento que festinar.

¡Cuánta desesperación!

Mamá decide que entremos a una piscina de aguas milagrosas porque a medianoche sigue saliéndome ese grito ronco, gutural, que viene no sé de dónde. Digo que no, que no me meto, que no estoy enferma, que lo único que quiero es a Mane.

En París, mamá hace citas con el Professeur X y el Professeur Z, dos eminencias en el campo de la psiquiatría y del humanismo. Sentada en un consultorio de muros severos cubiertos de títulos médicos que cuelgan detrás de su escritorio, casi tan negro como la gruta, escucho su consejo: la adopción. Mamá me observa. «¿Entendiste?». Mamá sufre ahora todavía más conmigo que cuando recibió la noticia porque tiene que cargar con un bulto que la hiere con solo mirarlo, un estorbo al que antes llamó *hija*. Los especialistas recetan tranquilizantes: «Esto le hará mucho bien, su hija va a dormir y usted, señora, descansará».

No duermo, grito, lo único que me urge es regresar a México y tomar a Mane en brazos.

Con frecuencia, y como si fuera una casualidad, alguien recuerda frente a mí la historia del Antiguo

Testamento en la que dos madres reclaman al mismo hijo. Cuando el rey Salomón propone cortarlo en dos, una lanza un grito:

—¡Noooooo! ¡Dénselo a ella, pero no lo maten!

—He aquí a la verdadera madre. —Hace justicia el sabio Salomón.

En París llueve todos los días. «*Il pleut sur la ville comme il pleut sur mon coeur*».

Por fin, regresamos a México.

Es horrible la vergüenza que siento.

Alego que un niño por su sola condición de niño cambia la tierra y el cielo.

En casa de Carito, Mane también aguarda.

«Si no lo vamos a adoptar, el niño no puede quedarse aquí», dice Raoul Fournier y Carito asiente.

Una tarde, Elena Iturbe, mi abuela, comenta después de ver a Mane en el jardín de su casa:

—El que más me gusta de los niños que vi ayer es el alemancito. —Lo cree alemán porque lo cuida una señora Krieger.

Entonces, al verla en su cama donde acostumbro darle las buenas noches, le digo:

—*Tu sais Mamy-Grand, ce petit garçon que tu as aimé, c'est mon fils.*

—*C'est ton fils?* —Se endereza sobre sus almohadas.

La noche entra por la ventana.

Me ordena ir a dormir y a la mañana siguiente la palidez de su rostro delata su noche en blanco:

—Tienes que ir por él y traerlo aquí.

Por lo pronto, Mane es fuerte, su vida me arma de valor. Magda viene de Tomatlán y el niño crece en sus brazos en La Morena, mientras tecleo hasta los domingos en la Lettera 22 y corro a dejar cuatro hojitas del quebradizo papel revolución al diario *Novedades* en la esquina de Balderas y Morelos.

Mi abuela Elena muere de cáncer el 8 de septiembre de 1958. Para Mane y para mí, su pérdida es enorme.

Para Mane escuchar las teclas de la máquina de escribir y su ring-ring cada vez que llego al final de una línea es su canción de cuna. Lo que más le enferma es que le diga: «Ya acabé, vamos a salir» y siga yo tecleando.

«Mamá, ¿vas a hacerme eso toda tu vida?».